KNAUR

Über die Autorin:
Die US-Amerikanerin Lauren Blakely ist eine Nummer-1-*New-York-Times*-Bestsellerautorin. Ihre Spezialität sind Liebesromane voller Charme, Romantik und Leidenschaft. Sie lebt mit ihrer Familie in Kalifornien.

LAUREN BLAKELY

one Dream

ROMAN

Aus dem Amerikanischen
von Birgit Fischer

KNAUR

Die amerikanische Originalausgabe erschien 2016
unter dem Titel »The Sexy One«.

Besuchen Sie uns im Internet:
www.knaur.de

FSC
www.fsc.org
MIX
Papier aus verantwortungsvollen Quellen
FSC® C083411

Deutsche Erstausgabe August 2018
Knaur Taschenbuch

Covergestaltung: ZERO Werbeagentur, München
Coverabbildung: Gettyimages/Janet Kimber; FinePic/shutterstock
Satz: Adobe InDesign im Verlag
Druck und Bindung: CPI books GmbH, Leck
ISBN 978-3-426-52350-6

2 4 5 3 1

KAPITEL EINS

Abby

Die Anziehung zwischen zwei Menschen ist eine seltsame Sache. Hat mit Chemie zu tun, nicht wahr? Zuerst ist da nichts als Knister, Britzel, Peng – ein Cocktail von Lust. Was für eine schwindelerregende Mischung! Sie ist Rausch, sie ist Kitzel ... purer, überquellender Glückstaumel. Mich macht sie beschwipst. Es fühlt sich an, als könne man einen Marathon laufen und hinterher gleich noch ein Hochhaus erklimmen.

Diese irre Empfindung kann durchschnittlich vernunftbegabte Männer und Frauen in blindwütige Jäger, dämliche Idiotinnen und manchmal auch glückliche Liebende verwandeln. Sofern das Gefühl auf Gegenseitigkeit beruht, ist alles easy, und die Beteiligten gehen ihrem heiteren Treiben nach. Da ist nichts von Komplikationen zu hören. Schön für die Leute und so – tideldidum.

Aber manchmal wird das Gefühl des einen von dem anderen nicht erwidert, und manchmal gestehen wir uns gar nicht erst ein, dass es überhaupt da ist. Ich zum Beispiel will, als die anderen Nannys und Babysitter tuschelnd enger zusammenrücken, gerade vehement abstreiten, dass ich mich von meinem Arbeitgeber angezogen fühle. Doch in diesem Moment betritt Simon den Schwimmbadbereich, in dem seine Tochter Unterricht hat. Die Reaktionen sind total vorhersehbar. Die Rothaarige mit den unausstehlichen Zwillingen fährt sich lasziv mit den Händen durchs Haar, die Brünette mit der Katzenbrille schlägt demonstrativ die sonnengebräunten, durchtrainierten und ewig langen Beine übereinander, und die zierliche australische Nanny mit dem zum Pferdeschwanz gebundenen, glänzend schwarzen Haar schnappt einfach nur nach Luft.

Sämtliche Augen verfolgen den Mann, der am tiefen Beckenende entlangschlendert und einfach nur umwerfend aussieht.

»Wie schaffst du das, für ihn zu arbeiten?«, fragt mich der Aussie-Pferdeschwanz flüsternd.

»Er ist ein ganz unkomplizierter Arbeitgeber«, antworte ich, obwohl ich weiß, dass sie mit ihrer Frage etwas anderes meinte.

»Nein, im Ernst«, sagt die Langbeinige.

Ich bin neidisch auf sie, das gebe ich unumwunden zu. Ich selbst bin klein und würde mir zu gern nur für einen Abend ihre Beine ausborgen. Ja, ich würde ihr dafür sogar meine Titten zum Tausch anbieten, was ein fairer Handel wäre. Denn was mir an Höhe fehlt, mache ich nach vorn wett.

»Wie kommst du damit klar, dass er so ein scharfer Typ ist?«, fährt sie fort. »Wenn man ›scharfer Single-Dad‹ im Lexikon nachguckt, findet man da sein Foto!«

Ja.

Tut man.

Er ist sogar der Hauptgewinn im Single-Dad-Lotto.

Denn man kann sein Aussehen etwa so zusammenfassen: einen Meter zweiundneunzig groß, breitschultrig, flacher Bauch, schmale Taille, kantiges Kinn mit einem Hauch von Stoppeln, dunkelblondes Haar, leuchtend blaue Augen und ein Lächeln, bei dem man zu einer Lustlache zusammenschmilzt.

Ach, und er zieht sich auch noch verdammt gut an, wofür ich von jeher eine Schwäche habe. Anthrazitfarbene Hose, blitzblank polierte Schuhe und solche maßgeschneiderten Hemden, die sagenhaft gut sitzen. Ihr wisst schon, diese Teile, bei denen der Stoff einfach in den Hosenbund gleitet und man sich unweigerlich fragt: *Wie kommt es, dass dein Bauch das perfekte Waschbrett ist, und darf ich den bitte mal auf Festigkeit prüfen? Natürlich rein zu wissenschaftlichen Zwecken, versteht sich.*

Als gutes Aussehen verteilt wurde, musste Simon Travers gleich mehrere Extraportionen abbekommen – und noch die von ein paar anderen abgestaubt haben.

Er ist außerdem süß, freundlich, klug, witzig und nett. So verdammt nett. Und als wäre das noch nicht genug, ist er zudem ein fantastischer Vater.

Aber würde ich all diese anderen Eigenschaften, die man nicht auf den ersten Blick sieht, beschreiben, wüssten die anderen Nannys Bescheid. Sie würden sofort Lunte riechen. Sie würden es mir an der Nasenspitze ablesen, es an meiner Stimme hören.

Ich darf aber nicht verraten, wie ich für Simon empfinde, denn seit sieben Monaten kümmere ich mich um seine süße fünfjährige Tochter. Und von diesen sieben Monaten habe ich sechs Monate, drei Wochen und vier Tage damit zugebracht, diese besondere Katze namens körperliche Anziehung fest und luftdicht verschnürt in ihrem Sack zu lassen. (Bildlich gesprochen, versteht sich. In dieser Geschichte sind keine Katzen zu Schaden gekommen.)

Die Mathe-Genies dieser Welt erkennen übrigens sofort, dass ich genau drei Tage gebraucht habe, bis ich dem Mann zu Füßen lag.

Na gut, ich gestehe, dass das wirklich schnell ging, aber er ist nun mal *sehr* liebenswert.

Das Ganze bedeutet aber, dass ich meine Arbeitstage mit dem erbitterten Kampf zubringe, mich ihm nicht an den Hals zu werfen. Es ist nicht so, als hätte er mir jemals zu verstehen gegeben, er sei interessiert; man muss meine Schwärmerei also als unerwidert bezeichnen. Und ich habe gelernt, damit zu leben. Ich akzeptiere es genauso, wie man Sommersprossen auf der Nase akzeptiert oder krauses Haar, das sich partout nicht glätten lässt. Die Schwärmerei ist jetzt Teil meiner Existenz, und wie mit den Sommersprossen und der Krause werde ich mit ihr fertig – wenn ich zur Arbeit komme, wenn ich nach Hause gehe und wenn ich ihn an unterschiedlichen Orten in der Stadt treffe, einschließlich hier. Heute holt er sein Kind nämlich selbst vom Schwimmunterricht ab.

Simons Tochter Hayden planscht in ihrem Badeanzug mit Delfinmuster am flachen Beckenende herum, zusammen mit den anderen Kindern und der Schwimmlehrerin. Als sie auftaucht, schiebt sie ihre Schwimmbrille nach oben und entdeckt ihren Helden. Strahlend ruft sie: »Daddy! Guck mal, wie ich tauche!«

»Bin unterwegs!« Er kommt um die Ecke des tiefen Endes herum und geht winkend an uns vorbei, während wir angeblich den Kindern zuschauen, stattdessen aber, seien wir ehrlich, ihn mit den Augen ausziehen.

Dann sieht er mich an. »Hi, Abby«, sagt er grinsend.

Mein Puls beschleunigt, und ich winke. Aber ich werde nicht rot, und ich stammle nicht. Seht ihr? Ich meistere die Kunst der Selbstbeherrschung, gebe nichts preis. »Hi.«

Er nickt seinen bewundernden Fans zu. »Hallo, die Damen.«

Mehr braucht es nicht. Drei Worte vom heißesten Kerl weit und breit, und die Herzen der Nannys flattern, während sie seinen Gruß erwidern. Er geht weiter, hockt sich an den Beckenrand, um sein kleines Mädchen zu begrüßen, küsst Hayden auf die Stirn.

Die Langbeinige beugt sich zu mir, klopft mir auf die Schulter und sagt: »Nein, ich bin überhaupt nicht neidisch. Kein bisschen. Ganz und gar nicht.«

»Das Einzige, worauf man neidisch sein kann, ist, dass ich in zwei Monaten meine College-Schulden abbezahlt haben werde«, kontere ich mit einem spöttischen Grinsen.

Sie verengt die Augen. »Jetzt hasse ich dich richtig.«

Als ich verstohlen zu Simon blicke, ist mir kein Wort ferner als *hassen*. Mein Denken wird vollständig von dem Wort *morgen* beherrscht.

Denn morgen Abend wird er länger arbeiten. Das bedeutet, dass ich wenige Minuten allein mit ihm haben werde, wenn er nach Hause kommt. Ich schätze diese Momente, wenn ich mit ihm reden und etwas mehr über ihn erfahren kann. Die Minuten, in denen wir unter uns sind.

Das ist das Allerkomischste an der Anziehung. Sie kann so qualvoll sein, und zugleich kann man sich so sehr auf sie freuen. Es ist eine köstliche Form von Folter.

KAPITEL ZWEI

Simon

Anscheinend steht heute Abend Eichhörnchen auf dem Speiseplan!«, ruft Abby mir zu, als ich aus dem Schlafzimmer komme. Ich binde mir gerade eine weinrote Krawatte um.

»Nun, ich hatte dir ja gesagt, dass dieser neue Koch sehr einfallsreich ist, aber *so* dann doch wieder nicht«, scherze ich auf dem Weg in die Küche. »Außerdem bin ich ziemlich sicher, dass ich gesagt habe, ich würde in ein brasilianisches Restaurant investieren wollen, nicht in eines, das Nagetiere serviert.«

Abby schüttelt den Kopf, sodass ihre honigfarbenen Haare ihre Schultern streicheln. Sie hat langes, glänzendes Haar, das sie mal geflochten, mal kunstvoll gezwirbelt trägt, manchmal auch in einem Pferdeschwanz oder offen. Nicht, dass ich ständig auf ihre Haare achten würde. Ich könnte zum Beispiel nicht sagen, ob sie es bei ihrer Ankunft hier bei uns zu Hause hochgesteckt hatte. Und nicht, dass ich nur an ihren Nacken denken würde und daran, wie ihre Haut wohl schmeckt, wenn ich mit meinen Lippen über ihre Halsbeuge streife.

Allerdings weiß ich, dass sie gestern noch einen lockeren Pferdeschwanz trug, der sie jünger und noch hübscher aussehen ließ. Oder am Tag davor ungebändigte, wellige Haare, durch die sie mit ihren Fingern fuhr, während ich mich fragte, wie sich die weichen Strähnen wohl anfühlen würden.

Also, ich achte natürlich *nicht* auf jedes kleinste Detail an Abby Becker. Überhaupt nicht.

»Ich rede doch nicht von diesem neuen Restaurant, sondern von den Adlern. Hast du die etwa vergessen?« Sie zeigt auf den Bildschirm ihres iPads, als ich zu ihr an den Küchentresen komme und den Seidenknoten meiner Krawatte richte.

»Natürlich nicht«, antworte ich. Und es stimmt. Die letzten Tage hatte ich mir die Adler ein paarmal angesehen, auch wenn Abby das Video noch weit öfter aufruft. Sie ist ein bisschen besessen von Natur-Dokus. Aber »besessen« meine ich nicht im negativen Sinn. Die sind einfach ihr Ding, und inzwischen sind sie auch zu Haydens Ding geworden. Letzte Woche hatte Abby eine Webcam der American Bald Eagle Association entdeckt, die auf den Horst eines Weißkopf-Seeadlerpaars hoch oben in einer Pappel im National Arboretum in Washington, D. C. gerichtet ist. Vor einigen Tagen waren zwei Adlerküken geschlüpft, und Abby und Hayden loggen sich regelmäßig ein, beobachten die Adlermutter, die auf den winzigen Vögeln hockt, sie putzt und füttert.

»Herr Adler bringt normalerweise Fisch, aber heute Abend hat er Frau Adler ein Eichhörnchen serviert«, sagt Abby. Ihre bernsteinfarben gesprenkelten Augen blitzen vor Begeisterung.

»Muss ein besonderer Abend sein. Du kennst ja den Spruch, nicht?«

»Welchen Spruch?«

»Nichts zeugt mehr von wahrer Liebe, als ein Eichhörnchen überreicht zu bekommen.«

»Stimmt, das ist der Zuneigungsbeweis schlechthin«, bestätigt sie lachend. »Ich habe die Szene gespeichert, damit ich sie Hayden morgen früh zeigen kann.«

Auf dem Tablet füttert das riesige Weißkopf-Seeadlerweibchen seine zwei Küken, es hält das Beutetier in den Krallen und rupft mit dem Schnabel Fleischstücke heraus, um sie in die gierigen Schnäbel fallen zu lassen. Hayden wird begeistert sein, wenn sie es sieht. Heute Abend ist sie früh eingeschlafen. Der erneute Schwimmunterricht am späten Nachmittag hat sie ausgelaugt und schon vor der üblichen Zeit ins Land der Träume befördert.

»Das ist richtig cool – sehen zu können, wie diese Tiere ihre Küken aufziehen.« Abby stützt ihr Kinn in die Hand und beobachtet staunend das Festmahl in der Pappel. Ich beuge mich näher. Meine Schulter ist nur Millimeter von Abbys entfernt. Nein, damit gehen längst nicht alle meine Träume von Abby in Erfüllung. Obwohl ich nicht leugnen kann, dass schon diese Nähe erregend ist. Vielleicht, weil mein letztes Mal bereits eine Weile her ist. Vielleicht, weil Abby nach Vanille und Sonnenschein duftet. Es könnte aber auch daran liegen, dass ich sie schon genau sieben Monate länger begehre, als ich sollte.

Irgendwie passierte es gleich am ersten Tag. Ich würde gern etwas anderes behaupten, aber das ist nun mal die Wahrheit. Es war spontane, riesige Lust. Das Problem ist, dass diese Lust im Laufe der Zeit immer größer wurde. Und dass noch vieles dazukam.

Bewunderung. Zuneigung. Das volle Programm eben.

Sie ist genau zu dem geworden, was ich nicht haben darf.

Könnte ich mir selbst in den Hintern treten, würde ich es tun. Aber das geht ja nun mal nicht, also konzentriere ich mich ganz auf den Bildschirm.

Die Adlermutter lässt einen Fleischbrocken in einen der Kükenschnäbel fallen, bevor sie sich dem zweiten zuwendet.

Man müsste herzlos sein, um diese Webcam-Aufnahmen nicht anrührend zu finden. Das große Adlerweibchen schiebt die Jungen, als sie aufgefuttert haben, unter sich, um sie warm zu halten. Ich zeige auf die Überreste des Eichhörnchens. »Das ist noch genug für ein paar weitere Mahlzeiten. Sie sollte es echt in Tupperdosen packen.«

»Sicher ist Herr Adler gerade im Supermarkt, um welche zu besorgen. Es ist ja wichtig, dass alles frisch bleibt«, erwidert Abby übertrieben ernst und sieht mich an. »Soll ich Bescheid sagen, wenn sie sich einen Nachschlag holen?«

»Unbedingt. Schick mir bitte einen ausführlichen Bericht über die nächste Fütterung.« Ich blicke auf meine Uhr. »Jetzt muss ich zum Dinner. Spätestens um elf bin ich aber hoffentlich wieder da.«

»Falls du länger bleiben musst, um Gabriel zu bespaßen, ist das völlig in Ordnung. Ich beschäftige mich so lange mit meinem Buch und meiner Italienisch-App.« Sie tippt auf ihr iPad. Abby spricht bereits vier Fremdsprachen und lernt jetzt eine fünfte. Beim Bewerbungsgespräch für diesen Job hatte sie mir erzählt, dass sie ihr erstes Collegejahr in einem Austauschprogramm in Barcelona verbracht hatte. Sie konnte bereits von Haus aus etwas Spanisch, wollte es aber perfektionieren, und das ist ihr gelungen. Sie bot an, Hayden einige Grundbegriffe beizubringen, und nun beherrscht meine Tochter schon einige Sätze. Das ist einer der vielen Vorzüge, wenn man jemanden wie Abby einstellt.

»Ich bin auf jeden Fall zeitig zurück«, verspreche ich, weil ich dieses Dinner mit dem neuen Koch, von dem alle schwärmen, nicht ewig hinziehen möchte. Zudem muss ich auf Abby Rücksicht nehmen. Sie arbeitet bereits Vollzeit für mich, seit ich das Sorgerecht für meine Tochter bekommen habe.

Abby runzelt die Stirn und lässt ihren Finger in einigem Abstand vor meiner Brust kreisen. »*Das* willst du doch nicht ernsthaft tragen, oder?«

Ihr Ton legt nahe, dass Nein die korrekte Antwort wäre, nur habe ich keinen Schimmer, ob sie das weiße Hemd oder die Seidenkrawatte meint.

»Und welcher Bekleidungsartikel ist es, der dein Missfallen erregt?«

»Der Schlips«, sagt sie streng. »Der ist völlig falsch.«

»Warum denn, wenn ich fragen darf?«

»Viel zu sehr Wall Street.«

»Ich habe nun mal zehn Jahre an der Wall Street gearbeitet.«

Sie nickt. »Sieht man. Diese Krawatte schreit praktisch lauthals heraus, dass du unzählige Stunden bei Standard & Poor's verbracht hast«, erklärt sie abfällig. »Sie sagt nichts von Ich-bin-jetzt-Trendrestaurant-Investor.«

Und das, liebe Leute, das ist Grund Nummer 547, warum ich dieses Verlangen Abby gegenüber nicht eindämmen kann. Nach all der Falschheit meiner Ex ist Abbys Ehrlichkeit einfach erfrischend und anziehend.

»Welche Krawatte soll ich denn dann tragen?«, frage ich, und für einen Moment bilde ich mir fast ein, ich sei ein Mann, der den Rat seiner Freundin erbittet. Als könnte sie im nächsten Moment näher kommen, mir die Krawatte abbinden und sie auf die Couch werfen. Als könnte sie mit den Händen vorn über mein Hemd fahren und sagen: *Lass das Dinner ausfallen und vernasch mich stattdessen.*

Ich würde es sofort tun. Und ich würde sie die ganze Nacht lang nehmen, immer wieder, sie in einen Sexrausch versetzen.

Aber so etwas darf ich noch nicht mal denken.

»Gar keine Krawatte«, antwortet sie. Ihr Blick ist auf meine Kleidung fixiert.

»Gar keine?«, wiederhole ich, und mir gefällt, wie sie mich betrachtet.

Sie schürzt die glänzenden Lippen und schüttelt den Kopf. »Du musst kein Schlipstyp mehr sein. Außerdem mag ich den krawattenfreien Look.«

»Warum?«, will ich wissen, während ich mich des Teils entledige.

Abby strafft ihre Schultern und zeigt auf mich. »Er signalisiert Selbstvertrauen. Sagt aus, dass du so cool bist, dass du so etwas wie eine Krawatte gar nicht nötig hast.«

Ich verenge die Augen und nehme eine übertriebene Pose ein. »Mein Name ist lässiger Typ. Schlipslos lässiger Typ«, sage ich in meiner besten James-Bond-Imitation.

Abby lacht. »Perfekt. Obwohl ich dich eher in Rollen à la Chris Hemsworth sehe.« Grinsend zieht sie die Mundwinkel nach oben. »Du siehst ihm zum Verwechseln ähnlich.«

O ja.

Das ist ein Kompliment.

Und ich nehme es mit Freuden an.

»Übrigens, ich muss jetzt leider echt los.«

»Viel Glück heute Abend«, wünscht sie mir gut gelaunt. Unsere Blicke begegnen sich und verharren sekundenlang. Keiner sagt etwas, und ich genieße einfach nur den Anblick ihres Gesichts.

Dieses sagenhafte, *unberührbare* Gesicht.

Jenes Wort wiederhole ich im Geiste. *Unberührbar.* Sie ist tabu für mich.

Ihr Tonfall wird ein wenig sanfter, als sie hinzufügt: »Und wenn die Adler wieder hungrig werden, schicke ich dir eine Nachricht, Simon.«

Mir stockt der Atem, weil sie meinen Namen so sagt. Ich schlucke, denn meine Kehle ist auf einmal ganz trocken. Wie kann ich derart nervös sein, weil sie mir *vielleicht* eine Textnachricht über einen fressenden Raubvogel schickt? Die Antwort weiß ich natürlich. Die ist so alt wie die Menschheit.

Weil ich sie will.

Ich sehe noch schnell in Haydens Zimmer vorbei. Sie schläft tief und fest unter ihrer Bettdecke, das wirre braune Haar auf dem lavendelblauen Kissen aufgefächert. Sanft küsse ich sie auf die Stirn und streiche ganz sacht über ihr Haar. »Gute Nacht, kleiner Delfin.«

Dann gehe ich leise nach draußen, schließe die Tür und kehre ins Wohnzimmer zurück, um mein Handy zu holen.

»Wir sehen uns in ein paar Stunden«, sage ich zu Abby, die mit ihrem iPad auf der Couch sitzt.

»Bis später«, erwidert sie und winkt mir von ihrem Platz inmitten der weichen Polster zu. So eingekuschelt auf der Couch sieht sie hinreißend aus – als würde sie hierhergehören. Als wäre sie mein und bliebe die ganze Nacht.

Ich möchte mir auf der Stelle eine runterhauen. Was für ein entsetzliches Klischee: der alleinerziehende Vater, der scharf auf die Nanny ist.

Im verspiegelten Aufzug schüttle ich den Kopf und murmle: »Reiß dich zusammen, Mann.«

KAPITEL DREI

Simon

Gabriel zeigt auf den Biskuitkuchen. »Schmeckt wie Zuckerwatte, die auf der Zunge zergeht, nicht wahr?«

»Wie Blaubeer-Zuckerwatte«, ergänze ich, denn der Kuchen ist von Blaubeeren und Blaubeersauce bedeckt.

»Vertraut, aber mit gewissem Flair. Das ist es, was ich will. Dieses Gefühl wünsche ich mir für das Gabriel's in der Christopher«, sagt er, denn er hat bereits eine Location für das neue Restaurant ausgesucht, das er im Village eröffnen möchte. Es soll sein erstes in Manhattan sein und an seine sehr erfolgreichen Lokale in Miami und Los Angeles anknüpfen. Gabriel ist halb Franzose und halb Brasilianer, und seine Kreationen sind eine Mischung aus beiden kulinarischen Kulturen.

Er dreht sich zu seiner Entourage um und sagt etwas auf Französisch, seiner Muttersprache. Prompt wünsche ich mir, ich könnte alles verstehen, was er sagt, nicht bloß hier und da ein Wort – erst recht, als sein Geschäftsführer mit dem Kinnbart etwas über Wein zu mir sagt. Eduardo spricht sehr leise, weshalb ich ihn unsicher anschaue. Gabriel springt ihm bei und übersetzt seine Worte.

»Klar, mehr Wein«, sage ich und schiebe ihm mein Glas hin. In der Gastronomie ist »mehr Wein« immer die richtige Antwort. Heute Abend sind wir in einem Restaurant wenige Blocks von Gabriels Wunsch-Location entfernt.

Gabriel schenkt Cabernet nach, stellt die Flasche hin und wirft sein langes, wirres Haar über die Schultern. Dieser Mann ist ein Rockstar-Koch durch und durch: die Haare, die Tattoos und natürlich das Talent. Was mich betrifft, kann ich extrem gut Wasser kochen und Essen zum Mitnehmen bestellen und perfekt Essenlieferungen annehmen, mehr nicht; dafür bin ich hervorragend darin, Talent zu wittern. Und Gabriel ist definitiv eines.

Das Problem ist bloß, dass seit seinem Sieg bei einer beliebten TV-Kochshow so gut wie jeder große Restaurantinvestor in der Stadt gleichfalls Witterung aufgenommen hat und nach der Chance giert, sein erstes Lokal in Manhattan zu finanzieren. Umso mehr, als es das Flaggschiff für eine noch größere Expansion sein soll, zum Beispiel Läden, in denen Kochutensilien, Kochbücher und so weiter verkauft werden. Deshalb habe ich mich die letzten Wochen in Papieren vergraben und ein Angebot erarbeitet, mit dem ich ihn hoffentlich für mich gewinnen kann.

Wir plaudern noch einige Minuten über New York und Essen. »Manhattan braucht dein Flair, Gabriel«, sage ich gerade, als das Handy in meiner Tasche leise einmal summt. Ich kann jetzt nicht nachsehen, weil ich den Leuten hier meine volle Aufmerksamkeit schenken will. Und gäbe es einen Notfall mit Hayden, würde Abby anrufen, keine Textnachricht schicken. »Uns fehlt bisher leider völlig der Stil, für den du berühmt bist, von deiner Kühnheit in der Küche ganz zu schweigen.«

»Ein Jammer für deine Stadt«, sagt er und verzieht den Mund zu einem gespielten Schmollen.

»Eben. Aber stell dir vor, wie glücklich du die Geschmacksknospen in Manhattan machen könntest.«

Er wirft den Kopf in den Nacken und lacht. »Ich höre sie jetzt schon nach mir rufen. *Gabriel!*«, äfft er eine Schar bewundernder Fans nach.

Tatsache ist, dass er viele Fans hat, und zwar nicht nur, weil er meisterhaft mit Messer und Pfanne umgehen kann. Frauen umschwärmen ihn in seinen Restaurants und bei seinen Events, und ich glaube nicht, dass sie alle nur hinter seinem Lasagne-Rezept her sind.

Als das Dinner endet, habe ich ein gutes Gefühl, dass ich diesen Deal machen kann. Das Thema Konditionen haben wir bisher weiträumig umschifft, doch dafür ist der heutige Abend sowieso nicht der richtige Zeitpunkt. Außerdem ist Gabriel bekannt, wie ich investiere und was ich an Kapital und Erfahrung mitbringe.

Ich nehme einen letzten Bissen von dem Kuchen, lege meine Gabel hin und lasse das halbgegessene Dessert stehen.

»Das ist eine Sünde«, meint er und beäugt mich streng.

Ich muss ihm beipflichten. »Stimmt. Meine Tochter würde sagen, in der Nachtischschublade ist immer Platz.«

Gabriel sieht zu dem Kuchenrest. »Tja, dann solltest du das übrige Stück für deine kleine Tochter mitnehmen.«

»Vielen Dank. Sie wird entzückt sein.«

»Mit Süßem erobert man jedes Frauenherz«, ergänzt er.

Eduardo sagt etwas auf Französisch, und Gabriel lacht wieder, während er sich an die Brust tippt und dolmetscht: »Er sagt, ist das nicht mein Mantra?«

»Und? Stimmt das, Gabriel?«, frage ich.

»Man erzählt sich, dass schon Frauen bei meiner Crème brûlée in Ohnmacht gefallen sind«, antwortet er mit einem verlegenen Achselzucken.

Mir kommt eine Idee – ich bringe das übrig gebliebene Stück Abby mit.

Seit Ewigkeiten habe ich kein Dessert mehr für eine Frau mit nach Hause genommen. Meine Ex zählte zur Anti-Zucker-Fraktion, daher waren Süßigkeiten strikt verboten. Es wäre sinnlos gewesen, Miriam etwas Süßes mitzubringen. Sie hätte es nur angewidert angesehen und mir genau aufgezählt, wie viele Kalorien in einem Stück Pie, Kuchen oder Tart waren. Ja, sie verstand es, einem Dessert, dem Essen allgemein und, wenn ich es recht bedenke, dem Leben insgesamt jedweden Spaß auszulutschen.

Wir verabschieden uns auf dem belebten Gehweg vor dem Restaurant. Ich schüttle Gabriel, Eduardo und den anderen die Hände, winke Taxis heran und überlasse das erste den anderen. Dann schnappe ich mir das direkt dahinter, und auf der Heimfahrt sehe ich endlich auf mein Handy.

Er hat ihr einen Fisch gebracht!

Ich blinzle und brauche eine Sekunde, um zu begreifen, wovon Abby redet. Doch gleich fällt es mir wieder ein. Herr Adler. Sie gibt mir ein Update zu der Adlerfamilie. Okay, ich werde da nichts hineindeuten, obwohl es das erste Mal ist, dass wir uns über etwas schreiben, das nichts mit Arbeit, Stundenplänen oder Kindern zu tun hat.

Aber ich muss grinsen, und während der Wagen die Madison Avenue hinauffährt, breitet sich eine wohlige Wärme in meinem Körper aus. Ich glaube nicht, dass die dem Wein geschuldet ist. Vielmehr entspringt sie dem, was sich wie ein aufkeimender Flirt anfühlt. Ich antworte:

War es ein großer Fisch?

Im Ernst, ich weiß, dass wir über den Fang eines Raubvogels sprechen. Nicht über etwas anderes, was groß sein könnte. Dennoch, es *ist* groß.

Ihre Antwort kommt schnell.

Natürlich ☺ Herr Adler bringt seiner Frau nur große Dinge mit nach Hause.

Gedankenverloren trommle ich mit den Fingern auf der Schachtel mit dem Biskuitkuchen neben mir, ehe ich zurückschreibe.

Wie es der Herr des Nests tun sollte. Er ist der Jäger.

Der Wagen rollt die Straße entlang, ringsum leuchten die Lichter des spätabendlichen New York, und wieder erscheint Abbys Name auf meinem Display.

Er nimmt das mit dem »Du hast genau eine Aufgabe« eben sehr ernst.

Hierüber muss ich lachen, und wir schreiben uns noch ein paarmal hin und her.

Zehn Minuten darauf hält das Taxi vor meinem Zuhause. Ich gehe hinein und nehme den Fahrstuhl nach oben. Vom Wein bin ich ein wenig beflügelt, vor allem aber von dem Texten. Als der Aufzug im elften Stock hält, ist mir sehr bewusst, dass dies wohl einer der Wendepunkte im Leben ist.

Nein, ich bin nicht der Adler, und wir sind hier nicht bei *National Geographic.*

Dennoch ist es einer jener Momente, in denen etwas geschieht – in denen diese Sache mit Abby von einem Simmern zu einem Überkochen aufbrodelt. Man nehme annähernd sieben Monate Lust, gebe ein Adlerpaar hinzu, gefolgt von dem übrig gebliebenen Dessert vom Dinner mit einem Chefkoch und ergänze das Ganze mit einer fehlenden weinroten Krawatte.

Ich schließe die Tür auf und finde Abby auf der Couch vor. Verdammt, sie passt so gut in meine Wohnung, in der die Lichter gedämpft sind und die nächtliche Stille sie umfängt … Abby legt ihr iPad hin, und ich halte die Schachtel in die Höhe.

»Ich habe Kuchen mitgebracht«, verkünde ich stolz, als hätte ich ihn einem wütenden Löwen abgerungen. »Für dich.«

Okay, gut.

Ich bin total der bescheuerte Jäger, und dies ist mein Geschenk an die Frau, die ich so dringend umwerben will.

KAPITEL VIER

Abby

Ich werde da jetzt nichts hineininterpretieren. Obwohl … *Hallo? Er hat mir ein Dessert mitgebracht!* So etwas tun Typen doch, wenn sie eine Frau mögen, oder nicht?

Während ich meine Gabel in diesen unerwarteten Leckerbissen versenke, fällt mir der Blick wieder ein, mit dem er mich angesehen hatte, bevor er zum Dinner fuhr, und jetzt die Art, wie er »Für dich« sagte. Eine köstliche Möglichkeit tut sich plötzlich vor mir auf. Vielleicht ist das hier doch nicht die Einbahnstraße, für die ich es hielt. Vielleicht, ganz vielleicht mag er mich auch. Ich schiebe die Schachtel ein paar Zentimeter über den Tresen. Mir ist schwindlig von den neuen Gedanken, die so munter durch meinen Kopf springen wie Welpen im hohen Gras. »Möchtest du auch?«

»Ich fürchte, dass ich heute Abend schon die gesetzliche Obergrenze für Kuchengenuss überschritten habe.«

Ich schwenke die Gabel und behaupte: »Bei Kuchen gibt es keine. Meine Freundin Harper und ich habe viele Tests durchgeführt und es stichhaltig bewiesen.«

»Ihr seid kein einziges Mal an die Obergrenze gestoßen?«

»Niemals«, antworte ich kopfschüttelnd. »Jeder Bissen, den man nimmt, erhöht das gesetzliche Limit um einen weiteren.«

Nachdenklich streicht er sich übers Kinn. »Also ist es eine bewegliche Größe, dieses Kuchenlimit?«

»Genau. Und wir haben es in unserer Eigenschaft als Kuchensüchtige gründlich studiert. Es ist sehr gut möglich, dass man uns nach der Geburt in Weidenkörben vor der Konditorei Peace of Cake aussetzte, ehe man uns trennte.«

Er kennt meine Freundin Harper. Sie ist Zauberkünstlerin, und er hat sie letzten Herbst für Haydens Geburtstagsfeier engagiert. Harper erzählte mir damals, dass sie ein bisschen in ihn verschossen gewesen sei, aber das war lange bevor sie anfing, Nick zu daten. Heute sind die beiden unsterblich ineinander verknallt. Das ist super.

Ebenfalls super ist, dass Simon sich an Harper wandte, als er eine Nanny suchte. Er traf sich mit ihr auf einen Kaffee, damit sie ihm jemanden empfahl, weil sie so gut mit Kindern umgehen kann. Jemanden, der das auch kann, wünschte er sich für Hayden, und deshalb stellte er mich ein.

»War es deine Liebe zu Süßigkeiten, die dich wieder mit deinem verlorenen Zauberzwilling zusammenführte?«, fragt Simon jetzt und lehnt sich an die Kücheninsel.

»Die – und dass wir auf derselben Schule waren.« Ich nehme noch einen Bissen. Dies sind die nächtlichen Momente, die ich so genieße. Ich liebe es, mit seiner Tochter zusammen zu sein, doch ich verzehre mich auch nach den gestohlenen Sekunden, wenn sie schläft und wir einfach zwei Erwachsene sind, die sich unterhalten.

»Im College, stimmt's? Ich nehme an, dass ihr nicht auf derselben Highschool wart, denn du bist aus Arizona und sie ist von hier.«

Ich nicke und bin beeindruckt, dass er sich all die Einzelheiten gemerkt hat, die ich erzählt habe. Dann ergänze ich das Jahr, in dem wir unseren Abschluss gemacht haben. Simon verzieht das Gesicht und lacht kopfschüttelnd.

»Was ist daran so witzig?«

»Das ist erst *vier* Jahre her.« Er tippt sich an die Brust. »Ich hingegen habe meinen Abschluss vor zwölf Jahren gemacht.«

Ich lege beide Hände auf den Tresen und bedenke ihn mit einem gespielt eisigen Blick. Dies ist einer der Gründe, weshalb ich gern für Simon arbeite. Mit ihm kann ich albern sein. Ich kann ihn necken. Er ist nicht solch ein bierernster Typ wie mein letzter Arbeitgeber. »Ja, ich kann rechnen.«

Moment mal. Warum spricht er den Altersunterschied an? Es ist merkwürdig, dass er dieses Detail jetzt in den Raum stellt.

Vielleicht liegt es daran, dass es spät ist, dass er mir Kuchen mitgebracht hat oder dass es lange her ist, seit ich geflirtet habe; jedenfalls beschließe ich, weiter mitzuspielen. Die Richtung, die unser Gespräch nimmt, ist wie eine sich öffnende Tür, die mich zu einer neuen Form von Austausch mit ihm einlädt. Zu einer, die ich mir insgeheim herbeisehne.

Ich rücke etwas näher. »Und glaubst du, dass du dir in den acht Jahren, die du älter bist, alles Wissen der Welt angeeignet hast?«

Er schnaubt. »Gott, nein! Manchmal fürchte ich, dass ich heute weniger weiß als damals.«

»Wie meinst du das?«, frage ich.

Er reibt sich den Nacken. Seine Ärmel sind aufgekrempelt und enthüllen die starken, muskulösen Unterarme. In der Highschool hat er Football gespielt und war auch noch ein Basketball-Star. Er ist eine der seltenen Highschool-Sportskanonen, die auch noch fit und durchtrainiert wirken, wenn sie die dreißig überschritten haben. Es juckt mich in den Fingern, seine Unterarme zu streicheln, seinen Bizeps zu erforschen, mich an seinen Schultern festzuhalten. Ich würde sogar den restlichen Kuchen stehen lassen und stattdessen bitte eine Portion sexy Single-Vater nehmen.

»Ich meine, dass es Sachen gibt, die ich vielleicht anders gemacht haben könnte«, fährt er sanfter und mit einem bedauernden Unterton fort. Dann schweift sein Blick in Richtung Haydens Zimmer. »Andererseits« – er sieht wieder zu mir – »würde ich doch rein gar nichts ändern wollen.«

»Das verstehe ich«, sage ich leise. »Ich verstehe es sehr gut.«

Er wirft mir ein süßes Lächeln zu. Simon spricht nicht oft über seine Ex-Frau, doch es war nicht weiter schwierig zu erkennen, woran ihre Ehe scheiterte. Haydens Mutter ist mit jemandem liiert, mit dem sie auch zusammenarbeitet, und Simons wenigen flüchtigen Bemerkungen war zu entnehmen, dass sie jene Beziehung auch schon während ihrer Ehe führte.

Er hat Miriam nie eine ehebrechende Bitch genannt, doch wenn man mich fragt, ist sie genau das. Ich bin ihr erst wenige Male begegnet, und sie ist wirklich gut darin, mich verächtlich anzufunkeln und meinen Namen zu vergessen. Jedes Mal, wenn sie mich sieht, nennt sie mich Gabby. Aber sie ist eine großartige Mutter, und an den Wochenenden, an denen sie Hayden hat, ist sie wunderbar zu ihr. Mehr kann man nicht verlangen.

Allerdings möchte ich gar nicht an sie denken, nicht mal als Erscheinung am äußersten Rand dieser Unterhaltung. »Wie war dein Dinner?«

Während ich wieder Kuchen esse, erzählt er mir von seinem Abend. Ich mag es, ihm hier, in der gedämpft beleuchteten Wohnung, zuzuhören, wenn die Uhrzeiger gegen Mitternacht gehen und die schwachen Geräusche von Manhattan durch die Fenster dringen.

»Gabriel ist sehr aufgeschlossen und ein angenehmer Gesprächspartner. Wir haben nicht über die Bedingungen für eine mögliche Investition geredet, aber wir haben uns gut verstanden«, sagt Simon, nachdem er mir die Einzelheiten des Dinners beschrieben hat.

»Du wirst bestimmt mit ihm einig«, erkläre ich voller Überzeugung.

Er zieht eine Augenbraue hoch. »Kannst du die Zukunft vorhersagen?«

»Hatte ich das bei meinem Bewerbungsgespräch nicht erwähnt? Abgesehen von meinem verblüffenden Sprach- und Kinderbetreuungstalent, lese ich auch aus Teeblättern. Das erwartet doch jeder von seiner …« Ich verstumme, weil es sich erstmals eigenartig anfühlt, meine Jobbezeichnung auszusprechen. *Nanny*. Es fühlt sich komisch an, weil dies der erste Abend ist, an dem ich so lange bleibe und mit meinem Boss plaudere …

»Und die Teeblätter sagen, dass Gabriel mein Geld nimmt?«, fragt Simon.

»O ja. Alles andere wäre dumm. Du weißt, was du tust. Du bist ein Genie.« Mir ist allzu bewusst, dass er eine Art Midas-Gabe hat, was Geschäftliches angeht. Bei einigen der Telefonate, die er von zu Hause führte, habe ich sein Talent bemerkt, und ich kenne seine Erfolgsgeschichte. Dieser Mann gewinnt Deals.

Ich nehme noch einen Happen von dem Biskuitkuchen. Stille breitet sich aus, und ich glaube, dass Simon mir beim Essen zusieht. Kann sein, dass ich es mir einbilde, doch allein die Vorstellung heizt mich auf. Ein warmes, kribbelndes Gefühl entsteht in meinen Schultern und schießt von dort nach unten in meinen Bauch, als es wieder passiert – einer dieser Momente von Verbundenheit, in denen sich unsere Blicke begegnen. Ein solcher Moment löscht sämtliche Bedenken schlagartig aus.

Denn mein Körper sagt: Das wäre oh-so-gut!

Mein Herz zieht sich zusammen, und ich bekomme eine Gänsehaut. Die Luft zwischen uns knistert. Ich kann nicht wegsehen, liebe es, wie er meinen Blick hält und etwas in meinem Ausdruck zu suchen scheint.

Dann wandert sein Blick tiefer, und er zeigt auf meinen Mund. »Du hast …«

»Was?«

»Blaubeersauce«, sagt er. Seine Stimme ist tief und rauchig.

»Echt?«

Ich wische mir den Mund an einer Seite ab, doch Simon schüttelt den Kopf. »Nicht getroffen.«

»Wo?«

Mein Blick folgt seiner Hand. Simon streift mit dem Daumen über den anderen Mundwinkel, und mir stockt der Atem. Seine Berührung währt keine Sekunde, trotzdem löst sie einen Funkenregen in meiner Brust aus. Mir jagt ein Kribbeln über die Haut. Es ist, als würde man ein brennendes Streichholz an Kienspan halten – und der bin ich. Ich halte mich am Tresen fest und schaue krampfhaft nach unten.

Es ist albern. Es ist idiotisch. Ich bin in meinen Boss verknallt, sonst nichts. Und die Uhrzeit täuscht meine Sinne, lässt mich denken, dass die Nacht für heiße Gelegenheiten gemacht ist.

In Wahrheit ist Mitternacht wie geschaffen, um Fehler zu machen.

Als ich wieder aufblicke, sieht Simon mich immer noch an. Schmetterlinge toben durch meinen Körper, und ich wünsche mir all das, was ich jetzt gerade nicht haben kann.

Ich will Simon. Seinen Körper, der an meinen gepresst ist. Seine Lippen, die meine erforschen. Seine gierigen Hände an meinen Armen, auf meinem Gesicht, in meinem Haar.

Ich will etwas sagen, weiß aber nicht, was ich flüstern könnte, wie ich überhaupt diese Sekunden benennen will, die uns auf neues Terrain zu führen scheinen. Unsere Blicke, die Hitze zwischen uns, ein Ziehen, das sich magnetisch anfühlt. Ich halte den Atem an. Wenn keiner von uns ein Wort sagt, gehen wir auch kein dämliches Risiko ein. Wenn wir einfach so bleiben, in diesem Moment, wenn ich weiter sein Gesicht studiere und er meine Augen, können wir so tun, als sei gar nichts zwischen uns.

Was allerdings gelogen wäre.

Simon empfindet genau wie ich, das weiß ich jetzt. Die Atmosphäre zwischen uns ist heiß und elektrisierend. Männer sehen Frauen nicht ewig auf diese Weise an, ohne mehr zu wollen. Ohne *sie* zu wollen.

Ein Piepen, das sich komisch anhört, durchbricht die Stille.

Dann begreife ich: Mein iPad piept.

Das Geräusch katapultiert mich in die Wirklichkeit zurück. Linkisch greife ich nach dem Tablet, und meine Finger sind feucht, als ich versuche, wieder Verbindung zur Außenwelt aufzunehmen.

»Adleralarm«, flüstere ich und zeige auf das Gerät. Mein Puls rast noch. »Ich habe eingestellt, dass es piept, wenn sich im Nest etwas tut.«

»So spät?«

»Kann man nie wissen.« Ich wische mit einem Finger über den Bildschirm und schaue ins Nest, das dank der Adler-Webcam mit Infrarot ausgeleuchtet ist. Aber die Vogelmutter hockt sich nur noch einmal neu auf ihre Babys, bevor sie den Kopf nach hinten dreht und in ihrem Gefieder vergräbt.

Gemeinsam sehen wir auf den Bildschirm. Jetzt ist alles still, die Adlerdame schlummert ein, und der Wind bläst scharf über die Zweige und Zapfen ihres Zuhauses hoch über dem Boden.

Auf einmal wird mir die Nähe zwischen Simon und mir nur allzu bewusst. Wie dicht meine Schulter an seiner ist. Wie ein intensives Einatmen meine Nase mit seinem Duft füllen würde – diesem sauberen, holzigen Duft, der mich erregt. Wie unser freundschaftliches Miteinander von jetzt auf gleich zu etwas unglaublich Heißem werden könnte. Würde ich meinen Kopf drehen, wären sich unsere Lippen zu nahe für irgendwas anderes als einen Kuss.

Das bloße Fantasiebild von seinen Lippen auf meinen lässt erneut Hitze in meiner Brust aufflammen, die sich sofort überallhin ausbreitet. Ich wette, dass er sagenhaft gut küsst. Ich wette, dass ich von Kopf bis Fuß schmelzen würde, sollte ich jemals fühlen, wie seine Zunge über meine gleitet, wie seine Hände über meine Hüften streichen, seine Arme mich fordernd umschlingen.

Doch dann meldet sich eine Stimme in mir. Sie sagt, dass ich vorsichtig sein soll. Dass ich gehen muss. Ich brauche diesen Arbeitsplatz zu sehr, um die Grenze zu überschreiten.

»Ich muss gehen«, verkünde ich. »Danke für den Kuchen.«

»Danke fürs Bleiben.«

»Das ist mein Job.«

Er nickt mehrmals, als würde ihm aufgehen, dass es tatsächlich mein Job ist. Dass ich deshalb hier in seiner Wohnung bin. Um auf Hayden aufzupassen, nicht, um Tagträumen von dem Mann nachzuhängen, der meinen Lebensunterhalt bezahlt.

Sollte ich meine Arbeit verlieren, habe ich nicht das geringste Polster. Einige meiner Freunde besitzen Trustfonds oder werden noch von ihren Eltern unterstützt. Bei mir ist das nicht der Fall. Ich komme seit dem College für mich selbst auf. Meine Eltern sind großzügig, und sie würden mir helfen, wenn sie könnten. Doch sie arbeiten beide noch Tag für Tag hart – mein Dad ist Bankmanager, und Mom vermakelt Immobilien in Phoenix. Finanziell sind sie vollauf damit ausgelastet, meine drei jüngeren Brüder durchs College zu bringen. Von meiner Ausbildung haben sie schon einen beträchtlichen Teil bezahlt, auch wenn ich für den Rest einen Studienkredit aufnehmen musste. Sicher könnte ich in einer günstigeren Stadt leben, andererseits finden sich die besten Jobs für jemanden mit meinen Sprachkenntnissen in Städten wie New York. Mit einigen kreativen Ideen hier und da ist es mir gelungen, New York City für mich erschwinglich zu machen. Ich muss es auch weiterhin schaffen, denn dies ist die Stadt, in der ich erfolgreich sein kann.

Was bedeutet, dass es Zeit wird, wieder einen klaren Kopf zu bekommen, mein Herz mit dem Lasso einzufangen und unter Kontrolle zu bringen. Ich sammle meine Sachen zusammen, und Simon bringt mich zur Tür. »Ich habe dir ein UberBLACK gerufen. Der Wagen müsste unten warten. Ein schwarzer Audi.«

Mein Herz hämmert angesichts der freundlichen Geste, mir die edelste Autovariante zu bestellen. Blödes Organ!

Ich habe schon öfter mal lange gearbeitet. Simon hat häufig Dinner-Meetings, wenn seine Tochter längst im Bett ist, und er bestellt mir stets ein Uber auf seine Rechnung. Ich möchte mir zum Teil einreden, dass dies etwas Besonderes bedeutet; ebenso sehr jedoch gefällt es mir zu wissen, dass er ein netter Kerl ist, der schlicht sicher sein will, dass ich heil und bequem nach Hause komme.

Doch heute Abend denke ich zum ersten Mal, dass auch er scharf auf mich sein könnte.

Als ich in meiner Schuhschachtel von Apartment angekommen bin, wasche ich mir das Gesicht, nehme meine Kette ab und gehe zu Bett. Ich bin nicht sicher, ob mich diese neue Erkenntnis glücklich oder traurig macht.

Unter der kühlen Decke male ich mir aus, wie Simons Hände über meine Haut streichen. Ein Seufzen entfährt meinen Lippen, als die Fantasie bildlicher wird und meine Finger gen Süden schweifen. Sie finden ihren Weg zwischen meine Beine, während ich mir vorstelle, wie Simon hemmungslos meinen Körper erkundet, seine weichen Lippen meine Schulter streifen, meinen Hals, meinen Mund.

Ich biege den Rücken durch, als mich Schauer durchfahren, die im Bauch beginnen und dann durch den ganzen Körper wandern. So wäre es mit ihm, da bin ich sicher. So erregend, so gut.

Meine Atmung beschleunigt sich mit meinem Tempo, und ich fantasiere und fantasiere und fantasiere, wie es sich anfühlen würde, ihn hier zu haben, wie er über mich steigt. Ich ringe nach Luft, was zu einem langen, lustvollen Stöhnen wird, während ich mir vorstelle, wie er seinen harten Körper auf meinen senkt.

Er gleitet in mich, und ich erbebe. Ich fühle seine Bewegungen in mir und komme in null Komma nichts an den Abgrund. Dann hebe ich ab, und es ist, als würde ich in ungeahnte Weiten fliegen.

Überwältigt hauche ich seinen Namen in die dunkle Nacht.

* * *

Am nächsten Morgen wache ich von einer Textnachricht von ihm auf, und sofort tritt ein Lächeln auf mein Gesicht.

> Die Küken bekommen Frühstück. Falls du schon auf bist, sei gewarnt. Du könntest leicht eine Überdosis Entzücken erwischen.

Ich könnte tatsächlich leicht eine Überdosis Entzücken erwischen, denn das ist ja wohl die süßeste Textnachricht aller Zeiten.

Ich klicke die Adler-Webcam an und werde von einem Endorphinschwall heimgesucht, als ich mir ausmale, dass der Mann auf der anderen Seite des Parks in dem Moment dieselbe Szene betrachtet.

KAPITEL FÜNF

Abby

Nach dem Spanischkurs, den ich morgens in der Sprachenschule an der Upper West Side gebe, treffe ich mich mit Harper zum Mittagessen in einem Ramen-Imbiss nahe der Amsterdam Avenue. Sie zeigt mir ihren Verlobungsdiamanten, und er ist atemberaubend: ein Princess-Schliff mit Platinfassung. Sie hatte sich vor einigen Wochen verlobt und war zur Feier mit Nick nach Italien gereist, weshalb dies die erste Gelegenheit für mich ist, richtig zu staunen.

»Halte dir Nick bloß warm«, scherze ich beim Anblick des Rings.

»Das mache ich. Und nicht bloß, weil du in meinem Apartment wohnst, seit ich zu ihm gezogen bin«, antwortet sie augenzwinkernd. Diese Geschichte ist der Deal des Jahrhunderts. Das Apartment gehört ihren Eltern, und die Miete ist sensationell günstig. Ich bin Harper und ihren Eltern irre dankbar, weil sie mich als Mieterin genommen haben. Das ist noch einer der Faktoren, die mir ein Leben in New York erst ermöglichen.

»Ich würde mich niemals über eine wahre Liebe lustig machen, wenn ich durch sie an die billigste Wohnung in ganz Manhattan komme«, witzele ich.

»Und die günstigste Miete der Welt zu verlangen, ist der größte Beweis wahrer Freundschaft«, sagt Harper, holt tief

Luft und strafft ihre Schultern. »Aber weißt du, was der zweitgrößte Beweis ist?«

Ich schüttle den Kopf. »Nein, aber ich wette, du verrätst es mir gleich.«

Sie legt ihren Löffel hin. »Wirst du eine meiner Brautjungfern?«

Ich kreische auf.

Anders kann man meine Reaktion nicht beschreiben. Sie ist ein richtig lauter, richtig schriller Begeisterungsschrei. Dann springe ich von meinem Barhocker und drücke Harper innig an mich. Da ich mindestens fünfzehn Zentimeter kleiner bin als sie, dürfte es aussehen, als hielte sie einen Pinscher in den Armen.

»Ist das ein Ja, Abster?«

Ich lasse sie los, nehme eine Keine-ist-so-cool-wie-ich-Haltung ein und antworte: »Vielleicht. Kommt drauf an, wie das Kleid aussieht.«

Sie kichert. »Ganz fies! Ich habe ein mintgrünes Kleid mit Rüschen, gelbem Miederteil und Puffärmeln ausgesucht.«

Ich grinse Harper an. »Also sehe ich aus wie ausgekotzte Ostern. Perfekt!«

Sie knufft mich mit dem Ellbogen und trinkt einen Schluck von ihrem Tee. »Aber im Ernst, ich denke, ich werde ein kleines Schwarzes als Grundlage nehmen, damit du es später noch mal tragen kannst. Wir können es ja richtig aufpeppen.«

Ich presse meine Hände wie zum Gebet flach zusammen. »Also, das ist wirklich das größte Zeichen wahrer Freundschaft!«

»Und weil Schwarz so sexy ist, wirst du total heiß aussehen, also werden sich dir sämtliche Single-Männer zu Füßen werfen.«

Impulsiv recke ich beide Arme in die Höhe. »Lass es heiße Männer auf Harpers Hochzeit regnen, o Herr!« Danach setze ich mich wieder auf meinen Barhocker. »Nun aber auch im Ernst: Ich bin begeistert und fühle mich total geehrt, deine Brautjungfer sein zu dürfen. Erzähl mir alles über eure Hochzeitspläne!«

Während wir unsere Nudeln essen, redet sie von ihrer Traumhochzeit, und ich genieße jedes kleine Detail. Beim Verlassen des Lokals hakt Harper sich bei mir ein und sagt: »Jetzt bist du dran. Erzähl, hast du in deinem Spanischkurs irgendwelche witzigen, klugen, freundlichen und gut aussehenden Männer kennengelernt? Nein, warte, im Park? Bist du dem schärfsten Papa der Stadt begegnet und wirst schon bald mit ihm absolut anbetungswürdige Babys machen?«

Ich lache, als wir uns durch die belebte Avenue fädeln. »Leider gilt für den scharfen Hetero-Single-Papa dasselbe wie für den Katzenpanda: In freier Wildbahn nur selten zu sehen.«

»Du und deine Naturdokus!« Harper schaut gespielt genervt und streicht sich eine rote Haarsträhne von der Wange. »Was ist mit deinen anderen Kursen?«

»Ob ich da schon Katzenpandas gesehen habe?«, erwidere ich.

»Haha. Irgendwelche heißen Typen?«

Außer dem Spanischkurs gebe ich noch welche in Firmen, wo die Angestellten durch verbesserte Fremdsprachenkenntnisse für internationale Verhandlungen fit gemacht werden sollen, und ich habe auch einige Leute für Einzelunterricht gewonnen. Es ist ein nettes Zusatzeinkommen, auch wenn mein Nanny-Job gut bezahlt ist. Aber ich lebe schließlich in New York. Da braucht man eine Menge Geld, selbst wenn man ein sehr günstiges Apartment hat.

Wir bleiben an einer Ampel stehen, die gerade auf Rot springt. »Ich habe noch keine Zeit gehabt, das Frischfleisch in den Kursen zu prüfen«, sage ich im Scherz. »Weil ich, wie du weißt, damit beschäftigt bin, ihnen das Konjugieren beizubringen.«

»Du weißt ja, was man so sagt. Mit dem Konjugieren fängt es an, und dann kommt das Kopulieren.«

Ich verdrehe die Augen. »Du bist durchgeknallt. Und erbarmungslos.«

Harper reibt sich die Hände wie ein Filmbösewicht mit einem gemeinen Plan. »Aber wenn einer deiner Schüler dich mag? Du bist die scharfe Lehrerin, und es kommt zu einer verbotenen Beziehung mit einem Schüler«, flüstert sie anzüglich. Die Ampel springt um, und wir überqueren die Straße.

»So ungern ich dir die Illusion raube, aber ich glaube nicht, dass das verboten ist, da ich schließlich Erwachsene unterrichte.«

Harper schnippt mit den Fingern. »Verdammt! Aber was ist denn mit Simon?«

Ihre direkte Frage lässt mich sofort langsamer werden. »Was soll mit ihm sein?«, entgegne ich und bemühe mich, vollkommen ruhig zu klingen. Ich will ihr nicht verraten, dass wir uns gerade über Adler-Updates näherkommen. Die winzigen Raubvögel sind wirklich hinreißend, und ich liebe es, dass wir beide so begeistert davon sind. Aber wenn ich Harper erzähle, dass und vor allem wie wir uns diesbezüglich texten, kapiert sie sofort, was mit mir los ist, und meine unangebrachten Gefühle werden zum Gesprächsthema. Ich weiß nicht, ob ich dem gewachsen bin – na ja, ich bin eben klein.

»Läuft es im Job gut?«, fragt sie und zieht an meinem Arm, damit wir uns wieder zügiger voranbewegen.

»Er ist ein toller Boss. Super entspannt, unkompliziert, klug, und wir haben Spaß zusammen.« Verdammter Mist, ich habe zu viel gesagt! Ich habe quasi meine Karten offengelegt.

Harper bleibt beinahe schlitternd vor einem Diner stehen. Als ein Kunde aus dem Laden tritt, weht der Geruch von Bacon hinter ihm her. Meine Freundin piekt mir in die Schulter und verengt ihre blauen Augen. »*Magst* du ihn? Im Sinne von ›richtig mögen‹?«

»Nein!«, sage ich und ringe mir ein lautes Lachen ab, um zu beweisen, dass ich kein bisschen so empfinde. »Absolut nicht.«

Sie verschränkt ihre Arme vor der Brust. »Leugnen bringt nichts. Ich sehe es dir doch an.«

»Wieso?«

»Na, fangen wir mit dem gekünstelten Lachen an. Und vergessen wir nicht diese Ach-wie-nett-wäre-er-doch-in-meinem-Bett-Miene.«

Ich winke ab. »Definitiv nicht!«, erwidere ich, werde dabei aber leider sehr rot.

»Und jetzt die Farbe deiner Wangen.«

»Na gut«, gestehe ich zerknirscht. »Vielleicht mag ich ihn ein bisschen.«

Sie zieht eine Augenbraue hoch. »Ein bisschen?«

»Okay, sehr«, gebe ich zu.

Ihre Augen leuchten. »Wusste ich's doch!«

Auf einmal bin ich erleichtert. Es tut gut, etwas zuzugeben, das ich schon so lange mit mir herumschleppe. Vielleicht möchte ich ja über ihn reden. Ach, verdammt, ich will unbedingt über ihn reden!

»Findest du es albern, dass ich in meinen Boss verknallt bin?« Ich hebe eine Hand, ehe Harper antworten kann. »Warte. Antworte nicht. Ich weiß es schon. Es ist mehr als albern.«

Harper legt einen Arm um mich. »Nein, ich finde es überhaupt nicht albern. Er ist ein netter Typ, ist verrückt nach seinem Kind und macht lauter coole Sachen mit der Kleinen. Aber das weißt du besser als ich. Was *ich* weiß, ist, dass er letzten Herbst entschlossen war, jemanden zu finden, der auch solche coolen Sachen mit Hayden macht. Jemanden, der richtig bei der Sache ist, wenn er mit der Kleinen ins Natural History Museum geht, und nicht bloß mit Nanny-Freundinnen darüber textet, was sie nach der Arbeit unternehmen. Deshalb habe ich dich ja empfohlen. Und weil ich weiß, dass dir der Job auch wichtig ist … sei vorsichtig, okay? Egal, was passiert. Das ist alles, was ich dazu sage.«

»Du meinst, nichts ohne Schutz?«, frage ich mit unbewegter Miene.

Ihr fallen beinahe die Augen aus dem Kopf. »Genau so habe ich es nicht gemeint, aber ja, klar. Offensichtlich.« Sie stockt, bevor sie sehr ernst wird. »Ich meinte, dass du auf dein Herz und deinen Verstand aufpassen sollst.«

»Weiß ich doch.«

»Es steht eine Menge auf dem Spiel, das will ich damit sagen.«

Ich seufze. »Ja, du hast recht. Ich werde vorsichtig sein, versprochen.«

Sie schaut mich an. »Wir sehen uns am Freitag, ja? Die Verabredung steht doch, oder?«

Ich nicke. »Natürlich. Schreib mir, wann.«

Als ich kurz darauf quer durch die Stadt zu Simons prächtiger Wohnung in der Upper East Side gehe, wiederhole ich im Geiste ihre Warnung.

Sei vorsichtig.

Ich bin vorsichtig, als ich das Gebäude erreiche und in den Aufzug steige. Als ich eine Hand auf meinen Bauch lege, um die wilde Vorfreude in mir zu bändigen. Als ich das richtige Stockwerk erreiche und an die Tür klopfe, während meine Nerven wild flattern.

Hayden reißt die Tür weit auf und wirft mich mit ihrer stürmischen Umarmung fast um. »Abby! Komm mit zur Teeparty!«

Sie packt meine Hand und zieht mich ins Wohnzimmer, wo sie stolz auf ihren himmelblauen Kindertisch mit den aufgemalten Dinosauriern zeigt. Alles ist zum Tee gedeckt, und ihr Vater hockt dort und »genießt« eine Tasse.

Ich bemühe mich verzweifelt, nicht daran zu denken, wie er letzte Nacht mein Gesicht berührte. Oder mir heute Morgen textete. Oder mir Kuchen mitbrachte.

Aber den Kampf verliere ich. Wie könnte ich andere als süße, schwindelerregende Gedanken haben, wenn ich ihn sehe? Der Mann ist total anbetungswürdig, wie er da auf einem Stühlchen an dem kleinen Tisch sitzt, um mit seiner Tochter und deren Stoffelefanten Tee zu trinken, die Knie knapp unter dem Kinn.

Hayden setzt sich auf ihren Stuhl und klopft auf den freien neben sich. Ich lasse meine Tasche fallen, lächle Simon zu und geselle mich direkt zur Party. Da ich deutlich kleiner bin als er, passe ich besser an diesen Kindertisch.

»Möchtest du mehr Pfirsich-Himbeer-Schoko-Kokos-Tee?«, fragt Hayden ihren Elefanten.

Simon hebt das graue Stofftier hoch und lässt es mit dem Kopf nicken. »O ja! Mit Honig und Zucker und Sirup«, antwortet er mit tiefer Stimme.

Hayden nimmt ihre Plastikteekanne auf und schenkt dem Stofftier ein. Dann hält sie die Kanne in meine Richtung. »Willst du etwas von dem extramagischen Tee?«

Ich nicke begeistert. »Sehr gern. Was macht der extramagische Tee denn?«

Laut flüsternd gießt sie mir etwas ein. »Er macht dein Haar lila.«

Ich reiße die Augen weit auf und klatsche in die Hände. »Dann bin ich ja bei der richtigen Teeparty. Ich hatte schon immer nach einem Tee gesucht, der das kann!«

Sie gibt mir die Tasse, und ich nehme einen imaginären Schluck. Dann streiche ich über mein Haar, und Simon gibt sich bass erstaunt. »Es geht schon los. Ich kann sehen, wie es lila wird.«

Hayden wirft ihm einen Du-hast-ja-keine-Ahnung-Blick zu. »Nein, Daddy. Sie hat aus Versehen den Regenbogentee getrunken, und wenn dein Haar zu einem Regenbogen wird, kommen die Kobolde und holen dich.« Sie sieht mich an. »Abby! Dein Haar kriegt schon alle Regenbogenfarben!«

Ich forme meinen Mund zu einem O. »Bleibt es für immer so?« Ängstlich blicke ich mich um, ob schon Kobolde kommen. »Holen sie mich jetzt?«

Hayden schenkt rasch noch mehr »Tee« ein. »Nicht, wenn du ganz schnell das Gegenmittel trinkst«, sagt sie und hält mir die Tasse vor die Nase.

Ich trinke sie hastig aus. »Ist mein Haar jetzt wieder normal?«

»Alles wieder gut«, verkündet Hayden mit einem breiten Lächeln.

»Puh.« Simon wischt sich mit der Hand über die Stirn. »Beinahe hätten wir Abby an die Kobolde verloren.«

»Ich bin froh, dass wir sie gerettet haben«, bestätigt Hayden mit der Ernsthaftigkeit, wie sie Kinder bei solchen Spielen zeigen.

Anschließend serviert Hayden uns lila-schwarze Kekse (unecht), dann Neonkuchen (auch imaginär) und am Ende elektrische Kekse (ebenfalls nicht real). Alles ist außerordentlich köstlich.

»Was hast du am liebsten gemocht?«, fragt sie ihren Vater.

»Eindeutig den elektrischen Keks«, antwortet er.

»Kann der bei Gabriel auf die Karte?«

»Ich werde mein Bestes tun, ihn zu überreden.«

Die beiden haben eine wunderbare Beziehung. Für Simon ist sie typisch und zeigt, wie ernst er seine Rolle als Vater nimmt.

Zwar bin ich nicht wild darauf, allzu bald Kinder zu bekommen, doch dass Simon so ein guter Vater ist … gut, ich spreche es aus. Das macht mich mächtig an. Simon ist keiner dieser Sitcom-Väter, die komplette Blödmänner sind und ausflippen, wenn die Tochter pinkeln muss oder gebadet oder angezogen werden soll. Er hat keine Nanny engagiert, weil er nicht kapiert, wie man ein Kind großzieht.

Ganz im Gegenteil. Er ist dazu absolut imstande. Mich hat er angeheuert, weil er arbeiten muss.

Mein Gott, der Mann kann seiner Tochter sogar das Haar flechten!

Na ja, zu einem gewöhnlichen Zopf, er kann keinen Bauernzopf. Das mag seine Achillesferse sein.

Vor einigen Wochen erzählte ich Hayden, dass sie am nächsten Morgen Locken hat, wenn sie mit geflochtenen Zöpfen schläft. Sie mag meine Locken, deshalb flehte sie Simon an, ihr einen Zopf zu flechten. Auch wenn ich gern behaupten würde, dass ich es ihm beigebracht habe, stimmt das nicht. Er konnte schon flechten. Als Hayden ihn aber am nächsten Abend um einen Bauernzopf bat, wandte er sich mit einem hilflosen Achselzucken an mich. »Kannst du mir vielleicht zeigen, wie ich den mache?«

Dabei grinste er so süß, und in seinen blauen Augen schimmerte solche Hoffnung, dass ich unmöglich widerstehen konnte. Ich zeigte ihm, wie man französisch flechtet, und, na schön, er bekam es einfach nicht hin, ganz gleich, wie sehr er sich bemühte. Haydens Haar sah furchtbar aus, also übernahm ich.

Folglich gibt es eine Sache, in der er nicht gut ist. Niemand ist vollkommen.

Hayden isst ihren letzten imaginären Keks auf und tippt an meinen Arm. »Gehen wir heute in den Park und spielen Fußball, Abby?«

»Ja, sicher«, antworte ich, während wir aufstehen und den Tisch abräumen.

Simon weist beinahe entschuldigend auf sein Hemd und die Stoffhose. »Ich muss los. Meetings.«

Seine Arbeitszeiten sind ungewöhnlich, aber für uns

funktionieren sie. Weil er oft abends Dinner-Verabredungen hat, ist er normalerweise vormittags da, um Hayden in die Vorschule oder zu Kursen zu bringen. Auch jetzt, während der Sommerzeit ohne Vorschule, verbringt er seine Vormittage mit Hayden, sodass ich an den meisten Tagen erst nach zwölf komme. Das ist gut für mich, denn so kann ich morgens unterrichten.

Simon umarmt Hayden, verabschiedet sich von mir und geht. Die Tür klickt hinter ihm ins Schloss.

Erleichtert atme ich auf. Ich hatte damit gerechnet, dass es heute seltsam sein würde, da in meiner Brust Schmetterlinge tobten, als ich ankam. Aber anscheinend war der gestrige Abend nur ein kleiner Ausrutscher: einer dieser Momente, in denen zwischen zwei Menschen die Luft zu knistern scheint, die aber keine Folgen haben. Das ist prima. Es mochte ein kleiner Funke da gewesen sein, aber das bedeutet nicht zwangsläufig, dass wir Feuer fangen.

Ich verbringe den Tag mit Hayden, spiele mit ihr im Park Fußball, jage sie über den Spielplatz, fahre mit ihr auf dem Karussell. Hinterher machen wir an einem Foodtruck Station, wo wir uns Hummus, Pitas und Wasser zum Abendessen kaufen, uns damit auf eine Parkbank setzen und über die Wolken, den Himmel und die Bäume plaudern.

Als wir wieder zu Hause sind, ist früher Abend, und ich lasse Hayden ein Bad ein, während ich mir gründlich die Zähne schrubbe. Es ist immer gut, nach dem Essen die Zähne zu putzen, oder? Vor allem nach einem Hummus. Ich tue das natürlich nicht, weil ich einen frischen Atem haben will, wenn ihr Vater gleich nach Hause kommt.

Auch wenn mich das Flattern in meiner Brust, als ich höre, wie die Tür aufgeschlossen wird, Lügen straft.

KAPITEL SECHS

Simon

Hayden fällt innerhalb von Sekunden in Tiefschlaf. Es ist eine besondere Fähigkeit von ihr, sofort einzuschlafen, wenn sie unter der Bettdecke liegt. Nun ist es kurz nach acht, und ich sollte Abby gehen lassen, doch ich möchte noch ein paar Minuten mit ihr verbringen und mir von ihrem Tag mit Hayden erzählen lassen. Ich genieße es immer, wie sie berichtet, was sie unternommen haben und was Hayden am Tag gelernt oder woran sie Spaß gehabt hat – von neuen spanischen Wörtern bis hin zu neuen Interessen oder Abneigungen.

Als ich jedoch zum Wohnzimmer gehe, wo Abby ihre Tasche packt, klingelt mein Handy. Ich sehe aufs Display. Es ist Gabriels Geschäftsführer, Eduardo. Ich nehme das Gespräch an und signalisiere gleichzeitig Abby, dass ich mich beeile und noch mit ihr reden möchte.

Sie setzt sich auf die Couch und schaltet ihr iPad ein. Am Telefon rattere ich einige Informationen herunter, die Eduardo braucht, und sehe aus dem Augenwinkel, dass Abby die Adler-Webcam aufgerufen hat. Ein Strahlen erhellt ihre Züge. Ich trete hinter die Couch und beuge mich vor, um die kleinen Vögel zu beobachten, die sich bemühen, größere Vögel zu sein.

Weißkopf-Seeadler-Junge haben ein flauschiges graues Gefieder. Den typischen braunen Körper und den weißen

Kopf des Wappenvogels bekommen sie erst mit über vier Jahren, das habe ich bei meiner Adlerrecherche erfahren. Ihre Krallen sind allerdings schon riesig. Das ist ein witziger Anblick, genau wie bei einem Hundewelpen, und ich ahme einen tapsenden Hund nach. Abby lacht leise.

Dann stellt Gabriels Manager mir halb auf Englisch, halb auf Französisch eine Frage. Ich gebe mir Mühe, ihm auf Französisch zu antworten, dass wir morgen einen Plan entwerfen können.

Abby dreht sich ruckartig um und starrt mich entsetzt an.

Was?, frage ich stumm.

Sie blinzelt, schüttelt den Kopf und flüstert: »Du hast ihn gerade gefragt, ob er gern nackt schwimmen möchte.«

O Mist!

»Je suis désolé«, entschuldige ich mich bei Eduardo. Er lacht.

»Schon gut. Ich ziehe es allerdings vor, mit einer Frau nackt zu schwimmen«, sagt er trocken.

»So wie ich«, entgegne ich.

Nach wenigen weiteren Minuten unserer holprigen Unterhaltung vereinbaren wir, uns morgen wieder zu sprechen. Ich lege auf und lasse mich auf die zweite Couch gegenüber von Abby fallen. Sie kann sich offensichtlich ein Grinsen kaum verkneifen.

Ich breite in einer unschuldigen Geste die Arme aus. »Was? Unter den meisten Umständen ist Nacktschwimmen lustig«, sage ich, obwohl nichts meinen Patzer rechtfertigen kann.

Sie wirft ein Kissen nach mir, und ich fange es mit einer Hand.

»Aber nicht mit jemandem, mit dem man Geschäfte macht«, erwidert sie lachend.

»Na schön. Da könntest du recht haben.« Ich setze mich auf und reibe mir den Nacken. »Also sprichst du auch Französisch?«

»Oui.«

Es überrascht mich und zugleich auch nicht. »Ich wusste, dass du Spanisch und Deutsch kannst, ebenso wie Mandarin, und dass du Italienisch lernst, aber ich habe nicht gewusst, dass du auch Französisch sehr gut beherrschst. Du hattest nur gesagt, dass du es lernst.«

Sie zuckt charmant lächelnd mit den Schultern. »Als ich dir das bei unserem Einstellungsgespräch erzählte, *habe* ich es auch gelernt. Und jetzt kann ich es.«

Mir steht der Mund offen. »Nach sieben Monaten?«

Sie nickt. »Ich hatte schon gute Grundkenntnisse aus der Highschool und vom College. Dann habe ich einige Online-Kurse gemacht und mit einer App geübt.«

»Mehr war nicht nötig?«

Wieder nickt sie. »Ja, es ging schnell.«

»Das ist Warp-Geschwindigkeit.«

Sie strahlt. »Ist mein Partytrick, blitzschnell neue Sprachen zu lernen. Meine Mutter ist Spanierin, und mein Vater ist …«

Ich springe ein: »Deutscher.« Abby nickt erneut. »Das wusste ich, weil du es mir mal erzählt hast.« Sie soll nicht denken, dass ich ein grundlegendes Detail vergessen habe. Frauen schätzen gute Zuhörer, wie man immer wieder sagt, und zufällig habe ich hervorragende Ohren.

Sie greift in ihr blondes Haar. »Die Haarfarbe ist von meinem Vater.« Dann zeigt sie mit zwei Fingern auf ihre braunen Augen. »Die Augen sind von meiner Mutter.« Anschließend blickt sie nach oben, als würde sie etwas Großes betrachten. »Aber die Körpergröße? Keine Ahnung, warum ich so klein bin. Meine Eltern sind beide Riesen, für mich war jedoch bei einem Meter achtundfünfzig Schluss. Aber weißt du, was super daran ist, klein zu sein?«

»Erzähl«, sage ich und lehne mich auf der Couch zurück. Mir gefällt es, dass wir einfach … reden. Im Moment habe ich allerdings keinen Schimmer, was sie sagen will.

Sie zählt es an den Fingern ab. »Zunächst mal hat man reichlich Beinfreiheit im Flugzeug. Außerdem muss ich immer meinen Ausweis vorzeigen, was total schmeichelhaft ist, und ich kann so hohe Absätze tragen, wie ich will. Ach ja, und einige große Blusen kann ich wahlweise als Kleid tragen.«

Bei dem letzten Punkt muss ich lachen. Dann sagt sie sehr schnell etwas auf Französisch. Auf mein Stirnrunzeln hin übersetzt sie: »Die edelsten Dinge kommen in kleinen Verpackungen.«

Oh, wie gern würde ich etwas Flirtiges sagen, von wegen, dass sie tatsächlich etwas Edles ist, oder etwas Zweideutiges über große Verpackungen und vielleicht sogar etwas Schmutziges übers … Kommen. Stattdessen schwenke ich zu den Sprachen zurück. »Trotzdem ging das mit dem Französischlernen bei dir schnell. Bei mir hat es mehrere Jahre Unterricht gebraucht.«

Sie holt tief Luft. »Ähm, Simon, ich sage dir das nur ungern, aber ich glaube nicht, dass du Französisch kannst.«

Seufzend fahre ich mir mit einer Hand durchs Haar. »Tja, ich bin wohl eingerosteter, als ich dachte. Und leider habe ich das Gefühl, dass Gabriels Leute zugänglicher wären, würde ich besser Französisch sprechen.«

Abby sieht mich verwundert an. »Glaubst du wirklich, das könnte deine Chancen verbessern?«

Nachdenklich neige ich den Kopf zur Seite, bevor ich nicke. »Ja, das glaube ich, weil es sie beeindrucken würde. Es ließe mich aus der Menge der anderen hervorstechen. Und es würde ihnen meine besondere Begeisterung für ihre besondere Art von …« Ich will schon *cuisine* sagen, entscheide mich aber stattdessen für: »… ihre Art von *je ne sais quoi* beweisen.«

Abby grinst anerkennend und beugt sich vor. »Soll ich dir vielleicht helfen?«

Noch mehr Zeit mit Abby zusammen sein? Da muss ich nicht lange überlegen, auch wenn ich so tue, indem ich mir übers Kinn streiche. »Hm. Mal sehen. Mein Französisch ist furchtbar, deins ist perfekt. Da muss ich doch einfach zusagen.«

»Schön. Ich unterrichte für mein Leben gern. Und ich freue mich, wenn ich helfen kann.«

Ich vermag nicht in Worte zu fassen, wie sehr ich mich darauf freue, ihr Schüler zu sein. Aber ich muss es sowieso für mich behalten. Also konzentriere ich mich lieber auf die Details. »Aber ich bestehe darauf, dich zu bezahlen.«

Sie schnaubt. »Und ich bestehe darauf, kein Geld von dir zu nehmen.«

»Du kannst mich nicht umsonst unterrichten.«

»So darfst du es nicht sehen. Es hilft mir, mein Können als Sprachenlehrerin auszubauen. Ist das kein fairer Tausch?«

Geschäfte zu machen ist mein Metier, daher bleibe ich eisern. »Trotzdem würde ich dich wirklich gern bezahlen. Ich wertschätze deine Zeit, Abby.«

Sie lächelt mir zu. »Das weiß ich. Aber das Angebot lautet: nur umsonst, nicht gegen Bezahlung.« Neckisch zieht sie eine Augenbraue hoch. »Nimm es, oder lass es bleiben.«

Ich schüttle den Kopf. »Du verstehst zu verhandeln.«

»O ja, und hart«, scherzt sie.

Absolut, verdammt. »Ja, sehr hart«, sage ich im Spaß, auch wenn ich in gewisser Weise gar keinen Spaß mache.

»Möchtest du heute Abend schon anfangen?«, fragt sie eifrig.

»Hast du denn nichts vor?« Und weil ich nicht anders kann, ergänze ich: »Kein heißes Date?«

Es ist peinlich, wie ich nach Informationen fische, aber ich will es so dringend wissen, dass ich nicht cool bleiben kann. Ach, von Vätern erwartet man auch nicht, dass sie cool sind. Ergo darf ich fischen.

Sie lacht laut auf. »Nein, heute kein heißes Date. So wenig wie gestern oder morgen.«

Ein Grinsen erscheint auf meinem Gesicht, und es wird noch breiter, als sie hinzufügt: »Und übermorgen auch nicht.«

Das, meine Damen und Herren, sind wahrhaft interessante Neuigkeiten. Das Aushorchen hat sich gelohnt. Abby ist durch und durch Single, und im Geiste recke ich eine Faust in die Höhe.

Nicht, dass ich sie um ein Date bitten werde. Aber, verdammt, wenn *ich* sie nicht haben kann, soll sie auch kein anderer haben. Ja, ich weiß, dass es unfair und besitzergreifend klingt. Sei's drum. Auch in mir steckt ein Neandertaler.

Ich mag ihn die meiste Zeit unter den edlen Hemden in meiner Upper-East-Side-Höhle verbergen, dennoch ist er da, und er will nicht, dass jemand anders diese Frau anfasst.

»Schön«, sage ich, bevor ich mich bremsen kann.

Die nächste Stunde verbringen wir auf der Couch, und gegenwärtig kann ich mich wahrlich nicht über mein Leben beklagen. Allein Abby nahe zu sein, ist wie eine Endorphin-Injektion. Dazu noch die Tatsache, dass sie geduldig, witzig und sehr konzentriert ist, als wir an meinem Französisch arbeiten … Ich bin rundum glücklich. Überdies habe ich einige neue Sätze gelernt, wie zum Beispiel die richtige Aussprache dessen, was ich Eduardo eigentlich fragen wollte. *Wollen Sie morgen einen neuen Plan entwickeln?*

»Voulez-vous aménager un nouveau plan demain?«, sage ich. Abby lächelt und klatscht leise.

»Très bien«, lobt sie mich strahlend. »Oder nimm *développer* anstatt *aménager*. Beides ist auf jeden Fall besser als *voulez-vous nager nu dans l'été«*, wiederholt sie meinen ersten Versuch.

Ich schiebe die Unterlippe vor und mache mit den Händen eine hilflose Geste. »Was soll ich machen?«

»Keine Nacktbade-Einladungen aussprechen«, sagt sie und hebt warnend einen Zeigefinger. »Überhaupt wird Nacktbaden überbewertet.«

Ich merke auf. Ebenso wie ein spezieller Teil von mir, weil sie über Nacktheit redet. »Warum findest du das?«

»Wegen … dem Wasser.«

Ich bin verwirrt. »Magst du kein Wasser?«

»O doch, ich mag Wasser sehr«, antwortet sie lachend. »Ich halte nur nichts davon, wenn es bei … du weißt schon, eine Rolle spielt.« Plötzlich klingt sie schüchtern.

»Beim Vorspiel?«, helfe ich ihr aus, und das sollte ich wirklich nicht ansprechen. Aber ich tue es trotzdem.

Abby wird rot. »Ja, genau.«

»Nacktbaden als Vorspiel wird überbewertet? Und warum das?«, frage ich. Sie hat angefangen, dann mache ich eben mit.

Abby reckt ihr Kinn und wirkt viel selbstbewusster. »Weil Wasser kein Gleitmittel ist.«

Meine Augenbrauen schießen bis zum Haaransatz hinauf. Abby hat eine schmutzige Fantasie. Eine verdorbene Seite. O verflucht, diese Seite an ihr möchte ich dringend kennenlernen!

»Wahrscheinlich hast du recht. Aber es gibt andere Arten, im Wasser feucht zu werden«, platze ich heraus, ehe mein Verstand wieder die Kontrolle über meinen Mund gewonnen hat. Was er jedoch tunlichst bald sollte, bevor ich mich geradewegs ins Land der erotischen Andeutungen flirte. Ich weiß nämlich nicht, ob ich von dort wieder zurückfinden könnte – oder wollte.

»Zweifellos gibt es bessere Arten«, sagt sie mit einem frechen Grinsen, und ihr Tonfall hat etwas Verführerisches, sodass ich denke, auch ihr gefällt dieser Tango. Gern würde ich die Zeit zurückdrehen und meinem Ich vor einer Stunde danken, dass es das französische Wort für Schwimmen fälschlicherweise in einem Business-Gespräch benutzt hat.

»Aber wenn das Nacktbaden überbewertet ist, ist das Duschen es dann auch?« Meine Stimme klingt rauer als vorher. Das muss sie hören. Ihr muss bewusst sein, was für ein Spiel wir hier treiben.

Sie nagt an ihrer Unterlippe. »Ich denke, duschen und bestimmte Aktivitäten dabei müssten viel besser bewertet werden«, sagt sie und blickt mir tief in die Augen. Mein Blut heizt sich auf, und ich kann an nichts anderes denken als an die Bilder, die mir durch den Kopf huschen. Sie in meiner Dusche, Wasser, das über ihre nackte Haut rinnt. Ich, der zu ihr unter den Strahl tritt, ihre Hände an die Wand legt und ihre Hüften ein wenig beugt, bevor ich sie nehme.

»Glaube ich auch«, raune ich, und eine Handvoll Wörter, die ich hinzufügen möchte, tanzen gefährlich auf meiner Zungenspitze.

Mit dir.

Jetzt.

Prüfen wir diese Theorie.

Ich schlucke angestrengt, bin kurz davor, etwas Anzügliches zu sagen. Doch irgendwie greife ich nach einem rettenden Seil und ziehe mich von diesem dünnen Eis. »Nun, *merci.* Ich bin dankbar für die Stunde«, sage ich auf Französisch.

Es wirkt. Mein Gehirn zu diesem Satz auf Französisch zu zwingen, hat mich in die Realität zurückgeworfen.

Auch Abby kehrt nahtlos zurück. »Sehr gut. Du beweist mehr Talent in Sprachen als im Flechten«, scherzt sie, während sie die iPad-Hülle zuklappt.

Ich gebe mich gekränkt. »Das ist überhaupt nicht wahr. Einen Bauernzopf flechte ich mit verbundenen Augen.«

Sie schüttelt den Kopf. »Tja, da hätte ich Zweifel.«

»Ich beweise es dir.«

Sie sieht mich verwundert an, und ihre Hand an der Tasche erstarrt. »Beweisen?«, fragt sie leise.

Nun habe ich sie herausgefordert, ohne dass es mir bewusst war. Also tue ich das einzig Natürliche – und bleibe dabei. »Klar. Hast du eins von deinen Haargummis dabei?«

Sie nickt langsam. »Ja, aber …« Ihre Stimme verliert sich. Dann nimmt sie den Gedanken wieder auf. »Hast du wirklich gelernt, einen Bauernzopf zu flechten?«

Ich bejahe. »Hayden bestand darauf«, erkläre ich und sehe Abby an. Ihre Pupillen sind geweitet, und sie blinzelt. O verflucht, ich habe sie mit meiner Bemerkung misstrauisch gemacht.

»Ich muss es nicht beweisen. War nur ein Scherz«, sage ich, um ihr einen Ausweg zu lassen. Flirtende Bemerkungen sind eine Sache – Hände im Haar sind etwas gänzlich anderes.

Ein kleines Grinsen umspielt ihre Lippen, als sie die Hand in ihre Tasche steckt und ein schwarzes Haargummi hervorzieht. »Nein, ich bestehe darauf. Letztes Mal warst du furchtbar. Versuch's.«

Mit diesen Worten geht sie auf die Knie, rückt herüber zu mir und stupst mein rechtes Knie mit ihrer Schulter an.

Hallo, dünnes Eis. Wie nett, dich so bald wiederzusehen.

KAPITEL SIEBEN

Simon

Jedes Nachdenken ist unnötig. Ich stelle meine Beine weiter auseinander, sodass sie sich dazwischen setzen kann. Nun hocke ich auf der Couch und sie auf dem Fußboden vor mir, und offenbar wartet sie darauf, dass ich ihr das Haar flechte.

Während ich ihre üppigen blonden Locken anstarre, weicht mir sämtliche Luft aus der Lunge. Na klar, ich habe ihr schon ein Dessert mitgebracht. Habe ihren Mundwinkel berührt und sie länger angesehen, als ich sollte. Ich habe ihr Texte über Wildvögel geschickt und Bemerkungen über duschen und Nacktheit gemacht.

Aber jetzt *das*.

Ihr Haar berühren.

Fuck, ich liebe ihr Haar!

Ich schiebe mir das Haargummi übers Handgelenk und ergreife einige Strähnen oben auf ihrem Kopf. »Ich muss etwas beichten«, sage ich leise. »Nachdem du versucht hattest, es mir beizubringen, habe ich mir einige YouTube-Videos angesehen.«

Sie lehnt sich zurück, und ich spüre, dass sie grinst. »Wie gesagt, beweise es.«

»Geht gleich los.« Ich konzentriere mich auf die Aufgabe, ihr honigblondes Haar in drei Partien zu teilen, und kämme es mit meinen Fingern. Die erste Strähne lege ich über die mittlere, dann die linke ebenfalls und nehme beim nächsten Mal mehr Haar hinzu.

Es stimmt, ich wollte es unbedingt lernen. Ein Mann sollte imstande sein, seiner Tochter das Haar zu flechten.

Und seiner Frau.

»Wie sieht es aus?«, fragt sie ein bisschen atemlos.

»Wie von einem Mann geflochten, der mit YouTube-Videos gelernt hat«, antworte ich.

Sie lacht leise und lehnt sich näher an mich. Für einen Augenblick erstarren meine Hände. Es fühlt sich an, als sei ich wieder in der Highschool. Als sei ich in ein Mädchen verknallt und wüsste nicht, was ich tun, wie ich mich verhalten oder was ich sagen soll.

Fakt ist, dass ich es sehr wohl *weiß*. Nur eben nicht, ob ich es *sollte*. Aber mir ist klar, was ich will. Ohne den leisesten Zweifel. Ich will sie berühren, sie küssen, ihren Körper an meinem spüren. Schon die Chance, sie so zu berühren, ist berauschend. Ihr welliges Haar ist weich und fühlt sich wunderbar an, wenn es durch meine Finger gleitet. Meine Gedanken sind vollständig von der Vorstellung beherrscht, dass ich meine Hände in diese dichten Strähnen tauche, während ich Abby küsse, sie streichle und sie sich unter mir bewegt.

Ja doch, es ist nicht das erste Mal! Auch nicht das hundertste Mal. Ich habe es mir schon verdammt unzählige Male vorgestellt, und es bleibt ein fantastisches Bild. Ihre Geschmeidigkeit, ihre Süße, ihre Kurven. Ich sehe, wie sie den Mund öffnet, höre, wie ihr Atem schneller geht, merke, wie ihre Arme um mich geschlungen sind. Blinzelnd versuche ich, diese Bilder aus meinem Kopf zu löschen, aber zweifellos werden sie später zurückkehren, wenn Abby fort ist und ich allein im Bett liege.

Unterdessen flechte ich weiter, gebe mir alle Mühe, mich ganz der simplen Aufgabe zu widmen und weiter nach unten durch ihr Haar zu wandern. Abby neigt ihren Kopf nach vorn und bietet mir so ihren Nacken dar. Ich atme geräuschvoll aus.

»Mist«, murmle ich.

Sie verspannt sich. »Alles in Ordnung?«

Ich schließe die Augen und halte inne, um mein Verlangen zu bändigen. »Ja. Du hast nur …«

Sofort bremse ich mich. Darauf darf ich mich nicht einlassen. Das kann ich nicht sagen. Darf es nicht tun. Aber, mein Gott, ich träume davon, ihren Nacken zu küssen. Ich möchte ihn mit Küssen bedecken, mit den Lippen über ihre Haut streichen und fühlen, wie sie an mir dahinschmilzt. Ich möchte Dinge mit ihr tun, bei denen ihre Knie nachgeben und ihr Höschen feucht wird.

»Was habe ich nur?«, fragt sie leise, aber mit Nachdruck, als wolle sie ebenso dringend die Antwort hören, wie ich sie ihr geben möchte. Die Möglichkeit, dass sie genauso empfindet, durchfährt mich wie ein Stromschlag.

»Du hast nur sehr schönes Haar«, flüstere ich und könnte mich gleichzeitig wieder einmal in den Hintern treten.

Du hast schönes Haar?, wiederhole ich im Kopf grimmig und bin froh, dass sie mich nicht sehen kann.

»Du auch«, sagt sie. Eine Hitzewelle bricht über mich herein, und ich lasse mich von ihr erwärmen. Sie ist die Kraft, die meinen Kopf dichter zu Abby neigt. Meine Nase ist nur Zentimeter von ihren Locken entfernt, und ich atme tief ein. Die Hitze wird zu einer Feuersbrunst, züngelt und tobt in meinen Adern.

»Und gut riechen tust du auch«, sage ich heiser. »Wie Kokosnuss oder so.«

»Mein Shampoo«, erwidert sie, und ihre Stimme ist kaum noch ein Wispern in der Stille der Wohnung. »Gefällt es dir?«

Meine Kehle ist ausgetrocknet, weshalb ich angestrengt schlucke, bevor ich ehrlich antworte: »Ich liebe es.«

Dann flechte ich die letzten Strähnen und winde das Haargummi um das Zopfende.

»Und? Wie ist es geworden?«

Ich fahre mit dem Zeigefinger über den straff geflochtenen Bauernzopf. »Man würde mich nie mit einem Friseur verwechseln, aber ich denke, ich darf behaupten, dass ich besser französisch flechte, als ich es spreche«, sage ich. Selbstironie ist nie verkehrt. Abby lacht verhalten, hebt die Hände und streicht mit den Fingern über mein Werk.

Mein Blick wandert über ihre Arme, die das pfirsichfarbene Trägertop unverhüllt lässt.

In diesem Moment fühle ich mich wie ein geiler alter Sack, denn ich will nichts lieber, als diese Sechsundzwanzigjähre packen und nehmen. Ich möchte sie hochziehen, umdrehen und rittlings auf meinen Schoß setzen. Dann würde ich sie um Sinn und Verstand küssen, würde endlich erfahren, wie sich ihre Lippen anfühlen, wie ihr Mund schmeckt, ob sie so weich ist, wie ich es mir ausmale. Ob sie in meinen Armen tatsächlich dahinschmilzt. Ich möchte sie ausziehen und es wild mit ihr treiben. Immer wieder.

Während ich erneut tief einatme, übernimmt meine verräterische Hand und legt sich auf Abbys, die noch auf dem Zopf ruht.

Abby ringt nach Luft, was überrascht und sexy zugleich klingt.

Sanft führe ich ihre Finger über den Zopf, als wolle ich ihr lediglich zeigen, dass ich es hinbekommen habe. Als würde ich nicht etwa verzweifelt versuchen, sie auf diese Weise zu berühren, ohne dass sie merkt, wie gern ich sie überall anfassen will. Wie sehr ich mir mehr von ihr wünsche. Alles von ihr.

Meine Haut erhitzt sich auf eine Million Grad, als ich meine Finger um ihre lege und sie über ihr weiches Haar dirigiere. Ich schwöre, dass Abby den Atem anhält, während wir über den Zopf streichen, was mich mutiger macht. Meine Fingerspitzen streifen den Rand ihres Wangenknochens. Ich ergreife gerade lauter Chancen, die ich in Wahrheit nicht ergreifen darf, aber ich will nicht aufhören! Ich *kann* nicht aufhören.

Sie atmet geräuschvoll ein, und ich will meine Finger gerade erschrocken zurückziehen, als Abby sich noch weiter zurücklehnt und flüstert: »Ja, jetzt kannst du flechten.«

Meine Wohnung ist so still, dass ich das Vibrieren der Luft zwischen uns geradezu fühlen kann, das zarte Summen von Möglichkeiten, ähnlich dem Moment vor einem Sturm, wenn man erahnt, dass gleich der Himmel über einem aufbricht. Ich bin sicher, dass Abby es auch fühlt. Das spüre ich an ihren Schultern, die an meinen Beinen lehnen, ebenso wie an ihrer atemlosen Stimme und ihren Worten.

Ich halte es nicht mehr lange aus. Ihr so nahe zu sein und sie nicht in die Arme zu nehmen, ist schier unerträglich. Ich will sie fragen, was sie denkt, ob dieses Gefühl wirklich beidseitig ist.

»Abby …«, beginne ich, halte aber sofort wieder inne.

Leise Schritte auf dem Parkettboden.

Ich reiße meine Hand fort, und Abby rückt hastig nach vorn. Mein Herz hämmert wie verrückt, und meine Haut kribbelt. Rasch setze ich mich auf dem Sofa weiter nach hinten, um Abstand zwischen uns zu schaffen.

Aber Hayden kommt gar nicht ins Wohnzimmer. Das Wasserplätschern verrät mir, dass sie nur ins Bad gegangen ist, um ein Glas Wasser zu holen.

Trotzdem wummert mein Puls, als hätte mich mein eigenes Kind beim Stehlen ertappt.

»Ich sehe lieber mal nach ihr«, sage ich, erhebe mich und gehe durch den Flur ins Kinderzimmer. Hayden schlüpft gerade wieder unter die Decke.

Ein schläfriges Lächeln tritt auf ihre Züge. »Gute Nacht, Daddy.«

»Nacht, Süße«, erwidere ich und ziehe ihre lila Bettdecke höher, bevor ich meine Tochter auf die warme Wange küsse.

Dann wende ich mich von ihrem Bett ab, fahre mir mit einer Hand durchs Haar und atme tief durch. Ich sage mir, dass ich nichts falsch gemacht habe. Es wurden keine Grenzen überschritten. Aber mein Herz pocht erbarmungslos, deshalb presse ich die Hand gegen den Türrahmen und ermahne meinen Puls, sich zu beruhigen.

Dreißig Sekunden später kehre ich ins Wohnzimmer zurück.

Abby ist aufgestanden, hängt sich gerade den Taschenriemen über die Schulter, streicht ihr Top glatt und lächelt mich an. Der Moment ist vorüber, und all die wahnwitzigen Möglichkeiten sind nicht bloß versickert – sie sind vollkommen ausgelöscht.

Ein Gefühl von Leere setzt sich in meiner Brust fest, doch ich sage mir, dass es so besser ist. Ich hätte die Nanny meines Kindes nicht anrühren dürfen. Nicht flirten sollen. Ihr nicht das Haar flechten. Ich brauche sie viel zu sehr für Hayden und darf das nicht gefährden, bloß weil ich so verdammt scharf auf sie bin. Mein Verlangen nach ihr sollte nicht in einem eigenen Frequenzbereich senden.

Es wird wirklich lästig.

»Es ist spät. Ich sollte gehen«, sagt sie leise und mit einem süßen Lächeln.

Ich nicke.

»Aber sag Bescheid, wenn du wieder Französisch üben willst«, ergänzt sie, und es ist, als würde sie mir eine Rettungsleine zuwerfen.

Ich möchte ein anständiger Kerl sein, der keine Grenzen übertritt. Gern wäre ich der Mann, der ihr Angebot ablehnen könnte.

Doch ich muss mein Französisch aufbessern. Verdammt, wenn ich nicht weiter lerne, werde ich beim nächsten Gespräch Gabriel womöglich fragen, ob er in Kampfstiefeln Radschlagen oder Schlagsahne von einem Steak löffeln möchte. Und dieser Gedanke genügt, dass ich nach der Rettungsleine greife.

Ich weise mit dem Kopf zu Haydens Zimmer. »Sie ist die nächsten Tage bei ihrer Mutter«, sage ich, obwohl Abby das schon weiß, weil sie dann frei hat.

Munter schlägt sie vor: »Dann lass uns in der Zeit dein Französisch aufmöbeln.«

Ich will fragen, wo wir uns treffen sollen, doch sie ist schneller. »Können wir uns vielleicht in einem Café treffen? Oder in der Bibliothek?«

Damit habe ich meine Antwort. Sie verrät mir alles, was ich wissen muss. Wir treffen uns nicht *hier*. Bei Gott, nicht nach diesem Abend! Es ist zu gefährlich. Sollten wir noch einen Schritt weitergehen, wird sich jemand verbrennen.

Außerhalb meiner Wohnung sind wir sicher. »Das ist ein guter Plan.« Dann grinse ich und wiederhole es auf Französisch.

Beim Lächeln blitzen ihre Augen, und sie lobt mich: »*Très bien.*«

Ich bringe sie zur Tür und halte sie ihr auf. »Gute Nacht, Abby.« Meine Stimme ist leiser als gewöhnlich, aber auch heiserer.

Sie blickt zu mir auf, und es hat den Anschein, als wolle sie noch etwas Wichtiges sagen. Dann jedoch schluckt sie und antwortet nur: »Gute Nacht, Simon.«

Und verdammt, diese sanfte, süße Stimme erregt mein Verlangen nach ihr sofort wieder.

Aber ich verdränge es.

Als sie den Flur hinuntergeht, fällt ihr das Haar lockig über den Rücken. Sie hat den Zopf wieder aufgeflochten, und ich vermisse ihn jetzt schon.

KAPITEL ACHT

Abby

An diesem Abend nehme ich zum allerersten Mal eine kalte Dusche.

Ich bibbere unter dem Wasserstrahl, und die Kälte zieht mir bis in die Knochen. Meine Zähne klappern, und ich sehne mich danach, das heiße Wasser aufzudrehen und es auf mich niederregnen zu lassen.

Doch ich widerstehe.

Ich bleibe unter dem eisigen Strahl, entschlossen, diesen Kampf gegen meine Lust zu gewinnen.

Es dauert nicht lange, bis die Kälte all das lodernde Verlangen in mir erstickt hat.

Die Strategie hat funktioniert. Zwar bin ich schier zu Eis gefroren, aber ich habe mein Ziel erreicht.

Ich bin hundertprozentig abgetörnt.

Mit meinen Arktis-Händen drehe ich den Wasserhahn ab, trockne mich ab und wickle mich in ein flauschiges Badelaken. Danach ziehe ich mir ein blaues College-T-Shirt von einem meiner Brüder an und schnappe mir einen weißen Schlüpfer. Keinen hübschen Seidenslip, sondern ein *hässliches* Baumwollteil. Eines von denen *für die Tage*. Ich krame in meiner Kommode nach einer alten Sporthose, die ich überziehe.

O Gott, diese graue Sweat-Hose ist scheußlich! Ich weiß nicht einmal, warum ich so ein Ding besitze. Ich ziehe die

Kordel stramm und werfe meinen Fingern einen mahnenden Blick zu, ganz besonders dem Zeigefinger, diesem verdorbenen Flittchen.

Weg da. Denk nicht mal dran, unter den Bund zu tauchen.

Anschließend kehre ich in das winzige Bad zurück, reiße den Spiegelschrank auf und nehme eine Tube Gesichtsmaske heraus. Ich verteile die Paste auf meiner Stirn, meiner Nase und meinen Wangen und bin anschließend von einer hellblauen Schicht bedeckt, die nach einer Mischung aus Tofu und Zitrone riecht. Jetzt könnte man mich echt als brechreizerregend bezeichnen.

Hervorragend.

Ich schraube die Tube zu und betrachte mich im Spiegel. Meine Arbeit war erstaunlich effektiv. Ich bin durchgekühlt wie Muschelsalat, sehe wie das jüngste Mitglied der Blue Man Group aus, rieche wie ein veganes Café und bin angezogen wie mein Bruder.

Das Ziel ist übererfüllt.

Nicht mal meine eigene Hand will sich mit der Frau im Spiegel vergnügen. Das ist ein Triumph, bedenkt man, was seit Wochen meine nächtliche Lieblingsbeschäftigung ist – zu Fantasien von Simon kommen. Ich habe eine wunderbare Serie von abrufbaren Bildern im Kopf, die sich einzig um dieses Thema drehen.

Aber heute Abend nicht.

Im Bett greife ich nach meinem iPad und ziehe in Erwägung, noch Italienisch zu üben. Doch die Sprache hat zu viele verführerische Klänge. Sie wird mich direkt zu Simon zurückführen. Ich wische mit dem Daumen über meine eBooks und stelle schnell fest, dass es da nicht besser wird, weil zwischen meinen Sprachenlehrbüchern Unmengen Liebesromane lauern.

Also gehe ich zu Pinterest und beschließe spontan, mir Bilder von gelben Regenmänteln anzusehen, denn die sind ganz und gar nicht sinnlich. Ich sehe Kinder in Gummistiefeln, die gepunktete Regenschirme kreiseln lassen, und kleine Hunde, die in Mäntelchen durch dichte Schauer laufen. Womit meine Theorie eindeutig belegt wäre. Wasser ist wirklich kein Gleitmittel.

Meine Hände bleiben oberhalb der Taille. »Gold für Abby«, murmle ich und schlummere ein.

Als ich aufwache, ist mein Kopfkissen von blauem Schlamm verkrustet, aber ich habe die Nacht überlebt, ohne zu schummeln.

Ich rede mir ein, dass heute ein neuer Tag ist und nichts Ungehöriges passieren wird, wenn ich Simon um eins treffe.

Das beteuere ich mir den ganzen Vormittag über immer wieder, zum Beispiel als ich durch den Central Park radle, um Bewegung zu bekommen (ich bin nämlich überzeugt, dass Joggen als eine Form von Folter erfunden wurde). Ich sage es mir erneut, als ich zu meiner Spanischstunde in einer Unternehmensberatung gehe, und abermals auf der U-Bahnfahrt nach Downtown.

Ich wiederhole es ein letztes Mal bei meiner Ankunft im Café Gitane in NoLita, einem winzigen, legeren Bistro, in dem französisch-marokkanische Gerichte serviert werden. Trotzdem bin ich innerlich so zittrig, als hätte ich viel zu viel Koffein intus. Wir waren einfach gestern Abend zu dicht am Abgrund, so kurz davor nachzugeben. Ich habe keine Ahnung, was mich heute erwartet oder ob die Eisduschen-Therapie länger als zwölf Stunden vorhält. Vielleicht hätte ich mir heute Morgen noch eine Dröhnung verpassen sollen, denn ich kann nicht einschätzen, wie ich mich fühlen werde, wenn ich ihn sehe.

Die Antwort erfahre ich, als ich mich umdrehe. Er kommt auf mich zu. Zehn Schritte entfernt, und mein Puls wird schneller. Fünf Schritte, und meine Kehle trocknet aus. Zwei Schritte, und mein Magen tanzt Pirouetten.

In einer Jeans und dem kurzärmligen hellblauen Hemd, das seine muskulösen Arme betont, sieht Simon fabelhaft aus. Ich würde sagen, dass ich auf Arme stehe, aber tatsächlich stehe ich auf alles. Man gebe mir starke Arme, einen knackigen Hintern, trainierte Bauchmuskeln, sexy Beine, ein attraktives Gesicht, gefühlvolle Augen, weiches Haar und ein wunderschönes Herz.

Ich will das alles.

Woran nichts verkehrt ist.

Und er hat es.

»Hi, Simon«, sage ich und bin beeindruckt, dass ich die beiden Worte herausbringe, ohne an ihm raufzuklettern wie an einem Baum. *Ich schaffe das. Ich bin der Rockstar des Widerstehens.*

»Hi, Abby«, erwidert er lächelnd. »Wollen wir uns einen Tisch suchen?«

»Können wir machen. Oder wir setzen uns an einen«, antworte ich mit einem idiotischen Lächeln. Was für ein furchtbarer Witz! Tja, mehr geht in meinem Zustand leider nicht.

»Dann wäre ich für Sitzen«, sagt er, und wir wählen einen Tisch draußen vor dem Lokal aus.

Simon zieht mir einen Stuhl vor. Das ist noch so ein Punkt, der für ihn spricht: Er ist höflich. Aber ich wusste ja schon, dass er ein Gentleman ist.

»Danke«, sage ich, setze mich und ermahne das Organ in meinem Brustkorb, gefälligst das Tempo zu drosseln. Um ein Uhr mittags kann nichts Ungezogenes geschehen.

Die Sonne scheint, der Himmel ist blau, und wir sind nicht ansatzweise allein. *Sehr gut.* Draußen zu sitzen ist das ideale Gegengift zu gestern Abend. Es ist ein Schutz vor all jenen teuflischen Hormonen, die sich im Dämmerlicht seines Wohnzimmers alle Mühe gegeben haben, mich entgleisen zu lassen. Hier, am helllichten Tag, umgeben von lauter anderen New Yorkern, werde ich nicht in Versuchung geraten.

»Ich fand, dies ist der perfekte Ort, um an deinem Französisch zu arbeiten«, sage ich, während ich die Serviette auf meinem Schoß ausbreite.

»Ich habe schon tolle Sachen über diesen Laden gehört, war aber bisher noch nicht selbst hier, also umso besser. Der Avocado-Toast soll ziemlich gut sein, genauso wie das Couscous mit roter Paprika und gerösteten Pinienkernen«, erzählt er. Erleichtert atme ich auf, denn jetzt muss ich nicht mehr darüber nachdenken, was ich essen möchte. Es kostet mich schon genug Kraft, gegen diese magische Anziehungskraft, die von ihm ausgeht, anzukämpfen.

»Lass uns das nehmen«, sage ich. Nachdem wir bestellt haben, fragt der Kellner, ob wir Wein wünschen.

Simon sieht mich an. »Ein Glas Weißen?«

O Gott, ja. Eine ganze Flasche bitte und einen Trichter, damit ich sie möglichst fix kippen kann. »Von mir aus gern.«

Der Kellner räuspert sich und fragt leise: »Dürfte ich Sie um Ihren Ausweis bitten?«

Simon prustet los, sieht zur Seite und hält sich die Hand vor den Mund. Ich lache ebenfalls. »Habe ich doch gesagt«, kichere ich, greife in meine Handtasche und zeige dem Kellner meinen Führerschein.

Der liest ihn und lächelt dann. »Sie sehen noch so jung aus, und das meine ich als Kompliment.«

»Ich nehme an, meinen möchten Sie nicht sehen«, scherzt Simon.

Die blassen Wangen des Kellners röten sich leicht. »Ähm …«, stammelt er. »Falls Sie ihn mir zeigen wollen? Ist aber nicht nötig, Sir.«

Lachend verneint Simon. »Alles gut«, sagt er, und der Typ geht weg.

»Schon schräg, dass mich nicht mal die Tatsache, dass ich mit *dir* etwas trinke, in seinen Augen älter wirken lassen.«

Im nächsten Moment wird mir bewusst, was ich gerade von mir gegeben habe. Ich trinke etwas mit Simon. Das habe ich noch nie getan. Es ist das erste Mal, dass wir privat außerhalb seiner Wohnung zusammen sind, *sans* Hayden.

Diese Erkenntnis trifft mich mit voller Wucht.

Es ist eine Premiere.

Wir sind in einem Restaurant.

An einem Tisch für zwei.

Sosehr ich mir auch einrede, dass ein Uhr mittags eine sehr unverfängliche Zeit ist – wenn ich bedenke, dass wir zu zweit an einem Tisch sitzen, Wein und Essen bestellen, fühlt es sich doch sehr an wie ein …

Nein.

Daran will ich nicht einmal denken.

Darf ich nicht.

Aber … wir haben hier tatsächlich alle Zutaten für eine perfekte Versuchung beisammen.

Ich zwinge mich, diese Stunde mit ihm als privaten Sprachunterricht zu betrachten, nicht als Date mit dem Mann, nach dem ich mich verzehre.

Also ziehe ich mein iPad hervor, tippe meine Französisch-Notizen an und verkünde: »Fangen wir an.«

Er nickt und lächelt, sodass seine ebenmäßigen weißen Zähne aufblitzen. Für einen flüchtigen Moment richtet er seine Augen auf meine. »Unterrichte mich, Abby«, sagt er, und mein Bauch vollführt einen Purzelbaum, weil es ihm gelungen ist, diese drei Worte unglaublich sexy klingen zu lassen.

KAPITEL NEUN

Abby

Eine Stunde später hat er mehrere neue Schlüsselbegriffe für seine Verhandlungen mit Gabriels Geschäftsführer gelernt, und wir haben einige andere Ausdrücke geübt, die ihm nützlich sein werden, wie »Vertragsbedingungen« und »Kapitalrendite«.

»Du lernst schnell«, sage ich, und es stimmt. Zwar erwarte ich nicht von ihm, eine richtige Unterhaltung zu führen, aber er merkt sich neue Vokabeln gut. »Und du hast eindeutig gute Vorkenntnisse.«

»Danke. Vor allem habe ich eine gute Lehrerin.« Er erhebt sein Glas und stößt mit mir an. »Auf dass ich nie wieder Geschäftspartner zum Nacktbaden einlade.«

»Richtig. Mein Ziel ist, dass du dir keine verbalen Patzer mehr leistest«, pflichte ich ihm grinsend bei.

Simon trinkt sein Glas aus und stellt es hin. »Das ist ein bewundernswertes Ziel. Wie viele Stunden werde ich deiner Meinung nach noch brauchen, um das zu erreichen?«

Unzählige. So viele, wie wir irgend arrangieren können, denn dieses Zusammensein hat sich trotz der spröden Vokabeln genau wie ein Date angefühlt.

Ups. Ich wollte doch nicht …

Ich nehme noch einen Schluck von meinem zweiten Glas Wein. Der Alkohol hat geholfen, das Flattern in meinem Körper einzudämmen, genauso wie die Konzentration auf das Französisch. »Hoffentlich noch einige«, antworte ich mit rauer Stimme.

Mist! Das war geflirtet. *Ich. Muss. Den. Drang. Abstellen. Mich. Auf. Simon. Zu. Stürzen.*

Er lehnt sich auf seinem Stuhl zurück. »Dann sollten wir für unsere Unterrichtsstunden eine Tour durch alle weniger bekannten französischen Cafés und Restaurants planen.« Er macht eine Handbewegung, als weise er auf ein imaginäres Plakat. »Essen und Sprache, zwei wichtige Bausteine der französischen Kultur.«

Ja, das hört sich genial an. Führe mich zu köstlichem Essen aus und lass dir von mir noch mehr von dieser Sprache beibringen, weil du so scharf klingst, wenn du »Vertragsbedingungen« auf Französisch sagst.

»Guter Plan«, sage ich, schlage die Beine übereinander und suche fieberhaft nach einem neuen, unverfänglicheren Thema. »Erzähl doch mal, wie bist du überhaupt zur Gastronomie gekommen? Hattest du die Wall Street einfach satt?«

Er zögert für einen Moment, ehe er antwortet: »Es lief eigentlich gut in der Finanzwelt, aber das ist ein herzloses Geschäft mit dem Potenzial, zur Obsession zu werden. Ich wollte raus, bevor ich auch herzlos und obsessiv werde.«

»Zeichnete sich das denn ab?«

»Es deutete sich irgendwie an … Ich arbeitete sehr häufig von morgens früh bis spätabends. Auf jeden Fall bevor Hayden geboren wurde.« Er seufzt tief, und seine Stimme bekommt einen reumütigen Ton. »Und oft genug auch danach noch.« Es klingt nach einem schwierigen Geständnis.

»Warst du ein Workaholic?«

Simon zuckt mit den Schultern und verzieht das Gesicht, ehe er kurz zur Seite blickt. »Man hat mich so genannt, ja.«

Für mich muss er es nicht laut aussprechen, damit ich begreife, *wer* ihn so genannt hat. Seine Ex-Frau. Meine Brust verkrampft sich schmerzhaft, und ich wünschte, es gäbe keine Ex. Zu gern würde ich einen Zauberstab schwingen und sie einfach in Luft auflösen. Das ist um Haydens willen furchtbar unfair. Dennoch empfinde ich so. Ich möchte seine Vergangenheit auslöschen. Den Schmerz verschwinden lassen, den sie ihm zugefügt hat. Andererseits hat ihn genau der in mein Leben geführt.

Ich fahre mit einem Finger über den Rand meines Weinglases, ehe ich Simon in die Augen sehe. »Meinst du, dass du das immer noch bist? Ein Workaholic?«

Er hält meinen Blick fest. »Was denkst du?«, fragt er hörbar besorgt, und ich erkenne, dass er verzweifelt auf ein Nein hofft.

Nun, dieser Mann arbeitet viel, aber ich glaube nicht, dass er gefährlich abhängig von seiner Arbeit ist. Deshalb lächle ich. »Nein. Du bist überhaupt kein Workaholic. Und ich denke, dass du Hayden ein großartiger Vater bist.«

Nun grinst er auch. »Ich kann dir gar nicht sagen, wie gern ich das höre.«

»Wenn ich euch zwei zusammen sehe, wärmt es mir das Herz. Du bist verrückt nach ihr, und sie betet dich an.« Simon kann nicht aufhören zu grinsen, und selbst als er den Blick senkt, bleibt das Lächeln. »Habe ich dich damit in Verlegenheit gebracht?«

Er sieht wieder hoch und schüttelt den Kopf. Seine blauen Augen funkeln. »Nein! Es ist mir nicht unangenehm. Du hast mich sehr glücklich gemacht.«

O Mann. Mist! Mein Herz pocht wie wild, und es erinnert mich daran, wie blöd ich bin. Es ist eine Sache, jeden

Gedanken an Sex zu verdammen, aber eine andere, über die Dinge zu reden, die ihn so liebenswert machen. Das ist noch viel riskanter, weil mein Herz jetzt wieder zurück in Richtung »Sehnen« pendelt. Diese Unterhaltung ist mindestens so gefährlich geworden wie meine Fantasie davon, dass er für mich sein Hemd aufknöpft.

Super. Bevor ich auf den Tisch sabbere, ziehe ich alle Bremsen an und schwenke den Wagen in die entgegengesetzte Richtung. *Arbeit, Arbeit, Arbeit.* »Wenn die Finanzwelt herzlos ist, ist die Gastronomie denn so anders?«

Er fährt sich mit der Hand durch sein dichtes Haar und strahlt mich an. »Unbedingt. Großartiges Essen kann nur entstehen, wenn man mit Leib und Seele dabei ist, findest du nicht auch?«

»Darüber habe ich noch nie nachgedacht, aber es leuchtet ein.«

»Essen ist eine Sinneserfahrung – sinnlich und köstlich sollte es sein«, sagt er, wobei er mir tief in die Augen sieht.

Seine Aufmerksamkeit bringt meine Haut zum Kribbeln. So viel dazu, dass sein Job ein sicheres Thema ist. »Natürlich. So wie unser Essen eben. Das war fantastisch.«

»Genau das meine ich. So etwas muss von hier kommen.« Er tippt sich an die Brust. »Solche Gerichte müssen aus Leidenschaft entstehen, dem Künstler im Koch entspringen.«

Unwillkürlich muss ich lachen. Seine Begeisterung ist ansteckend und jeder Widerstand gegen seinen Charme zwecklos. »Wolltest du nie selbst Koch werden?«

»Ich bin furchtbar im Kochen. Aber ich liebe gutes Essen und brauche den Rausch des Investierens, weshalb es für mich die perfekte Kombination ist. Außerdem kann ich viel Zeit mit Hayden verbringen, auch wenn der aktuelle Deal mehr Stunden verschlingt, als ich erwartet hatte.«

Ich hebe eine Hand, will sie auf seinen Arm legen und ihn beruhigen. Ihm sagen, dass er es super macht und genau die richtige Balance zwischen Arbeit und Kind hält. Doch ich bremse mich rechtzeitig, lege die Hand wieder auf den Tisch und antworte: »Ich helfe jederzeit gern, wenn du mich brauchst. Mir macht es Spaß, mit Hayden zusammen zu sein.«

»Du tust schon so viel. Und du gehst toll mit Kindern um. Für deine Brüder muss das Zusammenleben mit dir großartig gewesen sein.«

»Die waren mein kleines Rudel und ich ihr Alphatier«, sage ich in scherzhaftem Ton, obwohl es sogar stimmt. »Als Älteste von vier Kindern und als einziges Mädchen war es vollkommen natürlich für mich, dass ich half, sie großzuziehen. Auch wenn ich der Chihuahua-Alpha in einem Rudel von Deutschen Schäferhunden war.«

Simon mustert mich prüfend und neigt den Kopf. »Mach dich nicht kleiner, als du bist.«

Ich werde rot und überlege, was ich Cleveres sagen kann, als der Kellner kommt.

Mein Angebot, zu bezahlen, lehnt Simon kopfschüttelnd ab und zückt einige Geldscheine. »Bist du so weit?«

Nickend stehe ich auf und hänge mir meine Tasche um. Die Zeit mit ihm ist vorbei. Wir haben Französisch geübt, haben geplaudert, und jetzt trennen sich unsere Wege. Aber es war so nett mit ihm, und ich will nicht, dass es vorbei ist. Ich möchte den ganzen Nachmittag mit ihm verbringen.

Wir verlassen das Café, und ich ertappe mich bei der stummen Frage, was er wohl für den Rest des Tages vorhat, wohin er geht, wenn seine Tochter nicht da ist. Wahrscheinlich wird er arbeiten – aber was, wenn nicht? Was, wenn er sich mit jemandem trifft? Einer reizenden Single-Mutter, die auch ein kleines Mädchen hat? Diese Vorstellung entsetzt mich, und schon will ich die Unbekannte attackieren und ihr sagen, sie soll sich verdammt noch mal von ihm fernhalten.

Während wir zur U-Bahn gehen, räuspert Simon sich, ehe er mit unsicherer Stimme sagt: »Ein Kino in Tribeca zeigt im Rahmen eines Filmfestivals Naturdokus.« Er sieht auf seine Uhr. »Gleich läuft ein Film über Zebras.«

Dann blinzelt er und schüttelt den Kopf, als begreife er zu spät, was er sagt. »Wow, das hat sich bestimmt schräg angehört.« Seine Worte purzeln ihm über die Lippen, als hätte er noch nie zuvor jemanden ins Kino eingeladen.

Die Unbeholfenheit wärmt mir das Herz, und ich strahle. Er trifft sich nicht mit einer anderen, sondern will mehr Zeit mit mir verbringen.

»Würdest du gern einen Film über Zebras sehen? Ich habe heute Nachmittag frei …«

Bevor er noch mehr sagen kann, lege ich eine Hand auf seinen Arm und bejahe. »Ich würde sehr gern einen Film über Zebras sehen.«

KAPITEL ZEHN

Simon

Als das junge Zebra von seiner Familie getrennt wird, ringt Abby nach Luft und umklammert meinen Arm.

Als der Kleine einem Löwen ausweicht, bohrt sie die Fingernägel in meinen Bizeps.

Und als er wieder mit seinen gestreiften Freunden und seiner Familie vereint ist, schlägt sie eine Hand vor den Mund und sieht zu mir. »O mein Gott«, flüstert sie.

Ich überlege, wie hoch ich wohl den Scheck ausstellen soll, den ich der Zebra Foundation schicke, weil sich diese einstündige Doku als eine Art Vorspiel entpuppt hat.

Zumindest ist es deutlich besser, als mit einer Frau in einen Horrorfilm zu gehen und zu hoffen, dass sie einem in die Arme springt. Nicht, dass ich Horrorfilme mag oder so etwas je getan hätte. Aber ich hatte keine Ahnung, dass ein Film über das Überleben eines Zebras solche Reaktionen bei Abby auslösen könnte. Sie scheint das Geschehen auf der Leinwand regelrecht mitzuempfinden.

Ich wollte einfach nur etwas Nettes für sie tun, da sie sich die Zeit genommen hat, mir zu helfen. Nein, ehrlich gesagt stimmt das nicht ganz. Ich wollte mich noch nicht von ihr verabschieden.

Beim Abspann sagt sie: »Mein Herz rast noch mit hundert Meilen die Stunde.«

»Das ist schneller als die Höchstgeschwindigkeit eines Zebras.«

Sie lächelt und atmet tief ein. »Der Film war wunderbar! Danke, dass du mich mitgenommen hast.« Ich bin mächtig stolz auf mich. Mir gefällt, dass ihr diese Aktion Spaß gemacht hat.

»Gern geschehen«, entgegne ich. Dann schweift mein Blick zu ihrer Hand, die immer noch meinen Arm hält. Einige der anderen Kinobesucher gehen bereits den Gang hinauf Richtung Ausgang.

»O Gott, entschuldige.« Abby zieht ihre Hand zurück.

»Das macht doch nichts«, sage ich leise. »Ich bin froh, dass mein Arm von Nutzen sein konnte.«

»Mir war nicht mal bewusst, dass ich mich den ganzen Film über daran geklammert habe.«

Mir war es sehr bewusst, und offen gesagt war es für mich das Beste am Film.

»Ich habe eben so mitgefiebert«, erklärt sie verlegen. »Ich schätze, jetzt weißt du, warum ich auch die Adler so mag.«

»Jepp, aber das war mir schon vorher klar.«

Sie sieht mich fragend an. »Ach ja?«

Ich nicke. »Wenn du sie beobachtest, strahlst du richtig. Und auch wenn du über das Museum of Natural History redest. Dann ist da ein besonderes Funkeln in deinen Augen«, sage ich und zeige auf ihre umwerfenden, bernsteingesprenkelten Augen.

Ihr Mund öffnet sich ein wenig. »Ach …«

»Ja, Abby. Diese Tierliebe ist ein fester Teil von dir. Unabhängig von deinem Talent für Sprachen oder deinem Talent im Umgang mit Kindern.« Noch während ich es ausspreche, fürchte ich, dass wir hier in ernster Gefahr sind –

wenn wir darüber reden, wer wir sind, was wir lieben, was uns glücklich macht.

Vielleicht ist es sogar riskanter als meine Hände in ihrem Haar oder heimliche Berührungen. Gefährlicher als anzügliche Bemerkungen über Nacktbaden oder Gleitmittel. Womöglich ist dies das echte Feuer – wie ich mich fühle, hier neben ihr, wo sich unsere Knie beinahe berühren, unsere Ellbogen dicht nebeneinanderliegen, unsere Blicke auf die Augen des anderen gerichtet sind.

Alle anderen gehen, aber wir rühren uns nicht.

Abby benetzt ihre Lippen, schluckt und senkt den Blick. Als sie wieder zu mir aufsieht, sagt sie leise: »Du hast recht.« Ihre Stimme klingt verletzlich.

Aber einladend. Als wolle sie reden, damit wir uns noch besser kennenlernen.

Interessiert neige ich den Kopf zur Seite. »Warum magst du Tierfilme so sehr?«

Sie scheint für einen Moment zu überlegen, ehe sie antwortet: »Aus demselben Grund, aus dem ich gern mit Kindern arbeite. Sie sind ehrlich und real. Keine Falschheit. Kein Verstellen. Das, und weil ich mich mit Wildhunden immer wohlgefühlt habe … drei Brüder, du weißt schon«, ergänzt sie schmunzelnd.

Ich erwidere ihr Lächeln. »Ich finde es so schön, dass du mir die Adler-Webcam gezeigt hast. Oder dass wir jetzt diesen Film angeschaut haben. Früher waren solche Sachen nie mein Ding. Ich hatte sie nicht mal auf dem Schirm. Doch deinetwegen bin ich aufmerksamer geworden, und mich fasziniert es, diese Tiere in ihrer realen Welt zu beobachten.«

Sie nickt begeistert. »Hast du gewusst, dass Adler beim Schlafen ein Auge offen haben?«

»Wie Mafiosi?«

»Genau! Sie sind unihemisphärisch, habe ich gelernt. Sie können gleichzeitig schlafen und wach sein.« Abbys Augen leuchten schon wieder. »Sie haben wirklich ein Auge offen, und der wache Teil ihres Gehirns hält nach Raubtieren Ausschau. Bei Delfinen ist es auch so.«

Langsam schließe ich ein Auge.

Prompt verneint sie mit erhobenem Zeigefinger. »Aber bei dir schläft nicht das halbe Gehirn ein.«

»Nein, an meinem unihemisphärischen Potenzial arbeite ich noch.«

»Siehst du? In der Natur gibt es so viele Wunder, und die sind alle real und echt.«

Real und echt. Ich liebe diese Worte. Ganz besonders, weil Täuschung alles war, was ich in den letzten Ehejahren von Miriam kannte. Erst recht in den letzten Monaten, als sie eine Affäre mit einem Kollegen hatte. Es tat weh, das zu erfahren. Niemand möchte betrogen werden. Allerdings war ich nicht so verzweifelt darüber, wie ich gedacht hätte. Ich hatte Miriam kurz nach dem College kennengelernt, aber wir hatten uns schon lange auseinandergelebt. Ehrlich, ich hatte mich bereits emotional von ihr getrennt. Doch ich vergrub mich lieber in die Arbeit, anstatt mich der Tatsache zu stellen, dass wir nicht gut füreinander waren.

Vielleicht fiel mir, als ich die Textnachrichten von ihr und ihrem Kollegen sah, meine Reaktion deshalb so leicht.

»Du schläfst mit deinem Kollegen, Miriam? Ein ziemliches Klischee.«

»Nur zu arbeiten und seine Frau zu ignorieren – das *würde ich ein Klischee nennen«, konterte sie.*

Keiner von uns kämpfte um die Ehe. Miriam war bereit zu gehen, ich war bereit, sie gehen zu lassen. Und heute, wenige Jahre später, sehne ich mich überhaupt nicht mehr nach ihr. Ich bin sogar froh, dass sie nicht mehr meine Frau ist. In einer Beziehung wünsche ich mir diese Ehrlichkeit und diese Offenheit – diese *Echtheit*.

Was wiederum mein Verlangen nach Abby so viel schwieriger zu bändigen macht. Sie ist nicht falsch, nicht gekünstelt. Und darum verliebe ich mich immer mehr in sie und frage mich, ob sie es bemerkt. Immerhin wusste ich, wann dieser Zebrafilm lief …

Doch jetzt habe ich lange genug gefaulenzt. Ich muss wieder an die Arbeit, damit ich ab Montagmorgen, wenn Hayden zurückkommt, ihr wieder meine volle Aufmerksamkeit widmen kann. Miriam will unsere Tochter früh zurückbringen, weil sie geschäftlich in die Hauptstadt fliegen muss. Sie ist Lobbyistin, und der Job passt super zu ihr, denn sie liebt es, anderen das Leben zur Hölle zu machen.

Im Kino geht das Licht an. Ein Platzanweiser kommt herein, um leere Popcornbecher und Bonbonschachteln einzusammeln.

Abby steht auf, streicht mit einer Hand über ihr gelbes Sommerkleid und nimmt ihre Handtasche. »Danke, dass du mit mir diesen Film angesehen hast«, sagt sie in einem süßen Tonfall.

Sie geht den Gang hinauf, und in diesen Sekunden bekämpfe ich meine Lust nicht, sondern mustere sie voller Begierde. Ihre Beine sind glatt und durchtrainiert, aber nicht zu muskulös. Ich wette, es wäre ein Wahnsinnsgefühl, wenn sie sich um meinen Körper schlingen würden. Ihr Haar fällt ihr über den Rücken, und ich möchte meine

Hände hineintauchen, und zwar ohne es flechten zu müssen. Und dann wäre da noch ihr Hintern – anbetungswürdig. Ich möchte ihn mit Küssen übersäen, Abby dann umdrehen, ihn umfangen und sie fest an mich ziehen.

Fuck, jetzt wird mein Schwanz zu einer eisernen Lanze, und ich könnte ebenso gut zu einem Megaphon greifen und lauthals verkünden, dass da bei mir und der Nanny ein Riesending läuft. Falls das nicht ohnehin offensichtlich ist. Im Foyer, als ich neben Abby hergehe, ertappe ich mich bei dem Wunsch, ich hätte eine Packung Pfefferminzbonbons gekauft, um das Salut in meiner Jeans zu überspielen. Und dabei mag ich nicht mal Pfefferminz.

Doch Abby bemerkt es nicht, auch nicht, als wir längst auf der Straße stehen. Oder sie sagt einfach nichts. Ich winke rasch ein Taxi heran, und wir fahren nach Uptown.

»Wir können dich zuerst absetzen«, schlage ich vor, da sie auf der West Side wohnt und ich auf die östliche Seite muss. Was bedeutet, dass die Fahrt für mich ein echter Umweg wäre, aber ich würde ihn gern auf mich nehmen, um noch einige Minuten mit ihr zu verbringen. Dann fällt es mir wie Schuppen von den Augen. »Moment. Ich habe dich gar nicht gefragt, ob du überhaupt nach Hause willst.«

»Doch, schon. Aber später gehe ich noch aus«, antwortet sie, während das Taxi abrupt an einer Ampel hält. Vorn dudelt leise das Radio, und die Trennscheibe ist fast zugezogen.

»Ah, na dann viel Spaß«, sage ich möglichst munter, und in diesem Moment könnte mir die Barriere zwischen uns gar nicht bewusster sein. Sie geht aus, weil sie entspannt über ihre Freizeit bestimmen kann. Ich bin an einem Freitagabend unterwegs zur Arbeit, damit ich die Vormittage nächste Woche frei habe, um sie mit meiner Tochter verbringen zu können.

Und daran würde ich rein gar nichts ändern wollen. Meine Tochter ist die Liebe meines Lebens. Aber mir ist bewusst, dass mich diese Tatsache für Abby unattraktiv macht. Meine Zeit ist begrenzt, meine Aufmerksamkeit bereits verbucht.

»Den werde ich haben«, entgegnet Abby. »Ich treffe mich mit Harper und Nick und Spencer und Charlotte. Wir spielen Poolbillard, obwohl ich das überhaupt nicht gut kann.«

»Ich bin sagenhaft gut im Pool«, sage ich, weil es stimmt und ich nicht widerstehen kann, es einzuflechten. Vielleicht will ich sie beeindrucken. Verdammt, ich will sie definitiv beeindrucken!

Sie zieht die Augenbrauen hoch. »Aha?«

»Ich konnte einen Teil meiner College-Kosten mit Preisgeldern aus Poolturnieren bestreiten.«

Ihr steht der Mund offen. »Echt? Das hast du mir noch nie erzählt!«

Lässig zucke ich mit den Schultern, während der Fahrer Gas gibt, um es über die nächste Ampel zu schaffen. Er schwenkt auf die andere Spur und drängelt sich weiter nach vorn. »Soll das etwa heißen, dass ich nicht wie ein Poolcrack wirke?«

Sie mustert mich prüfend und umklammert den Riemen ihrer Handtasche, als könne sie sich daran festhalten, weil dieser Typ wirklich sehr waghalsig fährt. »Doch, natürlich.«

»Ich habe abends gespielt und bei den Spielen einiges Geld gewonnen«, sage ich mit einem Grinsen, während das

Taxi in Richtung Chelsea abbiegt. Es geht so schnell, dass Abby ihre Hand gegen die Trennscheibe drückt, um das Gleichgewicht zu halten.

»Alles in Ordnung?«, frage ich.

Sie nickt und senkt die Stimme: »Er fährt ein bisschen aggressiv.«

Ich räuspere mich, beuge mich nach vorn und spreche durch den Scheibenspalt mit dem Fahrer: »Hey, wir sind nicht in Eile, also fahren Sie bitte ein bisschen langsamer, o.k.?«

Der Fahrer brummelt etwas, das sich wie ein Ja anhört, und ich lehne mich in den Ledersitz zurück.

»Danke«, sagt Abby und lächelt leicht. »Du bist mein Held.«

Ihre Worte lassen mein Hirn aussetzen, und ich haue das Erste heraus, was mir in den Sinn kommt. »Ich kann dir beim Spielen helfen.«

»Ernsthaft?«

Das Taxi wechselt schon wieder die Spur und schleudert Abby näher zu mir. Auf einmal ist sie nur noch Zentimeter entfernt, ihr Gesicht nahe an meinem, ihre Hand an meiner Schulter. Ich weiß nicht, wie das passiert ist, aber schon wieder sind wir von einer harmlosen Unterhaltung in etwas total Scharfes geraten.

Ich lecke mir die Lippen und sehe kurz zu ihrer Hand. »Irgendwann bringe ich es dir bei. Ich bin ein guter Poollehrer.«

Sie nickt und legt ihre Finger noch fester auf meine Schulter. »Das möchte ich wetten.«

»Glaubst du mir nicht?«

»Doch, natürlich«, entgegnet sie mit einem aufrichtigen Blick. »Ich glaube dir.«

Und jetzt ist mir der Fahrer genauso egal wie die Aussicht, dass er womöglich für den Rest der Fahrt bei seinem Spuren-Hip-Hop bleibt. Erst recht egal ist mir, wie wenig Zeit und Aufmerksamkeit ich in meinem Leben für eine Frau entbehren kann. Überhaupt kümmert mich so gut wie nichts außer dem, was mein Herz und mein Körper jetzt gerade wollen.

Diese Frau, die mich nicht loslässt.

»Glaub mir«, flüstere ich, bevor ich eine Hand hebe und sanft ihr Haar berühre.

Abby neigt sich näher zu mir, ich neige mich näher zu ihr, und dann packt sie meinen Hemdkragen.

»Simon«, haucht sie. Es hört sich wunderbar verzweifelt an – exakt so, wie ich mich gerade fühle.

Mehr gibt es nicht zu entscheiden.

Ich beuge mich noch weiter vor, bis sich unsere Gesichter beinahe berühren. Nun fühle ich ihren Atem auf meiner Wange. Unsere Nasen streifen sich, und sobald sich unsere Lippen begegnen, ist es, als hätte sich meine alltägliche Welt vollständig gewandelt.

Nun sind meine Hände an ihren Wangen, halten sie fest, während ich den Kuss vertiefe – mehr Lippen, mehr Zunge, mehr Gefühl. Mehr Abby.

Mein ganzer Körper steht in Flammen. Mir pocht das Herz, meine Synapsen feuern wie verrückt, und ich bin unglaublich erregt. Wie viele Nächte habe ich beim Einschlafen von solch einem gierigen, wilden, unerwarteten Kuss fantasiert? In meinen feuchten Träumen wurde aus ihm noch weit mehr, berührte und schmeckte ich Abby …

Dabei ist ein Kuss verdammt mehr als genug, denn er fühlt sich perfekt an, mit ihrer Hand an meiner Schulter, meinen Händen an ihren Wangen, unseren sich streichelnden Lippen. Hitze pulsiert in mir, und endlich, verdammt ja, endlich will mich die Frau, nach der ich mich sehne, ebenso sehr wie ich sie.

Das Taxi schlingert weiter über den Asphalt, und ich verliere mich in diesem Kuss, den ich kaum kommen sah, aber auch unmöglich stoppen kann.

KAPITEL ELF

Abby

Der Mann kann küssen! Seine Lippen schmecken so gut, und er küsst mich mit einer Zärtlichkeit und einer Gier, dass es für mich eine komplett neue Erfahrung ist.

Die Vibrationen dieses Kusses breiten sich in meinem gesamten Körper aus und sind wie eine Injektion aus purer Lust, die plötzlich durch meine Adern fließt. Er streicht mit seiner Zunge über meine, und ich möchte ihn packen, mich rittlings auf ihn hocken und ihn einfach ins Nirwana küssen – meinetwegen ruhig in diesem verrückten, gefährlichen Taxi.

Mich schert es nicht, dass unser erster Kuss nicht auf einem in Mondlicht getauchten Balkon unter blinkendem Sternenhimmel stattfindet. Dieser Kuss war längst überfällig, unsere gemeinsamen Momente strebten ausnahmslos auf diesen Augenblick zu, in dem Simon mich mit einer Ehrfurcht küsst, dass ich für immer mit ihm verschmelzen möchte. Ich gleite mit den Händen durch sein weiches Haar und kann es in Wahrheit immer noch nicht glauben, dass ich auf der Rückbank eines Taxis mit Simon Travers herummache, kurz nachdem wir uns eine Doku über Zebras angesehen haben.

Zu gern würde ich behaupten, dass in meinem Kopf Alarmglocken schrillen und mich warnen, wie riskant es ist, den Mann zu küssen, für den ich arbeite. Aber ich höre nichts außer dem stürmischen Pochen meines Herzens.

Simon streicht mit dem Daumen über meine Wange, und diese zarte Berührung lässt mich erbeben. Obwohl es kaum möglich ist, rücke ich noch dichter zu ihm, sodass ich meine Brüste an seinen harten Oberkörper drücken kann. Er stöhnt. Es klingt lüstern und maskulin, fast wie eine Warnung. Auf die keiner von uns hört. Wir können einfach nicht aufhören. Momentan fühle ich mich wild und skrupellos.

Simons Hände sind an meinem Gesicht, dann in meinem Haar und schließlich an meinem Hinterkopf. Alles ist Hitze und Leidenschaft: die Art, wie seine Lippen über meine streichen, wie seine Zunge meinen Mund erforscht und, am meisten, wie er mich hält. Es bewirkt, dass ich seine starken Schultern packen und ihn auf mich reißen will. Ich will spüren, wie er meine Handgelenke über meinem Kopf nach unten drückt, ehe er mich überall mit Küssen bedeckt. Möchte mich unter seinem Mund verlieren, mich ihm entgegenbiegen, ihn auffordern, meinen Körper genauso zu erkunden, wie er es anscheinend will.

Der Wagen hält ruckartig vor einer Ampel an.

Abrupt lösen wir uns voneinander.

Simon blinzelt und atmet lange aus, während er sich umschaut. Wir sind schon am Columbus Circle. Ach, du Sch… Demnach müssen wir uns sehr viele Blocks lang geküsst haben.

Und doch fehlt er mir schon an meinen Lippen. Ich tauche meine Finger in sein Haar. »Wir sollten das nicht tun«, flüstere ich, aber es hört sich nicht wie eine Ermahnung an.

Er kommt wieder näher, hat den Mund geöffnet, und sein Atem geht in kleinen Stößen. »Wir sollten das definitiv nicht tun«, sagt er. Seine Stimme ist tief und rauchig, und bei meiner Berührung seufzt er leise.

»Du bist mein Boss«, erinnere ich ihn überflüssigerweise.

»Und du bist meine …«

Was immer er sagen wollte, spricht er nicht aus, sondern streift stattdessen mit seinen Lippen über meine Stirn, meine Augenlider, meine Wangen und mein Kinn.

Meine Haut glüht, und mein Magen vollführt einen Purzelbaum, während ich ganz in diesem Kuss versinken möchte. »Nicht aufhören«, murmle ich unter seinen Lippen.

Er wandert zu meinem Hals, und ich neige den Kopf zur Seite. Während er mich am ganzen Hals mit Küssen bedeckt, jagt die Kombination von weichen Lippen und rauen Bartstoppeln Funken bis in mein Innerstes.

Ich muss ihn haben.

»Ich glaube nicht, dass ich aufhören kann, Abby«, flüstert er. Wie köstlich und sinnlich mein Name aus seinem Mund klingt …

Ich höre sein übermächtiges Begehren heraus, was umso aufregender ist, als es zu dem in meinem Herzen passt. Und zu dem in meinem Körper.

Wieder sind seine Lippen auf meinen, und abermals geben wir uns dem Verlangen hin, das seit Monaten zwischen uns brodelt. Früher dachte ich, diese Gefühle gäbe es nur in *mir*. Doch in den letzten Tagen habe ich erkannt, dass sie erwidert werden. Es ist seltsam, dass nur ein wenig Privatunterricht zu ersten Berührungen in einem dunklen Kinosaal und anschließend dem hier wurden.

Mein Gott, was habe ich mir dabei gedacht, mich während des Films so an ihn zu klammern?

Das hier.

Ich hatte gedacht, dass ich *das* will.

Sein stoppeliges Kinn reibt an meinem Gesicht, und ich liebe es, wie es sich anfühlt, mag das leichte Brennen, das es hinterlässt. Ich streiche mit den Händen an seinen Armen hinauf zu den festen, starken Muskeln, und prompt rauschen mir lauter Bilder durch den Kopf: von mir unter ihm; von seinen starken Armen über mir; von meinen Händen an seinen Muskeln, während er sich in mir bewegt.

Eine Welle sengender Hitze durchströmt mich, entflammt mich von oben bis unten und landet zwischen meinen Beinen, wo ich mich schmerzlich nach ihm sehne. Dieser Mann macht mich nicht nur heiß. Er macht mich zu einer Frau, die ausschließlich eines will: genommen werden.

Er küsst mich intensiver, fester, gröber. Ich bin bereits unfassbar erregt, und Simons Stöhnen nach zu urteilen, mit dem er meine Lippen verschlingt, geht es ihm nicht anders. Seine Hände sind überall auf mir, erforschen meine Hüften, meine Schultern und meinen Hals. Dann taucht er die Hände wieder in mein Haar. All das fühlt sich unglaublich an, und ich löse mich in Funken und Empfindungen auf.

Ich halte ihn fest, nehme alles, was er zu geben hat, und lasse mich von ihm küssen, als gelte es mein Leben.

Bis mein Schädel gegen die Kopfstütze knallt.

»Au«, murmle ich, während das Taxi in eine Seitenstraße abbiegt und wir uns voneinander lösen. Dieser Fahrer ist eine echte Spaßbremse.

»Taxis«, stöhne ich leise und ringe nach Luft. Als ich Simon ansehe, leuchten seine blauen Augen vor Verlangen. »In einem Taxi rumzumachen, ist nicht leicht.«

»Aber ich bin bereit, es weiter zu versuchen«, sagt er grinsend.

»Wie großherzig von dir.«

Er lächelt, bevor er seine Finger erneut in mein Haar gleiten lässt und seine Lippen auf meine Stirn presst. Es ist eine weiche, vertraute Geste, die mein Verlangen nur noch anstachelt. Und weil das vorübergehend meinen Verstand ausgeschaltet hat, blicke ich auf und frage: »Möchtest du heute Abend mit uns ausgehen?«

Angesichts seiner Grimasse könnte man glatt glauben, ich hätte etwas unglaublich Dämliches von mir gegeben.

Mist! Ich habe ihn gerade um ein Date gebeten, ich Weltklasse-Idiotin. »Tut mir leid. Ich dachte bloß wegen Pool und so ... Du hast gesagt, dass du es mir beibringen willst. Aber sicher hast du zu tun.«

Er öffnet den Mund, um etwas zu sagen, lässt es jedoch zunächst, weil der Wagen langsamer wird und an den Straßenrand fährt. Dann seufzt er auf. »Danke, doch das ist keine gute Idee.«

Mein Herz sackt mit einem dumpfen Knall zu Boden, und ich rücke von Simon fort.

»Stimmt«, sage ich, obwohl ich halb an dem Wort ersticke. Ich wedele mit einer Hand durch die Luft, als könnte ich so den blöden Moment, in dem ich den Vater des Mädchens, dessen Nanny ich bin, um ein Date bat, vertreiben. Natürlich will er nichts mit meinen Freunden und mir unternehmen. Simon hat ein eigenes Leben, echte Verantwortung. Aufgestaute Lust hat ihn dazu gebracht, mich zu küssen, nicht etwa der Wunsch, so viel Zeit wie möglich mit mir zu verbringen.

»Abby«, setzt er in einem unglücklichen Ton an, doch was auch immer danach hätte folgen sollen, wird von dem

Fahrer verhindert, der an die Trennscheibe klopft und den Fahrpreis ruft.

»Schon gut, ich muss noch auf die andere Seite vom Park«, antwortet Simon ihm, und ich hänge mir meine Tasche über die Schulter.

Dann sieht er wieder zu mir. »Wegen heute Abend … Es ist …«

Er verstummt blinzelnd und zeigt aus dem Fenster.

Ich folge seinem Blick. Vor meinem Haus warten meine Freunde auf mich. Harper und ihr Verlobter Nick lehnen an der Mauer. Nick hat die Arme um Harper geschlungen, und sie lacht über etwas, das er gerade gesagt hat. Eigentlich wollten wir uns erst in einer Stunde treffen, aber vielleicht habe ich die Zeit durcheinandergebracht.

»Deine Freunde sind schon da.« Simons Stimme klingt angespannt.

Harper entwindet sich Nick und winkt mir zu. Mein Blick schwenkt zurück zu Simon, und er sieht schuldbewusst aus, obwohl keiner gesehen hat, dass wir uns geküsst haben. Doch ebenso schnell setzt er eine freundliche Miene auf und winkt Harper und Nick zu.

»Ich muss dann los.«

»Abby«, wiederholt er, und es hört sich wie der Anfang einer Bitte an.

Ich habe keine Ahnung, was jetzt noch kommen soll, deshalb recke ich mein Kinn und sage rasch: »Wir sehen uns … am Montag.« Was auch immer diese letzten wunderbaren Minuten gewesen sein mochten, sie sind vorbei, waren nur ein Aussetzer. »Wir sollten uns vor Augen halten, dass ich deine Angestellte bin. In Ordnung?«

Er nickt bedächtig. »Meine Angestellte«, wiederholt er,

als sei ihm das Wort fremd. Doch im nächsten Augenblick wird seine Stimme entschiedener. »Ja, du hast recht.«

»Vergessen wir, dass es passiert ist«, ergänze ich.

»Willst du das?« Es scheint ihn einiges zu kosten, diese Frage zu stellen.

Nein. Ich will dich sofort wieder küssen, die ganze Nacht. Ich will, dass du mit mir nach oben kommst, mich ausziehst und so liebst, wie du mich eben geküsst hast. Mit allem, was du zu geben hast. Mit deinem Herzen, deinem Körper und deiner Seele.

»Nun, ich denke ...« Meine Stimme versagt. Für dieses Gespräch bin ich noch nicht bereit, solange meine innigsten Wünsche mir die Kehle zuschnüren. »Ich gehe lieber.«

»Das verstehe ich. Einen schönen Abend, Abby«, sagt er hörbar gequält. »Viel Spaß.«

»Vielen Dank«, antworte ich, wobei ich ziemlich glaubwürdig ein heiteres, glückliches Mädchen gebe.

Draußen kommt Harper mit fragendem Blick auf mich zu. »Bringt dich dein Boss jetzt schon nach Hause?«

»Ich gebe ihm Französisch-Nachhilfe«, erkläre ich, während hinter mir das Geräusch des anfahrenden Taxis die Luft zerreißt. Mit einiger Anstrengung lenke ich mein Denken in mein wahres Leben, in dem kein Platz dafür ist, mit dem Vater des Mädchens, um das ich mich kümmere, herumzuknutschen. »Warum seid ihr schon da?«

Harper grinst. »Wir waren gerade in der Gegend und wollten dich fragen, ob du Lust hast, die Happy Hour früher einzuläuten. Schließlich ist Freitag.«

Ich beiße die Zähne zusammen, hole kurz Luft und mache ein Reboot des Tages. »Ja, gute Idee«, antworte ich munter nickend. »Ich brauche ein sehr großes Glas Weißwein.«

Lachend hakt Harper sich bei mir ein. »Also, Wein her. Zück schon mal deinen Ausweis, meine Süße.«

Mit dem anderen Arm hakt sie Nick unter, und zu dritt ziehen wir zur Happy Hour in unsere Lieblingsbar, wo ich meine gesamte Aufmerksamkeit den beiden widme statt verbotenen Fantasien von Simon.

Dies ist mein wahres Leben mit meinen Freunden. Sie sind hier in New York meine Familie.

KAPITEL ZWÖLF

Simon

Vergessen wir, dass es passiert ist.

Vergessen wir, dass es passiert ist.

Vergessen wir, dass es passiert ist.

Ihre Worte laufen das ganze Wochenende über in einer Endlosschleife durch meinen Kopf – während ich Angebote und Vorschläge von Geschäftspartnern prüfe, eine E-Mail von Gabriel beantworte, beim Work-out im Fitnesscenter bin und meine ältere Schwester Kristy am Samstag zum Mittagessen in Gramercy Park treffe, wo sie wohnt.

Ich höre meiner Schwester zu, die mir das Neueste aus dem Modedesign erzählt, und versuche dabei zu vergessen, dass ich Abby geküsst habe. Bei der Vorspeise bringt Kristy mich auf den aktuellen Stand bei ihren Vertriebsverhandlungen für die neuen Linien, und ich versuche, die Erinnerung an Abbys Lippen zu verdrängen. Meine Schwester bittet mich bezüglich eines Partnerunternehmens um Rat, doch meine Gedanken schweifen ab zu der Frau, die meinen Kuss erwiderte, als sei er so lebenswichtig wie Nahrung und Wasser.

Der Ausdruck »frustriert« beschreibt nicht einmal annähernd korrekt, wie ich mich fühle. Ich reibe mir den Nacken, und Kristy bedenkt mich mit einem eisernen Blick. »Du bist abgelenkt, Simon«, erkennt sie mit diesen Argusaugen, die alle älteren Schwestern besitzen.

Aufgeflogen.

»Es ist gerade eine Menge los«, gestehe ich. »Aber erzähl mir noch mal von dieser Partnerschaft.«

Kristy zieht eine Augenbraue hoch und ergreift ihre Tasse mit Pfefferminztee. Wir testen heute ein türkisches Restaurant. »Vergiss es. Ist es wegen Miriam? Macht sie auf Bitch wegen des Sorgerechts für Hayden?«

Nun sehe ich sie streng an. »Würdest du bitte nicht Bitch in einem Satz mit meiner Tochter aussprechen?«

Sie verdreht ihre grünen Augen. »Bist du empfindlich! Ich habe von deiner Ex geredet, nicht von meiner süßen Nichte.«

»Weiß ich«, lenke ich ein. »Entschuldige. Aber du weißt, dass Miriam eine gute Mutter ist.« Ich hatte mir nach der Scheidung vorgenommen, fair und freundlich zu Miriam zu sein. Es ist leicht, seine Ex zu hassen, allerdings auch eine sinnlose Verschwendung emotionaler Energie, und die will ich nicht an ihr vergeuden. Sie hatte es mir anfangs schwer gemacht, dann jedoch immerhin bereitwillig zugestimmt, dass ich das alleinige Sorgerecht bekomme.

»Ist auch verdammt gut so, dass die Frau meine Nichte anbetet«, sagt Kristy, die in Bezug auf Hayden stets einen ausgeprägten Beschützerinstinkt beweist. Dann hebt sie die Fäuste. »Sonst müsste ich der früheren Mrs Travers *Fight Club*-mäßig kommen.«

Ich lache. »Kein Grund, die harten Bandagen anzulegen.«

Kristy streicht sich mit einer Hand durch ihr dunkelbraunes Haar, verengt die Augen und senkt die Stimme zu einem Flüstern: »Für mich bleibt Miriam immer eine saublöde Kuh.«

Ich ringe mir ein kleines Lächeln ab. »Das ist dein gutes Recht.«

»Und wie läuft das Geschäft?«

»Super«, antworte ich und berichte, was es von Gabriel Neues gibt. »Aber er kann sich die Investoren aussuchen, also muss ich ihn überzeugen, dass es richtig ist, mich zu wählen. Entsprechend recherchiere ich gründlich, und das dauert seine Zeit. Vor allem, weil er hier nicht nur ein Restaurant eröffnen will. Er plant gleich eine ganze Reihe neuer Läden, dazu eine Topfserie, Kochbücher – die ganze Palette.«

»Klingt nach einer Menge Arbeit.« Kristy legt eine Hand auf meinen Arm. »Übernimmst du dich wieder?«

Wie gesagt, Kristy ist zu hundert Prozent eine echte große Schwester.

»Mir geht es gut«, sage ich, trinke einen Schluck Wasser und winke nach der Rechnung.

»*Gut?* Das hast du auch gesagt, als du noch an der Wall Street warst. Da ging es dir aber alles andere als gut. Du hast viel zu viel gearbeitet, und es hat dich fast umgebracht.«

Ich runzele die Stirn. »Ich bin doch da schon weg, als Hayden noch klein war, also ist alles in Butter. Jetzt kann ich viel Zeit mit ihr verbringen, weil ich meine Arbeitszeiten und die Arbeitsbelastung umgestellt habe.« Obwohl Kristy recht haben könnte.

Die richtige Balance zwischen Arbeit und Privatleben zu finden, ist von jeher eine große Herausforderung für mich gewesen. Und sie ist es noch, denn auch seit meine Ehe vor die Hunde ging, ist die Arbeit mein ständiger Begleiter. Der neue Job als Restaurantinvestor hat mir durch die Scheidung geholfen. Er gab mir etwas, auf das ich mich konzentrieren konnte. Die Arbeit war verlässlich, beständig und hat nicht hinter meinem Rücken mit jemand anderem herumgevögelt. Doch in letzter Zeit habe ich das Gefühl, als würde gerade dieser neue Deal viel zu viel Energie und Zeit verschlingen.

»Okay«, sagt meine Schwester merklich ungläubig. »Angenommen, das stimmt alles, warum bist du dann heute so neben der Spur? Liegt es nur an der Arbeit?« Sie nimmt noch einen Schluck von ihrem Tee und stellt die Tasse wieder ab. »Oder an noch etwas anderem?«

Verwundert schüttle ich den Kopf. »Du bist echt scharfsinnig.«

Sie grinst. »Jepp. Es ärgert dich, oder? Meine unheimliche Fähigkeit, dich zu lesen wie ein offenes Buch.«

»Ja, *ärgern* ist genau das richtige Wort«, wechsle ich die Taktik, indem ich ihr antworte, ohne irgendetwas zuzugeben. »Und ja, mir geht etwas durch den Kopf. Aber nicht mehr lange. Versprochen.«

Wieder sieht sie mich prüfend an. »Willst du darüber reden?«

»Nein«, sage ich mit Nachdruck. »Aber es ist nichts, worüber man sich Sorgen machen muss.«

»Es fällt mir schwer, mich *nicht* um meinen kleinen Bruder zu sorgen.«

Für einen Moment frage ich mich, ob Abby bei ihren drei Brüdern genauso empfindet. Ob sie sich um deren Herzensangelegenheiten, deren Leben und deren Entscheidungen ebenfalls ständig sorgt.

Der Kellner kommt mit der Rechnung, und ich bin erleichtert. Nur ungern würde ich erklären, warum ich »neben der Spur« bin, denn es ist dumm und sinnlos. Hätte ich mich doch bloß nicht wie ein dämlicher Lüstling gefühlt, als wir gestern vor Abbys Haus ankamen!

Ihre Freunde dort warten zu sehen, hat mich mit Wucht in die Realität zurückbefördert. Abby führt ein komplett anderes Leben als ich, und das nicht nur wegen des Altersunterschieds. Es geht vor allem um die sehr unterschiedlichen *Lebensumstände*. Ich war im ersten Moment so versucht, das Angebot anzunehmen, mit ihr loszuziehen und Pool zu spielen! Doch hätte das meine Außenseiterposition schmerzlich offensichtlich gemacht. Der Single-Vater. Der Geschiedene. Der Arbeitgeber, der in seine Nanny verknallt ist.

Sicher arbeitet Abby gerne mit Kindern und ist klasse mit ihnen. Aber mit Kindern zu arbeiten ist etwas anderes, als für sie *verantwortlich* zu sein. Ich will Abby nicht all meinen Ballast aufbürden, schließlich hat sie noch eine strahlende Zukunft vor sich, die frei von jedem Gepäck ist – abgesehen von dem, das sie auf eine Reise nach Prag, Wien oder Tokio mitnehmen würde. Nur zu gut kann ich mir vorstellen, wie sie all diese Städte erkundet, denn es passt zu ihrem Abenteuergeist. Und sie muss frei sein, ihm zu folgen. Ich möchte, dass sie ein unbelastetes Leben führt.

Ich stecke meine Kreditkarte ein, verabschiede mich von meiner Schwester und mache mich auf den Weg zurück ins Büro. Doch dort überfällt mich leider sofort wieder die Unfähigkeit, mich zu konzentrieren. Alles wegen … *des verfluchten Kusses.*

Wie sie schmeckt. Ihr süßer Atem. Der Duft ihrer Haut. Ich hatte davon geträumt, aber es ist in der Realität noch besser als in all meinen schmutzigen Fantasien. Ihr Kokosnussduft. Ihre Brüste an meinem Oberkörper. Ihre Hände in meinem Haar, an meinen Schultern, an meinen Armen. Diese sexy Laute, die sie ausstieß …

Ich wimmere.

Und schäme mich, weil ich ein wimmernder erwachsener Mann bin.

Ich senke die Stirn zu meinem Schreibtisch und schlage sie ein paarmal leicht gegen die Platte. Mir ist schleierhaft, wie ich überhaupt hoffen konnte, es vergessen zu können, mein Herz zu belügen, meinem Schwanz etwas vorzumachen. Dem rebellischen Mistkerl gefällt nicht, dass Abby tabu ist. Deshalb sitze ich an einem Samstagabend mit einer Erektion am Schreibtisch, und die Verlockung ist groß, mich jetzt gleich darum zu kümmern.

Doch auch wenn ich Abby am liebsten sofort in die Arme nehmen, sie in mein Schlafzimmer tragen und ausziehen würde, damit ich sie ficken und gleichzeitig innig mit ihr Liebe machen kann, darf ich nicht mal daran denken. Gestern mag ich eine rote Linie überschritten haben, was jedoch nicht bedeutet, dass es noch einmal geschehen darf. So ist es mit roten Linien: Wir legen sie fest, wir überschreiten sie und – wir halten sie ein.

Und diese rote Linie ist eine, die ich *unbedingt* beachten muss.

Es hat verdammt lange gedauert, eine Nanny zu finden. Im letzten Herbst hatte ich bei den besten Agenturen in Manhattan angefragt, online gesucht und andere Eltern um Empfehlungen gebeten. Und erst als mir einfiel, Harper auf einen Kaffee einzuladen und um Rat zu bitten, während sie mir half, Haydens Geburtstagsfeier zu planen, fand ich die

Richtige für mein Mädchen. Und in genau dieser Funktion brauche ich Abby in meinem Leben.

Was bedeutet …

Runter mit dir, Schwanz.

Hirn, du bist am Zug.

Heute Abend gebe ich der Versuchung nicht nach. Nicht allein zu Hause, wo meine Gedanken immer wieder in dieses Taxi zurückkehren, mein Körper nach Abby verlangt und meine Hand bereit ist, eine Solonummer hinzulegen. Verdammt, mich zum Orgasmus zu bringen, indem ich mir Sex mit Abby vorstelle, ist zur Gewohnheit geworden! Vielleicht bin ich deshalb so dauergeil. Aber wenn es nun mal funktioniert …

Doch heute Abend werde ich artig bleiben.

Ich greife nach der Fernbedienung und schalte auf einen Kanal, der irgendeine Kriegsschlacht zeigt. Ja, Männer in Uniformen sind ein erstklassiger Abtörner, und diese D-Day-Nachstellung schafft es recht gut.

Der Rest des Abends ist kein Problem mehr. Ich übe einige französische Formulierungen, die ich für die Verhandlungen brauche. Dann schreibe ich meinem Kumpel Tyler, ob wir uns morgen treffen wollen, und vertiefe mich in die neuesten Branchen-Nachrichten.

Na also. Ein Kinderspiel. Abby aus dem Kopf zu bekommen, ist leicht.

Als ich jedoch am nächsten Tag die Adler-Webcam aufrufe und sehe, dass die Küken ihre Flügel testen, ist es um meinen Widerstand geschehen. Mein Herz setzt kurz aus, denn ich weiß, dass Abby von diesen Bildern begeistert sein wird. Und vielleicht hat sie heute ja noch nicht nachgesehen. Ich mache einen Screenshot, schicke ihn an Abby und schreibe dazu:

Die üben bestimmt schon bald das Fliegen ... und ehe wir es uns versehen, schlafen sie mit einem offenen Auge.

Sie antwortet prompt und sachlich.

Niedlich! Bleibt es bei Französisch am Montag? Ich denke, dass wir arbeiten können, solange Hayden mit dem Dschungel-Malbuch beschäftigt ist, das ich ihr mitbringen werde.

Mein Herz schrumpft in sich zusammen.

Und das, liebe Leute, ist ein Grund, weshalb ich dringend einen Panzer um mein Herz benötige.

Offenbar hat sie nämlich bereits einen.

KAPITEL DREIZEHN

Simon

Der Basketball segelt durch die Luft, hüpft auf dem Korbring entlang und fällt dann durch das Netz. Triumphierend werfe ich die Arme in die Höhe.

»Und noch ein Punkt für diesen Kerl!« Ich zeige mit den Daumen auf mich selbst, weil ich weiß, dass es Tyler rasend macht.

Er schüttelt verärgert den Kopf. »Pures Glück, du Depp«, sagt er, schnappt sich den Ball und dribbelt.

Grinsend sehe ich ihn an. »Es ist kein Glück, wenn ich es noch mal schaffe.« Bisher habe ich schon zwei Punkte in unserem Drei-Punkte-Spiel gelandet.

Es ist sieben Uhr am Sonntagmorgen, und wir sind auf dem Basketballplatz im Central Park, wo wir ein- oder zweimal die Woche ein paar Körbe werfen.

Tyler wippt auf den Fußballen und reckt sein Kinn. »Ich habe hundert Dollar in meiner Tasche, die sagen, dass du es kein drittes Mal schaffst.«

»Ich liebe deine Wetten. Die sind wie … warte.« Nachdenklich streiche ich mir übers Kinn, während er die dunklen Augen verengt. Dann zeige ich mit einem Finger auf ihn. »Ich hab's! Ja, ich weiß, wie die sind.«

»Und wie?«, fragt er übertrieben genervt.

Ich ahme eine Pflückbewegung nach. »Die sind wie Geld von einem Baum pflücken.«

Lachend wirft er den Kopf in den Nacken. »Träum weiter! Auf keinen Fall versenkst du noch einen Dreipunkter. Du bist schließlich nicht LeBron James.«

»Aber ich muss auch gar nicht der King sein«, spotte ich, gehe zurück an die Drei-Punkte-Linie, und Tyler baut sich mit ausgebreiteten Beinen vor mir auf, um zu verteidigen. Dank meiner längeren Arme und meines Naturtalents überwinde ich ihn mühelos. Als ich den Ball loslasse, fliegt er im Bogen durch die Luft und ins Netz. »Ich muss nur an *dir* vorbeikommen.«

»Ach, du Scheiße«, sagt Tyler und schaut zu, wie der Ball auf den Betonboden hüpft.

Tyler ist ein paar Jahre jünger als ich und Anwalt für Medienrecht. Der Mann ist berüchtigt für eine kühne Verhandlungstaktik und die Bereitschaft, seine Mandanten vor sämtlichen Risiken zu schützen. Allerdings sollte er inzwischen begriffen haben, dass es ein Fehler ist, hier gegen mich zu wetten. Basketball zu spielen ist mir immer schon leichtgefallen. So wie Fremdsprachen bei …

»Wie wäre es, wenn wir doppelt oder nichts auf die Yankees in dieser Saison setzen?« Ich muss unbedingt an irgendwas anderes denken als an diese Frau.

Tyler schlägt eine Faust vor seine Brust. »Stich mir ruhig ins Herz! Du weißt doch, dass ich Dodgers-Fan bin. Niemals würde ich wetten, dass das New-Yorker-Team alles gewinnt. Oder irgendetwas«, ergänzt er mit einer Herablassung, die er eigens für die Jungs in den Nadelstreifen-Trikots reserviert hat.

Ich reibe Zeigefinger und Daumen aneinander. »Dann raus mit deinem angeblich wahrsagenden Hundert-Dollar-Schein. Und du darfst auch gern zerknirscht und beschämt bei der Übergabe sein.«

»Du bist so ein Wichser, Travers! Wahrscheinlich verjubelst du das Geld direkt in einem Stripclub.« Er greift sich den Ball und klemmt ihn unter den Arm, dann verlassen wir den Platz.

Lachend schüttle ich den Kopf. »Tja, du kannst drauf wetten, dass das nicht passiert.«

Er klopft mir auf die Schulter. »Das nenne ich wirklich eine sichere Wette.«

»So ist es eben, wenn man eine Tochter hat. Da kann man nie wieder einen Fuß in einen Stripclub setzen«, erkläre ich achselzuckend. Tatsache ist, dass es schon vor meiner Heirat nicht meine Szene war, und ganz gewiss ist sie es jetzt erst recht nicht. In letzter Zeit war ich zu einigen Junggesellenabschieden eingeladen, da habe ich den Teil mit dem Stripclub jeweils ausgelassen.

»Kann ich verstehen. Dann wirst du den hier wohl ins Sparschwein stecken müssen«, sagt Tyler, während er seine Brieftasche hervornimmt, den verlangten Hundert-Dollar-Schein zückt und ihn mir reicht.

Ich nehme den Schein und halte ihn in die Höhe. »Willst du ihn zurück?«

»Klar!«, antwortet er lachend.

Ich falte den Schein zusammen und stecke ihn in die Boxershorts unter meinen Sport-Shorts. »Jetzt gleich?«

Tyler verzieht das Gesicht. »Wenn du mir den Lappen jetzt gibst, würde ich ihn verbrennen.«

»Hervorragend.« Ich stoße ihn in die Seite. »Jetzt weiß ich, womit ich die Drinks bezahle, wenn ich das nächste Mal deine erbärmliche Visage sehe.« Unsere Gewinne setzen wir grundsätzlich nur für Drinks oder Essen bei unseren Treffen ein.

Wir nähern uns dem Rand des Central Parks, als Tyler sich räuspert. »Und, was gibt es Neues? Jemanden kennengelernt?«

Ich sehe ihn entgeistert an. »Du weißt doch, dass ich nicht auf der Suche bin.«

»Schon, aber man kann auch finden, ohne zu suchen.«

»Typisch Anwalt«, entgegne ich spöttisch. »Immer alles verdrehen.«

»Hey!« Er hebt beide Hände. »Es war bloß eine logische Feststellung. Und du darfst die Frage gern beantworten, es sei denn, du willst ins Kreuzverhör. Hast du jemanden *gefunden*, ohne gesucht zu haben?«

Wir kommen an Joggern und Radfahrern vorbei und sind schon fast an der Fifth Avenue, da hole ich tief Luft und denke: Was soll's? Hätte ich es meiner Schwester erzählt, wäre sie sofort darauf verfallen, mich zu trösten, mir Ratschläge zu erteilen und mir vorzuschreiben, was ich bezüglich Abby tun soll. Aber Bungee-Jump-Tyler, wie er von seinem Cousin genannt wird? Der Kerl ist selbst wild entschlossen, Delaney zurückzugewinnen – die Frau, nach der er früher mal verrückt war. Und seine Chancen in dieser Hinsicht sind echt nur winzig. Er wird bestimmt Verständnis für meine unmögliche Lage haben.

»Es gibt tatsächlich jemanden. Aber sie ist tabu. Was macht man, wenn man eine Frau will, die man nicht haben darf?«

Tyler nickt weise und tippt sich an die Schläfe. »Deine Antwort habe ich direkt hier.«

»Wusste ich doch, dass ich auf dich zählen kann. Verrate mir dein Geheimnis.«

Mit der rechten Hand zeigt er das internationale Symbol für Eigenliebe. »Du verbringst lange Abende damit, deine Zukunft vorherzusagen.«

Ich verdrehe die Augen. »Im Ernst? Das ist dein Trick?«

Er tut so, als würde er seine Handfläche betrachten. »Die Lebenslinie wird im Laufe der Jahre ganz schön lang werden, wenn ich regelmäßig die Handbremse benutze.« Dann zuckt er die Schultern und fragt in ernsterem Tonfall: »Wer ist sie denn, diese *Unberührbare*?«

An einer Ampel bleiben wir stehen, und ich drehe mich zu ihm. Es ist sinnlos, um den heißen Brei herumzureden. »Die Nanny.«

Ihm steht der Mund offen, und er reißt die Augen weit auf, ehe er langsam ausatmet. »Verdammt, darauf wäre ich nicht gekommen. Du bist wie Ben Affleck. Der hatte doch angeblich auch was mit der Nanny.«

Empört widerspreche ich: »Nein, überhaupt nicht wie Ben Affleck. Immerhin hat der seine Frau betrogen, wenn man schon den Gerüchten Glauben schenkt.«

»Auch wieder wahr.« Tyler schnippt mit den Fingern. »Habt ihr zwei …?«, fragt er, als wir die Straße überqueren.

Ich verneine schon, ehe er ausgeredet hat. »Wir hatten ein kurzes … Zusammentreffen.« Nun, diese Beschreibung wird der Taxifahrt auch nicht annähernd gerecht.

»Beeindruckend. Das hätte ich dir gar nicht zugetraut, Simon.«

»Ich mir auch nicht.«

»Und du willst auf keinen Fall, dass mehr daraus wird?«

»Nein, ich denke nicht«, antworte ich und atme tief ein. »Aber ist das, was ich bisher getan habe, nicht schon schlimm genug?«, frage ich ihn geradeheraus, weil ich seine ehrliche Einschätzung brauche.

»Keine Sorge. Da du nicht in Afflecks Lage bist, ist es nicht so schlimm. Falls du sie als Angestellte behalten willst, wäre es allerdings nicht sehr klug, noch mehr … Zusammentreffen zu haben.« Seine Schritte werden langsamer, als wir meinen Block erreichen. »Doch das wusstest du bereits.«

Ich nicke. »Ja, das weiß ich.«

* * *

Am Montagmorgen steht Miriam pünktlich mit Hayden vor meiner Tür und begrüßt mich frostig. Meine Ex trägt einen Hosenanzug, hat ihr Haar zu einem Knoten aufgesteckt, ist fertig gestylt für die Arbeit. Dann scheint ihr wieder einzufallen, dass wir uns nach der Trennung geschworen haben, uns nicht wie Arschlöcher zu benehmen, und sie lächelt. »Wie war dein Wochenende?«

Was für eine verflucht schwierige Frage. Zum Glück hat sie keine Ahnung, also sage ich nur: »Super. Ich habe viel gearbeitet. Und hattet ihr es schön?«

Hayden blickt zu ihrer Mutter auf und antwortet für beide: »Ja! Wie immer. Und jetzt muss ich was suchen, aber das ist ein Geheimnis.« Wie der Blitz rennt sie in ihr Zimmer.

Miriam fingert an ihrem Handtaschenverschluss, will eindeutig aufbrechen. »In einer Woche bin ich zurück. Ich treffe mich mit einigen Abgeordneten im Norden, und wir müssen eine Menge besprechen. Doch ich sollte es schaffen, Hayden am Samstagabend abzuholen.«

»Prima.«

»Bis dann. Hab eine schöne Woche.« Sie dreht sich um, hält dann jedoch noch einmal inne. »Übrigens, Hayden hat am Wochenende einige Male geniest«, sagt sie und zeigt zur Wohnzimmercouch. »Vielleicht lässt du deine Putzhilfe lieber häufiger kommen. Der ganze Staub macht Haydens Allergien nur schlimmer.«

Ich reibe mir den Nacken. Bei mir ist es nicht schmutzig, aber darum geht es nicht. »Hayden hat keine Allergien.«

Miriams Miene wird trotzig. »Doch, das könnte sein.« Sie tippt sich an die Brust. »Ich bin auch allergisch.«

»Dann ist es ja gut, dass du nicht hier wohnst«, entgegne ich mit einem verkrampften Grinsen.

»Kein Grund, gleich so zu reagieren.«

»Wenn du es für nötig hältst, an meiner *sauberen* Wohnung herumzumäkeln, halte ich es für nötig, so zu reagieren.« Ich seufze. »Bitte, lass uns höflich bleiben.«

»Ich *bin* höflich. Ich habe dir eine schöne Woche gewünscht.«

»Höflich heißt auch, dass du auf unangebrachte Kritik an meinem Zuhause verzichtest.«

Schnaubend nickt sie. »Na gut. Ich sorge mich bloß um Hayden. Allergien sind kein Spaß, und ich möchte nicht, dass sie welche bekommt.«

»Und ich werde gern darauf achten, ob sich welche ankündigen«, sage ich, obwohl Hayden nie Symptome gezeigt hat.

»Danke. Hab eine schöne Woche«, wiederholt sie und geht.

Ich schließe die Tür hinter ihr. Das Klicken, mit dem sie ins Schloss fällt und mich von Miriam trennt, ist ein wohltuendes Geräusch. Dann gehe ich in Haydens Zimmer, die in ihrer Spielzeugkiste kramt. Triumphierend holt sie kurz darauf ein Holzschwert heraus, schwingt es und fordert mich zum Duell. *»En garde!«*

Sogleich nehme ich mir das zweite Holzschwert, gehe in eine Drei-Musketiere-Position und fechte ein paar Minuten lang mit meiner Tochter.

Schließlich trifft ihre Schwertspitze mich am Bauch, und ich sacke zu Boden, halte mir die Wunde.

»O nein! Ich muss dich retten«, ruft Hayden und kniet sich neben mich.

»Hilfe, Hilfe«, keuche ich.

»Keine Angst, ich habe Pflaster.«

»Schnell, Schwester! Bitte, beeilen Sie sich.«

Sie läuft zu ihrer Spielzeugtruhe, schnappt sich einen weißen Erste-Hilfe-Kasten für Kinder und zaubert daraus ein Hello-Kitty-Pflaster hervor. »Das ist mein geheimer Vorrat«, flüstert sie, während sie mir das Pflaster aufs Hemd klebt.

Umgehend setze ich mich auf und verkünde: »Es ist ein Wunder! Mir geht es schon viel besser.«

Hayden wischt sich über die Stirn. »Ich hatte solche Angst um dich.« Nun neigt sie den Kopf zur Seite. »Daddy, ich möchte fechten lernen.«

Ich lehne mich an ihr Bett und sehe sie verwundert an. »Ach ja? Wie kommst du darauf?«

»Ich habe bei Mommy *Der gestiefelte Kater* gesehen.«

»Das ist tatsächlich ein sehr guter Grund, fechten zu lernen. Soll ich mich mal erkundigen?« Während sie noch aufgeregt nickt, blicke ich auf meine Uhr. »Na gut, Spatz. Es ist neun, und ich muss um eins ins Büro. Wollen wir heute Vormittag noch etwas unternehmen?«

Sie streckt mir einen Fuß in der Sandale hin und wackelt mit den Zehen. Von dem hellrosa Nagellack sind nur noch Reste übrig. »Meine Nägel sehen furchtbar aus. Darf ich eine Pediküre haben?«

»Klar, aber du kennst die Regeln.«

»Kein Rot oder Schwarz«, bestätigt sie.

»Dafür kannst du bei den Pastelltönen aussuchen, was du willst.«

Sie greift nach meiner Hand, verwebt ihre kleinen Finger mit meinen, und wir machen uns auf den Weg zu ihrem Lieblingssalon um die Ecke. Bei Daisy Nails kennen sie Hayden und behandeln sie wie eine Prinzessin.

Daisy, die Besitzerin, widmet sich Haydens Füßen. Zwischendurch schaut sie auf und lächelt mir zu. Ihr dunkles Haar fällt ihr über die Wange. »Für Sie auch eine, Haydens Daddy?«

So nennt sie mich immer, und für mich ist es in Ordnung. »Nein, vielen Dank. Ich versuche, kürzerzutreten.«

»Eine Pediküre täte Ihnen gut«, erwidert sie scherzhaft. Jedes Mal versucht sie, mich in den Stuhl zu bekommen.

»Stimmt das? Ist eine neue Studie dazu erschienen?«

»Heutzutage gehen viele Männer zur Pediküre. Es ist wichtig, schöne Füße zu haben«, sagt Daisy und tippt auf den großen braunen Stuhl neben meiner Tochter.

»Ja, Daddy, mach schon!«, ruft Hayden von ihrem Platz aus. »Dann hast du schöne Füße!«

Doch ich verneine erneut. »Ihr könnt mich alle beide nicht überreden. Heute gibt es keine Pediküre für mich.«

»Dann nächstes Mal«, sagt Daisy. »Ich gebe keine Ruhe, ehe ich Sie nicht so weit habe.«

»Das nehme ich als Warnung.«

Den Rest der Zeit verbringe ich damit, Grimassen für Hayden zu schneiden, sodass sie unablässig kichert, während ihre Zehennägel silbern und lila lackiert werden. »Darf ich auf dem großen Zeh eine Blume bekommen?«, fragt sie, als Daisy fertig lackiert hat.

»Hast du denn bei Mom dein Bett gemacht?«

»Ich habe alles gemacht, was ich sollte.«

»Und letzte Woche bei mir?«

»Auch.«

»Und hast du auf Abby gehört, wenn sie etwas von dir wollte?«

»Ich höre immer auf Abby.« Die Art, wie sie den Namen ihrer Nanny ausspricht, löst ein Stechen in meiner Brust aus.

Ich wische mir übers Kinn und reiße mich zusammen. »Dann bekommst du eine Blume.«

Hinterher gehen wir in Haydens Lieblings-Diner, wo wir Hühnchen-Sandwiches und Pommes frites futtern. Allerdings rührt der Klumpen, den ich anschließend in meinem Bauch verspüre, nicht von dem Essen, sondern vielmehr dem Wissen, dass Abby in einer halben Stunde zur Arbeit erscheint.

Wir kehren nach Hause zurück, und wenige Minuten später ist Abby da.

Auf das Klopfen hin hole ich tief Luft und gehe zur Tür. Meine Füße sind schwer, meine Nerven rasen, und mein dummes Herz pocht wie verrückt. In mir herrscht ein Chaos an Gefühlen – Lust, Verlangen, Reue und Hoffnung, alles munter durcheinander.

Doch als ich die Tür öffne, kämpft sich, während sich

mein Gehirn irgendwie verhakt, eine einzige dieser Emotionen in den Vordergrund: das Verlangen. Abby ist einfach umwerfend. Ihr wildes Haar fällt ihr offen über die Schultern, und sie trägt zu einem geblümten Sommerrock ein orangefarbenes T-Shirt mit V-Ausschnitt. Wie üblich ist sie kaum geschminkt und sieht zum Küssen aus.

Natürlich.

Ich bin wieder genau an dem Punkt, an dem ich nicht sein sollte – ich erinnere mich daran, wie es war, sie zu berühren. Wie unglaublich es war, ihre Lippen zu schmecken. Wie sie praktisch auf mich geklettert ist. Wie warm und vollkommen sie sich in meinen Armen anfühlte. Wie sie alles wollte, was ich ihr zu geben hatte.

»Schön, dich zu sehen«, begrüße ich sie, wobei meine Stimme wie von einem anderen Planeten klingt.

Sie lächelt strahlend. Zu strahlend. »Freut mich ebenfalls, Mr Travers.«

Die Distanz, die sie zwischen uns schafft, indem sie mich mit meinem Nachnamen anspricht, lässt mich zusammenzucken. »Simon. Keiner nennt mich Mr Travers«, sage ich sanft. Doch vielleicht ist dieser Abstand, diese Förmlichkeit das, was sie braucht, um mit meiner Grenzverletzung fertigzuwerden.

Sie nickt und breitet für Hayden die Arme aus. Hayden kommt angeflitzt und umarmt Abby stürmisch. »Was möchtest du heute machen, Kleines? Ich habe einige tolle Ideen.«

»Oh, sag, sag, sag!«, ruft Hayden und hüpft dabei vor Begeisterung auf und ab.

Abby sieht mich nicht an. Während sie von ihren Plänen erzählt, hat sie nur Augen für meine Tochter.

Im Gegensatz zu mir scheint sie kein Problem damit zu haben, so zu tun, als wäre nie etwas vorgefallen. Es fühlt sich wie ein Hieb in die Magengrube an und schmerzt mehr, als ich erwartet hätte. Dabei hatte ich es seit Tagen kommen sehen.

KAPITEL VIERZEHN

Abby

Nachdem wir an diesem Nachmittag sowohl die verrückten als auch die traditionellen Winkel in Chinatown erkundet haben, wirft Hayden sich zu Hause erschöpft auf ihr Bett, und ich denke nicht, dass sie von allein noch mal aufstehen wird. Ich drücke einen Kuss auf ihr wirres Haar und lege ihr eine braune Wolldecke mit Pfotenmuster über. Dabei fällt mir etwas ein, was Simon mal gesagt hat, als ich vor dem Wäscheschrank stand und ihn fragte, ob er wisse, wo ihre Kuscheldecke ist.

»Warum gibt es dieses Wort überhaupt?«

»Welches Wort?«

»Kuscheldecke. Ich verstehe das nicht«, sagte er und kratzte sich am Kopf. »In eine richtige Bettdecke kuschelt man sich auch rein, aber die Kuscheldecke ist kleiner. Heißt das, man wird kleiner, wenn man nur ein Nickerchen macht?«

Ich lachte. »Ja, sicher. Es ist wissenschaftlich erwiesen, dass wir beim Mittagsschlaf schrumpfen.«

Simon begann zu kichern und meinte dann: »Hier ist sie.«

Zwischen uns war es immer so locker. Wir verstanden uns von Anfang an gut. Klar, er ist mein Boss. Er hat das Sagen und stellt meine Gehaltsschecks aus, aber es hat sich nie wie eine Arbeitsbeziehung mit einem klaren Machtgefälle angefühlt.

Wir scherzen. Wir veralbern uns gegenseitig. Wir reden.

Er ist mir immer vorgekommen wie … ein Freund, obwohl ich in ihn verliebt bin. Trotzdem war er ein Freund.

Und ich möchte, dass es wieder so wird. Dass wir … Kuscheldecken-Freunde sind.

Nachdem ich die Tür von Haydens Zimmer geschlossen habe, gehe ich leise zu meiner Tasche, nehme das Handy heraus und stelle die Weckfunktion für eine Dreiviertelstunde später ein. Wenn ich Hayden zu lange schlafen lasse, wird sie abends ewig lange auf sein; aber ein bisschen ausruhen soll sie sich ruhig, da wir viel herumgelaufen sind, weiche Brötchen und Nudeln gegessen haben, durch merkwürdige Boutiquen geschlendert sind und Glückskekse gefuttert haben.

In einem Nippes-Laden voller bestickter Jacken, Fächer und anderer Sachen bat Hayden mich so höflich um eine dieser rot-goldenen Katzen, die mit der Pfote winken, dass ich sie ihr gekauft habe. Dann besorgten wir ein Mitbringsel für ihre Freundin Madison im dritten Stock, und schließlich wollte sie ihrem Vater noch eine Bambuspflanze als Glücksbringer für seine Verhandlung schenken.

Als ich das Geld auf den Tresen legte, überkam mich eine seltsame Mischung aus Schuld, Scham und komischerweise auch Aufregung, weil ich etwas für Simon kaufte, auch wenn es eigentlich von seiner Tochter ist.

Jetzt lasse ich mich tief in die Polster der schokoladenbraunen Wohnzimmercouch sinken, klicke meine Textnachrichten an und finde eine von Harper.

Und??? Wie war es? Hast du es ausgehalten, Mr Supersexy zu sehen?

Es entlockt mir ein mattes Lächeln. Am Freitagabend hatte ich Harper erzählt, was im Taxi passiert war, was für ein verdammtes Feuerwerk zwischen uns hochging, um mit einem Knall zu erlöschen, als er mich abwies. Ich schreibe zurück.

Ich habe es überlebt. Aber es war heftig. Bei meiner Ankunft habe ich mein harmloses Strahlegesicht aufgesetzt. Aber wie du weißt, ist das zum Kotzen.

Ich füge ein Emoticon von einem Fuchs mit verkniffener Miene ein, bevor ich weiterschreibe.

Echt, habe ich nicht die besten Emojis?

Und ob du die hast ☺ Aber meinst du, dass er es als dein Strahlegesicht erkannt hat?

Ich denke nach. Zweifelsohne hat Simon heute Mittag sein Bestes getan, freundlich zu sein und meiner Weisung zu folgen, indem er vorgab, es wäre nichts gewesen.

Ich denke, ich muss ihm zugutehalten, dass er meiner Bitte gefolgt ist. Er war vollkommen ruhig und gelassen.

Ist es wirklich das, was du willst?

Du weißt, dass ich keinen Schimmer habe, was ich will.

Stimmt nicht. Das weißt du. Und du weißt auch, was du tun musst.

Sie spielt auf den Rat an, den sie mir gegeben hat, als ich sie in der Billardkneipe in die Damentoilette zerrte.

»Sag mir, was ich machen soll«, hatte ich sie angefleht und dabei ihren Arm gepackt. »Ich bin so verrückt nach ihm, und es ist total falsch, aber ich möchte, dass es richtig ist!«

Harper hatte mitfühlend gelächelt und mir eine verirrte Haarsträhne aus dem Gesicht gestrichen.

»Die Situation ist kompliziert, und ich kann dir nicht sagen, was du machen solltest. Aber du musst wenigstens versuchen, mit ihm zu reden.«

Mit Simon über diese Sehnsucht nach ihm zu reden, jagt mir eine schreckliche Angst ein. Das ist ungefähr so, wie Turnschuhe anzuziehen und laufen zu gehen. Bei der bloßen Aussicht schüttelt es mich. Ich schreibe Harper wieder.

Letzte Nacht haben mir kleine grüne Männchen die Lippen mit Sekundenkleber versiegelt. Ich werde wohl nicht mit Mr Supersexy reden können.

Mist. Aber dann kannst du leider auch nichts anderes mit deinem Mund anfangen. Zum Beispiel, ihn wieder küssen. Oder mehr.

Du bist böse!

Aber du liebst mich.

Immer und bis ans Ende aller Zeiten, mein Kuchenzwilling.

Ich lege mein Handy beiseite, öffne das iPad und arbeite für meinen Spanischkurs morgen. Bevor es Zeit wird, Hayden wieder zu wecken, suche ich nach Fechtclubs in Manhattan, weil sie mir heute gesagt hat, dass sie die Sportart mal ausprobieren will. Bei dem einen, den ich anrufe, sagt mir der Fechtlehrer, dass fünf Jahre ein bisschen jung ist, jedoch eine Probestunde in Ordnung wäre, um zu sehen, ob Hayden die nötige Konzentration aufbringt. Ich vereinbare eine Stunde in ein paar Tagen.

Danach wecke ich Hayden, und sobald sie richtig wach ist, stürzen wir uns in einen Brettspiele-Marathon. Erst vernichtet sie mich beim »Leiterspiel«, bevor ich sie bei »Sorry« schlage. Dann fahren wir in den dritten Stock, um Madison zu besuchen, aber sie ist nicht zu Hause. Ich schreibe ihrer Nanny und erfahre, dass sie im Park sind, wir aber gern später noch vorbeikommen können. Ich antworte mit einem Emoji von einem Fuchs, der den »Daumen« reckt.

Später mache ich Hayden Sojabohnen und Reis zum Abendessen, und als sie aufgegessen hat, höre ich, wie die Wohnungstür aufgeschlossen wird. Ich drehe mich um, und kaum begegnet mein Blick dem von Simon, hämmert mein blödes Herz in meiner Brust so gnadenlos, dass ich schwören könnte, es sprengt mir die Rippen.

Ich schlucke, winke verhalten und bringe ein schlichtes »Hallo« heraus, während Hayden einen neuen Geschwindigkeitsrekord aufstellt, so schnell, wie sie Simon entgegenrennt und in seine Arme springt. Er umfängt sie mit einer innigen Umarmung. In meinem Bauch heben Schmetterlinge ab, und ich will ihnen befehlen, sich wieder einzukriegen, nur fühlt es sich so wundervoll an, dass ich noch ein wenig warte.

»Erzähl mir von deinem Tag«, sagt er hörbar glücklich, als er die Kleine wieder freigibt.

Hayden bedeutet ihm, einen Augenblick zu warten, und rennt in ihr Zimmer – vermutlich, um die Bambuspflanze zu holen.

Vom Küchenbereich aus rufe ich ihm zu: »Ich habe eine Fechtstunde für sie gebucht!«

Er lächelt. »Ach ja?«

»Sie hat gesagt, dass sie es versuchen will, und ich dachte, es ist okay, wenn ich eine Probestunde vereinbare. Ich habe vorher gründlich über den Club recherchiert.« Ich erzähle Simon, was der Lehrer wegen Haydens Alter gesagt hat. »Aber sie kann sich gut konzentrieren, wenn sie will, und ich glaube, dass es super für sie ist.«

Simons Lächeln wird breiter. »Danke, Abby. Das ist wirklich nett.«

»Und ich habe die Probestunde für den frühen Abend ausgemacht, weil du dann manchmal Zeit hast«, fahre ich fort, ohne auf ihn zuzugehen. »Ich weiß ja, dass du gern dabei bist, wenn sie neue Sachen ausprobiert, und es ist ganz in der Nähe deines Büros.«

Jetzt schwillt sein Lächeln auf Übergröße an. »Das ist fantastisch. Ja, ich würde gern hinkommen. Nochmals danke«, sagt er und macht einen Schritt auf den Küchenbereich zu. Für einen Moment bleibt die Zeit stehen, und er sieht mich nur an. Ich möchte ihm sagen, dass ich es nicht vergessen kann, dass es schrecklich schwer ist, vor allem jetzt gerade, wenn er so verdammt gut aussieht in seiner schwarzen Hose und dem dunkelblauen Hemd mit den aufgekrempelten Armen.

Mein Blick wandert über seinen Körper, verharrt schließlich auf seinem Gesicht, und dort ist der Bartschatten, von dem ich inzwischen weiß, dass er sich traumhaft an meinem Kinn anfühlt, wenn Simon mich küsst. Bei der Erinnerung lodert eine Flamme in meiner Brust auf und breitet sich in null Komma nichts im ganzen Körper aus. Meine Knie drohen nachzugeben, und ich muss mich am Tresen festhalten.

Er zieht eine Augenbraue hoch. »Alles okay?«

Blinzelnd nicke ich und kämpfe gegen sämtliche Hormone an.

Da kommt Hayden durchs Wohnzimmer gelaufen und bricht den Zauber des Moments. *Dem Himmel sei Dank!*

»Guck mal!«

Sie hält ihrem Vater die Pflanze entgegen. »Die wird dir Glück bringen, Daddy. Bei deinen Verhandlungen. Du bist ein Superstar!«

Ich wende mich von den beiden ab. Wenn ich noch länger zusehe, wie er mit seiner Tochter umgeht, explodieren meine Eierstöcke. Ich würde wahrscheinlich zu einem wandelnden Hormon-GAU. Also schnappe ich mir die Teller vom Tresen, lege sie in die Spüle und rufe: »Möchtest du jetzt Französisch üben?«

»Das wäre wunderbar.«

Er holt das Dschungel-Malbuch aus dem Wohnzimmer, das ich für Hayden gekauft habe, und fordert sie auf, sich damit an den kleinen Dinosaurier-Tisch zu setzen, bevor wir uns auf die Hocker am Küchentresen zurückziehen. Mit meinen Lehrerin-Scheuklappen bereite ich mich darauf vor, mich ganz auf das Unterrichten zu konzentrieren, ihm Wörter und Wendungen beizubringen, anstatt ihn anzuschmachten.

Ich wische mit dem Finger über mein iPad und öffne die Sprachen-App.

»Also, wo waren wir?« Ich scrolle zu einem Fenster der App, die Wirtschaftsbegriffe abdeckt. »Ach ja. Zuletzt haben wir beide …«

Schlagartig erstarre ich, weil mich die Doppeldeutigkeit dieser Worte umhaut.

Tja, zuletzt waren meine Hände in deinem Haar und deine Lippen auf meine gepresst, ehe die gesamte Peinlichkeit dieser Welt auf uns herabregnete, und kannst du mir bitte vergeben und mich dich später mit meinem Mund verwöhnen lassen, wenn wir allein sind? Leider habe ich keine Ahnung, wie wir allein sein könnten, aber dies ist eine Fantasie, also, hey, wir sind allein, und ich bin auch verdammt verrückt nach dir.

Ich sehe ihn an, und die Worte sprudeln aus mir heraus. »Ich meinte, bei unserem Unterricht. Wo waren wir da zuletzt?«, ergänze ich rasch.

Gütiger Himmel!

Ein kleines Lächeln umspielt seine Lippen. »Ja, mir war klar, was du meinst«, sagt er leise.

Falls er weiß, was ich meinte, hat er dann auch eine Ahnung davon, was in mir los ist? Ich frage mich, ob ich wirklich so sauschlecht darin bin, meine Gefühle zu verbergen, wie Harper behauptet. Kann er meine Gedanken und meine Gefühle etwa *sehen?*

Jetzt gibt es nur noch eine Option für mich: in Zungen sprechen. Also wiederhole ich das, was er eben gesagt hat, auf Französisch. *Mir war klar, was du meinst.* Und prompt sind wir Lehrerin und Schüler, nicht Frau und Mann, nicht Nanny und Single-Vater.

Da Simon schnell lernt, rattert er am Ende der Stunde die neuen Wendungen mühelos runter. Dann zeigt er mir eine

E-Mail von Gabriel über dessen Expansionspläne und was er dafür braucht, einschließlich des Ausbaus einer Restaurantküche.

Ich sehe Simon fragend an und zeige auf den Bildschirm. »Du musst doch nicht *das* alles mit ihm auf Französisch besprechen, oder? Die Tischlerarbeiten und die Küchenausstattung, zusätzlich zu den Vertragsbedingungen?«

Es ist eine Sache, sich wichtige Wörter und Wendungen einzuprägen; eine gänzlich andere ist es, Geschäfte in einer neuen Sprache zu machen.

Simon lacht. »Na ja, ich will seinen Geschäftspartner Eduardo besser beschwatzen können. Die sollen beeindruckt sein. Dieses Wochenende bin ich mit ihnen zum Dinner verabredet, und ich hoffe, dann kommen wir einem Abschluss näher.«

Mir fällt etwas ein. »Warte mal«, sage ich langsam und wische über die E-Mail. »Hier steht, dass er nach Handwerkern für die Küche sucht.«

Simon nickt. »Und?«

Ich muss grinsen. »Da kenne ich jemanden. Der Zwillingsbruder von Harpers Verlobtem ist Tischler. Wyatt Hammer. Er ist auf Küchen spezialisiert. Soll ich euch mal in Kontakt bringen? Das könnte die Leute womöglich beeindrucken. Sie kennen vielleicht keine Handwerker in Manhattan, und eine Empfehlung zu haben …«

Simons Gesichtsausdruck sagt alles. Er strahlt. »Das wäre prima, Abby, danke! Vor allem, weil Wyatt Hammer so ziemlich der beste Name für einen Tischler ist.«

Nun muss ich lachen, und es fühlt sich gut an, wieder normal mit Simon zu sein. »Allerdings. Du machst übrigens gute Fortschritte. Dein Französisch wird von Tag zu

Tag besser. Ich bin stolz auf dich«, sage ich und klopfe mir im Geiste aus diversen Gründen auf die Schulter. Jetzt gerade für das Verhalten als superprofessionelle Nanny/Lehrerin.

Hayden kommt zu uns gehüpft und überreicht mir ein Blatt mit einer pinkfarbenen Giraffe und ihrem Vater eines mit einem orangefarbenen Nilpferd.

»Bin ich etwa ein Nilpferd?«, fragt Simon neugierig und mit einer hochgezogenen Augenbraue.

»Nilpferde sind süß«, verkündet Hayden und wendet sich mir zu. »Stimmt doch, oder, Abby?«

»Nilpferde sind großartig«, antworte ich.

»Genauso wie Giraffen«, sagt Simon mit einem Lächeln in meine Richtung. Mir läuft ein Kribbeln über die Haut. Ich muss wirklich hoffnungslos hinüber sein, wenn mich schon eine Bemerkung über Giraffen dahinschmelzen lässt.

Doch ehe sich dieses Dschungelgespräch in eine weitere Form verborgener Zweideutigkeiten verwandeln kann, zupft Hayden an Simons Ärmel. »Können wir jetzt zu Madison gehen? Sie ist bestimmt wieder da.«

»Ja, das machen wir.«

»Ich räume inzwischen auf«, biete ich an. »Die Teller müssen noch gespült werden.«

Simon winkt ab. »Egal. Ich kann das später machen.«

»Nein, ist kein Problem.« Es ist mein Job, und ich werde nicht zulassen, dass er mich schont.

Während ich die Küche aufräume, konzentriere ich mich ganz auf diese Aufgabe und verdränge alle anderen Gedanken. Nach fünf Minuten tropfen die Teller auf dem Gestell ab, und ich trockne meine Hände mit einem Geschirrtuch. Na also. Dieser Tag hat bewiesen, dass wir es schaffen. Wir können wieder an den Punkt zurückgelangen, an dem wir waren, bevor er mich küsste und meine Welt auf den Kopf stellte.

Dann drehe ich mich um und sehe, dass Simon wieder da ist.

Allein.

KAPITEL FÜNFZEHN

Abby

Wo ist Hayden?« Meine Stimme zittert.

Simon kommt zu mir in den Küchenbereich. »Bei Madison. Die beiden konnten mich und Madisons Nanny überreden, noch eine Folge von irgendeiner Serie zu sehen, in der sich Pferde in Feen mit den magischen Kräften von griechischen Göttern verwandeln.«

Fragend ziehe ich eine Braue nach oben.

Simon zuckt mit den Schultern. »Für mich ergibt das auch keinen Sinn, aber sie mögen es, und Hayden scheint nicht müde, also …« Er legt eine Hand auf die Kochinsel. Uns trennen vielleicht zwei oder drei Schritte, und schon brennt die Luft zwischen uns vor sexueller Anziehung.

Aber vielleicht findet alles auch nur in meinem Kopf statt.

»Dann sollte ich wohl gehen. Hier bin ich fertig.« Meine Worte klingen schrill, weil ich gerade komplett überfordert bin.

»Abby«, sagt er leise, aber bestimmt.

Ich schlucke. »Ja?«

»Ich möchte mit dir über neulich reden.« Es hört sich so ernst an.

Plötzlich erscheint mir das Gewicht meines Fehlers unerträglich schwer.

»Feuerst du mich?«, platze ich heraus.

Ihm steht der Mund offen. »Was?«

»Tut mir leid.« Wieder überkommt mich panische Angst. »Ich liebe diesen Job, und ich liebe es, mit Hayden zusammen zu sein. Ich wollte das nicht gefährden, indem ich …«

Indem ich mit dir rumknutsche? Indem ich dich berühre? Indem ich deinen Namen murmle, während du mich in einem Taxi besinnungslos küsst?

Er tritt näher. Mein Magen vollführt einen Fallschirmsprung.

»Du hast nichts gefährdet, und ich entlasse dich nicht, versprochen.« Seine blauen Augen sind auf mich gerichtet. »Ich hoffe, dir ist es jetzt nicht unangenehm, hier bei uns zu sein, und vor allem möchte ich dich nicht verlieren. Du bist eine großartige Nanny, und ich schätze deine Fähigkeiten sehr. Mir tut leid, dass ich eine Grenze überschritten habe.«

Ich schüttle den Kopf. »Ist okay. Ich habe sie ja auch überschritten.«

Simon benetzt seine Lippen. »Und es war wirklich schön, dass du mich einladen wolltest, euch zu begleiten. Ich wäre gern mitgekommen, aber ich wollte dir nicht den Abend verderben. Du solltest dich nicht unwohl fühlen.«

Ein Lächeln schleicht sich auf mein Gesicht, weil mir das Herz übergeht. Ich hatte gedacht, dass er mich abweist. Stattdessen hatte er nur an mein Wohl gedacht. »Du hättest den Abend nicht verdorben.«

»Nicht?«

»Nein.« Ich halte mich an Harpers Rat. *Rede mit ihm.* »Ich wollte dich dabeihaben.«

Mein Atem geht schnell, und die Härchen an meinen Armen haben sich aufgestellt. Wir sind uns so nahe – mit unseren Worten, unseren Stimmen, unseren Körpern. Alles in mir strebt zu ihm.

»Da bin ich froh«, flüstert er.

»Und ich fühle mich mit dir nicht unwohl. Ehrlich nicht.«

Er sagt nichts, nickt nur, und ich presse die Zähne auf meine Unterlippe. Ich befinde mich mit dem Rücken an der Spüle, und Simon steht so dicht vor mir, dass ich ihn riechen kann. Die schwache Note seiner Seife berauscht mich. Er muss nach der Arbeit im Fitnesscenter gewesen sein und geduscht haben. O Gott, jetzt stelle ich ihn mir nackt unter der Dusche vor und wie er seinen starken Körper einseift.

»Was in dem Taxi passiert ist, war …« – er stockt, als müsse er nach dem richtigen Wort suchen – »verrückt.« Doch wie er es sagt, mit solcher Sehnsucht in der Stimme, hört es sich nicht wie verrückt schlimm an. Eher wie …

»Verrückt gut«, ergänze ich.

Er nickt. »So gut«, flüstert er und kommt noch ein Stückchen näher.

»Es war *so* gut«, wiederhole ich. Meine gehauchten Worte enthalten all mein Verlangen nach ihm.

Simon sieht mich mit glühenden Augen an. Ich atme aus, öffne den Mund ein wenig. Nun blickt er auf meine Lippen, und ich stehe von Neuem in Flammen.

Wir berühren uns.

Und dann sind seine Hände in meinem Haar, seine Lippen auf meine gepresst. Mit beiden Händen streiche ich an seinem Hemd hinauf und greife in seinen Nacken, um ihn zu mir zu ziehen. Nun ist er dicht an mir, sein starker, harter Körper an meinen geschmiegt. Seine Erektion drückt gegen meinen Bauch, und zu erkennen, dass er jetzt schon hart für mich ist, macht mich unglaublich an. Funken fliegen durch meinen Körper, als ich spüre, *wie* hart er ist, und, mein Gott, ich will ihn! Ich will fühlen, wie er in mich gleitet, ihn tief in mir aufnehmen. Er soll auch wissen, was er in mir auslöst – dass ich genauso erregt bin wie er. Und ich kann nicht aufhören, ihn zu küssen.

Seine großen Hände umfangen meinen Kopf, und ich stöhne in seinen Mund. Ich liebe es, dass er so viel größer ist als ich – breiter, stärker. Er erfüllt meinen primitiven Wunsch, genommen zu werden. Ich will, dass mich dieser Mann verschlingt, will unter ihm sein, von ihm festgehalten werden, will, dass er sich mit seinem gesamten Gewicht auf mir bewegt.

Seine Lippen sind fordernd, entlocken mir immer mehr Küsse, mehr Murmeln, mehr Seufzen. Als ich mich ihm entgegenbiege, entfährt ihm ein kehliger Laut.

Dann bricht er den Kuss ab.

»Das ist schlecht«, sagt er atemlos, doch obwohl er streng klingt, ist er sich wohl nicht sehr sicher, denn er wiederholt fragend: »Ist das schlecht?«

»Ja«, antworte ich hastig. »Ist es, aber auch fantastisch.«

»Gott, so verdammt fantastisch«, raunt er und nimmt meinen Mund erneut ein. Ich löse meine Hände von seinem Nacken, lasse sie über seine Brust wandern und erkunde dort seine Muskeln, bevor ich über seinen flachen Bauch fahre. Ich ringe nach Luft. Seine Bauchmuskeln sind so beeindruckend, so stark, dass ich ihm das Hemd herunterreißen und sie mit meinen Fingern nachzeichnen möchte.

Simon neigt den Kopf zu meinem Hals, haucht mir eine Spur von Küssen bis zum Schlüsselbein hinauf und zieht dabei an meinem T-Shirt. Meine Hände finden ihren Weg zu seinem Hintern, den ich packe und fester an mich presse. Er soll wissen, wo ich ihn will – zwischen meinen Beinen. Doch ich bin zu klein.

Allerdings reagiert Simon schnell. Innerhalb von Sekunden hebt er mich auf den Tresen, und ich spreize meine Beine für ihn, ehe ich ihn abermals näher ziehe. Zwischen meinen Schenkeln pulsiert ein tiefes, intensives Verlangen, ihn in mir zu haben. Überwältigt von Lust, reibe ich mich an ihm.

Er atmet keuchend. »Du fühlst dich umwerfend an.«

»Genau wie du.« Dann, weil ich gerade sehr mutig bin, ergänze ich: »Du machst mich unglaublich an.«

»Ach ja?« Er zieht eine Augenbraue hoch, als wolle er mehr hören oder einen Beweis erhalten.

Unterdessen will ich nur, dass er etwas gegen den köstlichen Schmerz zwischen meinen Beinen unternimmt, mich dort berührt. Also lasse ich seinen festen Hintern los, löse seine Hand aus meinem Haar und führe sie zu meinem Bauch und von dort sanft tiefer.

Seine Lider flattern, und er stöhnt. »Abby«, murmelt er, während seine Finger gen Süden wandern.

»Ja!«, sage ich drängend, ich will schließlich unbedingt, dass er weitermacht!

Seine Schultern heben und senken sich, als er mit einer Hand zu meinem Schenkel gleitet und den Saum meines Rocks umfängt. »Ist das okay?«

Wie supernett von ihm, dass er fragt. Ich liebe es, dass er so besorgt ist. Vor allem aber liebe ich es, dass er mich trotzdem anfassen wird. »Ja, es ist mehr als okay. Ich will es. Ich will dich …«

»Gott, ich will dich auch so sehr«, bringt er mit belegter Stimme hervor. Dabei streicht er mit der Hand langsam meinen nackten Schenkel hinauf. Er ist nur noch Zentimeter von meiner Mitte entfernt, und sein Atem stockt, als sich seine Finger meinem Slip nähern. »Du bist so feucht«, sagt er schon, bevor er mich berührt. Seine Stimme hat einen sexy Klang, beinahe staunend.

Ich bringe ein winziges Grinsen zustande. »Das hast du gemacht«, sage ich und füge hinzu: »Du bist ein gutes Gleitmittel.«

Er lacht leise. Dann verdunkeln sich seine Augen, als er mich ansieht. »Meine wunderschöne Abby. Wenn du erlaubst, kümmere ich mich für dich darum.« Sein Blick hält meinen fest, während ich heftig nicke, um ihm wieder und wieder die Erlaubnis zu erteilen.

Simon packt meine Hüfte. Mit den Fingern seiner freien Hand gleitet er über den Steg meines Slips, der bereits durchnässt ist. »So verdammt feucht«, murmelt er.

Ich dränge mich gegen seine Finger, fordere den Kontakt, die Berührung. Er erfüllt meinen Wunsch, taucht seine Hand in meine Unterwäsche und seine Finger in meine feuchte Scham.

Ich keuche auf.

Er stöhnt.

Unsere gleichzeitige Reaktion ist perfekt. Wir sind vollkommen aufeinander eingestimmt. Ich wiege meine Hüften, dränge mich seiner Hand entgegen, und er streichelt mich liebevoll.

Kreisend reibt er die Stelle, an der ich ihn am dringendsten brauche, und ich stöhne, seufze und murmle – *o Gott, bitte mehr*. Er beschleunigt, lässt seine Finger schneller über mich gleiten; dabei küsst er meinen Hals und mein Ohr. »Du fühlst dich so verdammt gut an«, raunt er kehlig.

»Du dich auch«, erwidere ich und ziehe ihn näher, weil ich seine Erektion fühlen will. Er schiebt sie langsam gegen meinen Schenkel, immer wieder, während er mit der Hand eine Art schmutzigen Zauber zwischen meinen Beinen wirkt. Ich bewege mich an seinen Fingern, und mein Atem wird schneller. Dann stößt er einen Finger in mich, dann noch einen, und ich schreie fast vor Wonne.

»O Gott, o Gott, o Gott«, hauche ich, während er mich mit seinen Fingern vögelt, tief in mich eindringt und an meiner Klitoris reibt. Die ganze Zeit bedeckt er dabei meinen Hals mit erotischen Küssen und flüstert mir süße Worte zu.

So oft habe ich mir das hier vorgestellt.

Will dich so sehr.

Habe davon geträumt, dich zum Kommen zu bringen.

Seine Worte lösen Wellen der Lust in mir aus, zerren an meiner Haut. Mein Bauch spannt sich an, als ich seine Hand reite, und meine Hüften bewegen sich mittlerweile nahezu unkontrolliert.

»Ja!«, stöhnt er. »Ich möchte so gern, dass du kommst.«

Eine Vielzahl von Lauten löst sich von meinen Lippen, während meine Sicht verschwommen wird und die Erregung in mir einen neuen Höhepunkt erreicht. Und dann zerspringt sie zu einer Million kleiner Explosionen, und ich komme heftig an seiner Hand – hier in seiner Küche.

Ich schreie seinen Namen, atme stoßweise und klammere mich an diesen Mann.

Als ich schließlich meine Augen öffne, grinst er mich benommen an. »Du bist so wunderschön, wenn du loslässt.«

Ich lächle, habe keinen Schimmer, was nun geschehen wird, und weiß nur, dass wir im Moment eindeutig beide high sind vor Lust.

Dann hole ich tief Luft, strecke eine Hand aus und streiche über seine Erektion. »Haben wir Zeit? Darf ich?«

Er blickt zur Uhr. »Ich muss sie in zehn Minuten abholen«, antwortet er, und bevor er mehr sagen kann, öffne ich bereits seinen Reißverschluss und umfange ihn durch die Boxershorts. Er ist heiß und groß, und mich überkommt schon wieder eine Lustwelle, als ich über seine volle Länge streichle.

Simon erschauert bei der Berührung durch den Stoff. Aber ich will ihn richtig fühlen, meine Haut an seiner. Deshalb schiebe ich eine Hand in seine Boxershorts und lege sie um seine Erektion, worauf wir beide laut aufstöhnen. Ich glaube sogar, dass ich noch lauter bin als bei meinem Orgasmus eben, weil er so dick und groß ist.

Simon ist deutlich anzumerken, wie verdammt gut es ihm gefällt, von mir berührt zu werden. Die Laute, die er von sich gibt, sind so unglaublich heiß – ein tiefes, rauchiges, maskulines Keuchen.

»Abby«, raunt er mit geschlossenen Augen und stößt in meine Hand.

Ich grinse verwegen, obwohl er es nicht sehen kann, und bin wahnsinnig erregt, weil er sich an mich verliert, genauso wie ich mich zuvor an ihn. Er drängt seine Hüften nach vorn, und ich bearbeite seinen harten Schaft, genieße es, wie seidig er sich anfühlt. »Ich möchte dich schmecken«, sage ich, und es ist nicht geflüstert. Denn bei diesem Mann, den ich will, kann ich mutig und selbstsicher sein.

Er reißt die vor Lust schimmernden Augen auf. Und als ich gerade sicher bin, dass er seine Jeans nach unten schieben wird, damit mein Mund ihn besser kennenlernen kann, schüttelt er den Kopf und legt die Hände an meine Wangen. »Ich lechze auch danach, dich zu schmecken. Darf ich? Nur einmal kosten, und dann …«

Ich weiß nicht, was nach dem *dann* kommt, aber ich kann diese Bitte nicht ablehnen. Nicht, wenn mein Slip allein bei seinen Worten noch feuchter wird. Nachts, allein in meinem Bett, sind meine Knie auseinandergefallen, während ich von seinen Lippen träumte …

»Ja.«

Behutsam hebt er mich von dem Tresen und stellt mich hin. Dann geht er auf seinem gefliesten Küchenboden auf die Knie, schiebt meinen Baumwollrock nach oben und zieht mir den Slip bis zu den Knöcheln herunter, sodass ich hinaussteigen kann. Ich sollte vorsichtig sein, nur haben die Endorphine meinen logischen Verstand lahmgelegt. Hier und jetzt gibt es nur noch mein lüsternes Ich.

»So verdammt schön«, sagt er bewundernd. Dabei streicht er mit den Händen über meine nackten Schenkel und küsst meine Beine mit einer Ehrfurcht, dass ich schon jetzt wieder vor Lust aufschreien könnte. Dieser Mann ist unglaublich. Und er küsst mich, wo ich es mir am sehnlichsten wünsche.

Mein ganzer Körper steht unter Strom, als seine Zunge über meine Schamlippen gleitet. Meine Knie geben nach, und er hält meine Beine fest, während ich nach seinem Kopf greife und meine Finger in sein dichtes Haar tauche.

»Simon«, hauche ich, als er mich mit seiner Zunge streichelt.

Feuer lodert in mir, entfacht von dem himmlischen Wohlgefühl, das er leckend, saugend und küssend weckt. Und auch Simon ist nicht still. Er gibt Laute der Wonne von sich, während er sich mir widmet, was die nächste Lustwelle durch meinen Körper jagt.

»Das ist mehr als einmal kosten«, sage ich, spielerisch um einen tadelnden Ton bemüht, als er seinen Mund fester auf mich presst.

»Du schmeckst so gut, da kann ich nicht aufhören«, flüstert er, ehe er sich wieder meiner Hitze zuwendet, an meiner Klitoris leckt und mich küsst, bis ich vor Ekstase kaum noch stehen kann.

Ich kralle die Finger in sein Haar, ziehe ihn näher und reibe mich an seinem Gesicht, bis ich abermals den Gipfel erreiche und zum zweiten Mal komme. Ich halte nichts zurück, bin laut und wild und ungezügelt, bis ich mich langsam wieder beruhige.

Kurz darauf richtet Simon sich auf und nimmt mich in die Arme. »Das wollte ich schon so lange machen.«

»Lass mich es auch mit dir machen«, bitte ich in einem sexy Schnurren.

Ein Stöhnen entfährt ihm. »Glaub nicht, dass ich mir das nicht innigst wünsche. Du ahnst nicht, wie sehr. Aber ich muss in zwei Minuten bei Madison sein.«

»Das ist wahrscheinlich nicht genug Zeit, um dich um den Verstand zu bringen«, sage ich verspielt.

Er antwortet mit einem sehr süßen, sinnlichen Grinsen.

»Es ist unfair, dass du nicht gekommen bist.«

»Nein, es ist absolut fair«, entgegnet er und küsst mich

auf die Stirn. »Denn ich durfte dich zweimal zum Kommen bringen.« Dann seufzt er, und sein Tonfall wird sehnsüchtig. »Was mache ich nur mit dir?«

»Weiß ich nicht. Wirklich keine Ahnung.« Aber in einer Minute muss er seine Tochter abholen. Ich löse mich aus dem Rausch. Dies ist die Realität, und mit der dürfen wir nicht spielen. »Ich sollte gehen.«

»Reden wir später?«

Ich nicke, und Simon richtet seine Kleidung, ehe er sich auf den Weg macht, um Hayden zu holen. Hastig raffe ich meine Sachen zusammen, ziehe den Slip wieder an und eile mit von zwei unglaublichen Orgasmen geröteten Wangen aus der Wohnung meines Arbeitgebers.

KAPITEL SECHZEHN

Simon

Als ich an diesem Abend auf mein Bett falle, bin ich kein bisschen schlauer. Schließlich greife ich nach meinem Handy und wische mit dem Finger übers Display, um es zu entsperren. Ich hole tief Luft und werfe das Gerät dann doch wieder aufs Bett. Verschränke die Hände unterm Kopf und versuche, diese Entwicklung mit Abby genauso zu evaluieren, wie ich es bei Geschäftsverhandlungen tun würde. In diesem Fall jedoch drohen bei jedem Schritt Fallstricke.

Ihren Job riskieren.

Hayden verletzen.

Jemanden verlieren, den Hayden so gern mag.

Zu einem Klischee werden.

Das Wort hallt durch meinen Kopf und verbreitet Finsternis in mir. *Klischee.*

So hatte ich es genannt, als Miriam mit ihrem Kollegen fremdging. In einer Zeit, als ich viel zu viel arbeitete. Obwohl ich das dauernde Geschäftemachen um einiges zurückgefahren habe, kann ich immer noch mit den Besten mithalten, wenn es ums Verhandeln und um Abschlüsse geht. Ich kann einen kleinen Batzen Geld in einen Topf voller Gold verwandeln. Und günstige Gelegenheiten wittere ich genauso sicher wie Ärger.

Hier hingegen vermag ich mich nicht zu entscheiden,

welcher Weg der riskantere ist. Jede Sekunde mit Abby bewirkt, dass ich mehr von ihr will. Jedes Lachen, jede Bemerkung – alles, was sie sagt oder tut.

Ich gebe es auf und lange erneut nach dem Handy.

Wäre ich stärker, würde ich dies hier vielleicht mit Kristy oder Tyler bereden. Ich würde eine Liste mit Pros und Kontras schreiben, wie bei einem Deal.

Aber das hier ist kein verfluchtes Geschäft. Es geht um mein Herz, und das verdammt hartnäckige Organ will sie. Andere Organe auch. Als ich ihren Namen in meinen Kontakten anklicke, sage ich mir, dass ich das Ganze eben mit der einen Person berede, mit der ich *wirklich* darüber sprechen sollte. Denn wenn ich heute eines gelernt habe, ist es, dass diese Sache zwischen uns real ist. Es war kein einmaliges Strohfeuer, sondern hat das Potenzial, mit jedem Mal heller zu brennen.

Ich beginne mit etwas Einfachem.

Hi.

Hi.

Das heute war ... sagenhaft.

Ich glaube, ich glühe immer noch.

Du bist so wunderschön. Und so sinnlich.

So lässt du mich empfinden. Ich liebe es, wenn du mich berührst.

Ich hatte nicht damit gerechnet, dass wir so schnell in diese Richtung abdriften. Beim Blick auf ihre Worte werde ich schon wieder steinhart. Sie ist so direkt, so offen, und das zieht mich zu ihr. Also schreibe ich weiter.

Ich kann nicht genug davon bekommen, dich zu berühren. Und dich zu küssen. Und dich zu schmecken. Wenn ich meine Augen schließe, bist du bei mir. Ich kann dich riechen. Es ist berauschend.

Ist für mich genauso. Diese zwanzig Minuten in deiner Küche laufen die ganze Zeit in meinem Kopf ab. Als hätte ich sie auf DVD aufgenommen und würde immer wieder »Repeat« drücken.

Ihre Beschreibung bringt mich zum Lachen.

Ich hätte diese Aufzeichnung gern. Die würde ich mir nonstop ansehen.

Was machst du gerade?

Ich liege in T-Shirt und Boxershorts im Bett und schreibe mit dir. Und du?

Ich liege in Trägertop und Slip im Bett und schreibe mit dir.

Bei dem Bild stöhne ich. Mein Schwanz wird noch härter, und ich streiche leicht mit der Hand über meine Erektion.

Wäre ich bei dir, könnte ich meine Finger nicht von dir lassen. Wir wissen ja bereits, wie schlecht ich darin bin, dir zu widerstehen.

Und mir ist es einfach nicht möglich, dich zum Aufhören zu bringen. Weil es sich so gut anfühlt. Ich erschauere, wenn ich an das denke, was du mit mir gemacht hast.

Ich atme langsam aus, erinnere mich an ihre Laute und ihr Wimmern, ehe ich schreibe:

Daran denke ich jetzt auch. Ich habe jede Sekunde genossen. Und ich will es wieder tun.

Ich auch, aber hatten wir nicht gesagt, dass es schlimm ist? (Na ja, gut, aber schlimm!)

Ich sollte mich eigentlich beherrschen, aber ich verliere den Verstand, wenn ich dir nahe bin!

Ich hatte das Gefühl, dass du dich an mich verloren hast, als ich dich berührte. Und das fand ich wunderschön.

Bei Gott, ich hab mich wirklich an dich verloren! Ich wünschte, du wärst jetzt hier.

Was würdest du tun?

Dich wieder küssen. Dich in mein Bett bringen. Dich ausziehen. Ist das zu viel?

Nein, denn genau das will ich. Es ist nicht zu viel. Jetzt gerade fühlt es sich an, als wäre es nicht einmal genug.

In meinen Armen fühlst du dich unglaublich an. Aber du musst wissen, dass es für mich noch viel mehr ist. Es geht viel tiefer.

Weiß ich ... Glaub mir ... Ich weiß es ... Bei mir ist es auch so.

Aber das ist die Härte ... Ich empfinde so viel für dich, und wenn ich dich sehe, will ich dich sofort in die Arme nehmen. Ich weiß nicht, wie ich mit dir in einem Raum sein und dich NICHT anfassen soll.

Das ist wirklich DIE HÄRTE. ☺

Ha! Ein Volltreffer!

O ja. Aber das Problem bleibt. Sollen wir versuchen aufzuhören? Um zu beweisen, dass wir es können oder so? Ein Kräftemessen zwischen uns beiden? Das erinnert mich übrigens an die Sitcom Seinfeld und das darin vorkommende »Anti-Weihnachtsfest« namens Festivus, das seine ganz eigenen Traditionen hat. Da müssen doch auch zwei in einem Kräftemessen gegeneinander antreten. Kennst du die Folge? Falls nicht, weiß ich nicht, ob wir uns jemals wieder unterhalten sollten. ☺

Als würde ich die nicht kennen!

Gut. Dann schreib weiter ...

Aber woher kennst du sie? Die Serie wurde eingestellt, als du ... warte, ich will nicht wissen, wie jung du warst, als sie beendet wurde.

O bitte! Ich war acht, was bedeutet, dass du sechzehn warst, und das ist völlig okay für mich! Außerdem habe ich am College die Wiederholungen gesehen.

Geständnis – ich sehe mir die Seinfeld-Wiederholungen immer noch an. Jedenfalls scheint es mir eine wahnwitzige Herausforderung zu sein, dir zu widerstehen. Andererseits fand ich spannende Herausforderungen schon immer reizvoll.

Eine harte Herausforderung. Übrigens danke, dass du so egoistisch warst, meine Hand von etwas Hartem wegzuziehen, das mir super gefallen hat!

Jetzt muss ich lachen, obwohl ich so verflucht angetörnt bin.

Oh, Abby. Falls mich die Erinnerung nicht trügt, hat es dir nichts ausgemacht, dass ich auf die Knie ging und dich verdammt heftig an meinem Mund kommen ließ.

verglüht bei der heißen Erinnerung

fragt sich, wann er das wieder machen kann Oder willst du aufhören? Um zu beweisen, dass wir es können?

Natürlich will ich das nicht. Ich finde nur, wir müssen zusammenarbeiten können, ohne uns sekündlich die Klamotten vom Leib zu reißen.

Berufsrisiko und so.

Aber eines, das man lieber meidet.

Ja, wenn wir das können. Übrigens solltest du dir die Bilder des Tages auf der Adler-Webseite ansehen. Die werden dir gefallen.

Ich grinse. Garantiert ist sie begeistert von den Bildern der Adlereltern, die Zweige in ihrem Nest neu arrangieren, damit die Jungen nicht rausfallen. Drei Minuten später antwortet sie.

Du hast recht, das ist so süß!

KAPITEL SIEBZEHN

Simon

Es ist wie ein Entzug.

Am nächsten Tag verbringe ich den Vormittag mit Hayden, gehe mit ihr zur Märchenstunde bei An Open Book, unserer Lieblingsbuchhandlung in der Upper West Side, und anschließend zum Mittagessen. Sie will Knoblauch-Pommes ausprobieren, obwohl ich sie warne, dass Knoblauch sehr intensiv schmeckt. Aber, tja, jeder muss auf seine eigene Art lernen.

Als wir zu Hause ankommen, muss ich ihr noch nicht mal *Habe ich dir doch gesagt* unter die Nase reiben. Sie stürmt direkt ins Bad und attackiert ihren Mund mit Erdbeerzahnpasta.

Abby kommt, als Hayden noch im Bad ist. Wir begrüßen uns. Keusch. Doch ich schäme mich nicht zu erwähnen, dass mein Magen bei ihrem Anblick eine komische Drehung vollführt.

»Wie war der Spanischkurs heute Morgen? Ist der neue Schüler immer noch so anstrengend?«, frage ich, während sie ihre Tasche auf den Couchtisch stellt.

Erstaunt neigt sie den Kopf. »Du weißt, dass ich heute Morgen eine Spanischklasse hatte?«

Ich zupfe an meinem Ohrläppchen. »Ja, ich kann gut zuhören. Und du hast mir schon öfter erzählt, dass dieser neue Typ behauptet, er würde nur Google Translate brauchen.«

Ja, ich gestehe, dass ich sehr plump versuche, Eindruck zu schinden.

Und ihrer strahlenden Miene nach ist es mir gelungen. »Stimmt!« Sie verdreht die Augen. »Sein Arbeitgeber hat ihn zu dem Kurs geschickt, aber er denkt, dass er ihn nicht braucht. Bis ich ihm vom Klit-Festival erzählt habe.«

Ich reibe mir die Hände. »Erzähl mir bitte auch davon.«

Sie schaut sich im Wohnzimmer um. »Wo ist Hayden?«

»Mit einer Zahn-Dekontamination im Bad beschäftigt. Sie hat vorhin Knoblauch gegessen.«

Abby rümpft die Nase. »Ich hasse Knoblauch. Einmal habe ich sogar eine Petition gestartet, um ihn verbannen zu lassen.«

»Verbannen von wo? Von der Welt?«

»Ja! Ich war vierzehn und recht idealistisch. Und einmal hab ich einen Jungen geküsst, nachdem ich Pizza mit Knoblauch gegessen hatte. Er sagte, mein Atem rieche superеklig. Was hätte ich also anderes machen sollen, als eine Online-Petition zu starten?«

Das ist wirklich zum Niederknien! »Gegen den Jungen oder Knoblauch?«

Sie stemmt die Hände in die Hüften. »Gegen Knoblauch natürlich.«

»Hast du irgendwelche Unterschriften bekommen?«

Sie nickt vehement. »O ja, die Anti-Knoblauch-Fraktion ist mächtig. Es gibt Millionen Leute auf dem Globus, die ihn für den Fluch der Natur halten. Gleich nach Zucchini.« Sie erschauert. »Für Zucchini gibt es keinen Existenzgrund. Zumindest nicht für diese Übergröße-Version, die bei manchen Leuten im Garten wächst.«

Meine Mundwinkel zucken. »Du bist die perfekte Frau. Ich glaube auch fest an die Abschaffung von Knoblauch und gigantischen Zucchini.«

Abby erwidert mein Grinsen. Ach, es geht nicht nur um Knoblauch und Zucchini, sondern um viel mehr. Es sind so viele kleine Dinge – und größere –, die wir gemein haben.

Ich mache eine auffordernde Handbewegung. »Das Klit-Festival – dabei waren wir stehen geblieben. Erzähl mir mehr davon.«

Sie linst den Flur hinunter und senkt die Stimme. »Ich habe ihm die Geschichte von dem Festival in einem galizischen Ort in Nordwestspanien erzählt. Eigentlich feiern sie da *grelo*, ein grünes Blattgemüse, aber dank Google Translate wurde das völlig anders beworben. Da sieht es auf einmal so aus, als würde das Dorf seine Bewohner und Touristen zu einem …« Abby hält inne, sammelt sich und platzt dann heraus: »Zu einem Klitoris-Festival einladen! Weil das Wort *grelo* nun mal zwei Bedeutungen hat: Es steht für eine Art Rübstiehl-Gemüse und für Klitoris.«

Zugegeben, ich könnte vor Lachen platzen, aber ich bemühe mich, eine ernste Miene zu wahren. »Tja, so ein Festival würde ich mir nur ungern durch die Lappen gehen lassen. Vorausgesetzt, du lädst mich ein.«

»Jedenfalls gibt es beim Festival Kostproben und Preise für die besten *grelos«*, sagt sie, wobei sie die letzten beiden Wörter genüsslich zweideutig ausspricht. »Dem Marketing zufolge ist die Klitoris eines der typischen Regionalprodukte in der galizischen Küche und ein Star in der Gastronomie dort.«

»Also ich fand ja immer schon«, entgegne ich schmunzelnd, »dass die Klitoris überall der Star sein sollte.«

Sie gibt mir einen Klaps auf den Arm. »Siehst du? Wahrscheinlich fändest du Google Translate auch akzeptabel.«

Das verneine ich prompt. »Niemals. Nicht, wenn ich eine Sprachenlehrerin wie dich haben kann. Hat eigentlich der Schüler den Wert der Lehrerin schätzen gelernt, weil sie ihm in Sachen Klitoris Nachhilfe gab?«

Abby lacht. »Allerdings, ich glaube, er ist konvertiert!«

Diese Unterhaltung endet abrupt, als Hayden aus dem Bad und den Flur entlanggerannt kommt. Sie bleibt direkt vor mir stehen und haucht mir kräftig ins Gesicht.

»Viel besser«, sage ich, bevor ich meine beiden Lieblingsmenschen zurücklasse, um ins Büro zu fahren.

* * *

Als ich abends wieder nach Hause komme, verabschieden wir uns.

Wieder ganz brav und sittsam.

Allerdings flüstere ich Abby ins Ohr: »Ich würde dich auch küssen, wenn du nach Knoblauch schmeckst.«

Sie erbebt und verlässt die Wohnung.

Abby

Später am Abend kündigt mein Handy einen E-Mail-Eingang an. Ich sinke auf meine Couch, greife nach dem Telefon, und mein Herz setzt kurz aus, als ich sehe, dass die Mail von Simon ist.

Ich dachte, es interessiert dich vielleicht, dass ich heute Abend eine eigene Online-Petition gestartet habe. Sie soll alle Formen von Zucchini als Geschenk verdammen. Betitelt habe ich sie mit: »Zucchini sind kein Geschenk, sondern eine Strafe!« Hoffen wir mal, dass diese Aktion der tückischen Angewohnheit von Nachbarn mit Gärten Einhalt gebietet, ihre hypergroßen, geschmacklosen Gemüseerträge unter Vorgaukeln von Großzügigkeit loszuwerden. Und überhaupt, Zucchini-Brot? Das ist sofort abzuschaffen. Übrigens sahst du in dem hellblauen Kleid heute sagenhaft aus! Ich bin dennoch sehr sicher, dass es von mir ausgezogen noch um ein Vielfaches schöner wäre.

Ich lache und verspüre gleichzeitig ein kleines Kribbeln zwischen den Beinen, weil mich der letzte Satz erregt. Und ich habe schon angefangen, eine Antwort zu tippen, als noch eine Mail kommt.

Hast du eigentlich gewusst, dass der französische Ausspruch »Se taper le cul par terre« heißt, dass man sich vor Lachen krümmt? Hm, wahrscheinlich schon. Sehr seltsam, dass Google Translate trotzdem noch sagt, es heißt »den Hintern auf den Boden knallen«. Das ist mal wieder eine super Erinnerung daran, warum man gute Sprachenlehrerinnen gar nicht überschätzen kann.
Ach ja, und dann bist du auch noch so viel schärfer als Google Translate. Noch ein Vorteil, dich als Lehrerin zu haben. Allerdings ... Sollte dich irgendeiner deiner Schüler so ansehen wie ich, müsste ich womöglich den Neandertaler raushängen lassen.

Meine Antwort fällt schlicht aus. Ich schreibe ihm zurück:

Ist Google Translate scharf?

Dann rufe ich ihn an. Es ist nach zehn, und ich weiß, dass Hayden im Bett ist.

»Du hast dich also in deine Lehrerin verguckt?«, frage ich, als er sich meldet.

Sein Lachen ist tief und kehlig. Was er jedoch als Nächstes sagt, ist nicht witzig. Es ist total erotisch und löst ein drängendes Pulsieren zwischen meinen Beinen aus.

Simon

Ich schließe die Schlafzimmertür, um ungestört zu sein. Dann halte ich das Handy fest an mein Ohr gedrückt, und da meine schmutzige Fantasie bereits in vollem Gange ist, beantworte ich ihre Frage prompt.

»Ich möchte meine Lehrerin auf dem Pult flachlegen.«

Ihr Atem stockt hörbar. »Ungezogener Schüler.«

Ich sinke auf mein Bett und stelle mir bildhaft vor, was ich mit ihr machen möchte. »Dein Kleid nach oben schieben und dir das Höschen ausziehen.«

»Die Vorstellung gefällt mir«, sagt sie atemlos. »Würdest du meine Hände über meinem Kopf festhalten?«

Das Bild entlockt mir ein Stöhnen. »Das fändest du gut, oder?«

»Ja, bestimmt.« Ihre Stimme ist ein Schnurren, und ich sehe sie vor mir, wie sie auf ihrer Couch liegt und ihre Hand über ihren Bauch nach unten gleitet.

Sofort meldet mein Schwanz, dass er nicht ignoriert werden will.

Ich streiche über meine Erektion. »Dann werde ich diese Information gut abspeichern und demnächst verwenden.«

»Ich freue mich darauf.« Für einen Moment ist sie still, dann fragt sie sanft: »Hast du heute wirklich über mein Kleid nachgedacht?«

»Wundert dich das? Gibt es noch irgendwelche Unklarheiten bezüglich meines obszönen Verlangens nach dir?«

Sie lacht leise. »Nein, aber weißt du auch noch, was ich unter dem Kleid anhatte, als du es mir ausgezogen hast?«

Mir gefällt die Richtung, die unser Gespräch nimmt, immer besser. Ich schiebe meine Boxershorts nach unten und lege eine Hand an meinen Schaft. »Schwarzes Spitzenhöschen, passender BH. Ich habe dir den Slip ausgezogen, dich überall geküsst, und du bist dahingeschmolzen, als ich dich berührte.«

»Wie immer, wenn du mich berührst.«

»Und jetzt? Schmilzt du jetzt auch dahin?«, frage ich, während ich langsam meine Hand bewege.

»Und wie.« Sie ringt nach Luft, und dieser Laut hallt verführerisch nach.

»Hast du dich gerade angefasst?«

»Ja, und dabei stelle ich mir dich vor.«

Prompt sehe ich Abby nackt vor mir, den Rücken durchgebogen, und ihre Hand bewegt sich schneller zwischen ihren Beinen. Es ist das erregendste Bild, das mein Hirn jemals geschaffen hat. »Und was tue ich mit dir?«

Sie antwortet nicht gleich, holt erst mal tief Luft und sagt dann: »*Ich* tue etwas mit *dir*. Ich öffne den Reißverschluss deiner Jeans.«

Sekundenlang schweige ich, passe mich der neuen Richtung an, die sie vorgibt. Ich hatte mir vorgestellt, dass sie ein Szenario beschreibt, in dem ich mein Gesicht zwischen ihre Beine presse, und verdammt, wenn das nicht mein Favorit ist! Aber das hier ist auch irre heiß, und meine Faust bewegt sich schneller auf und ab, als sie ihre Fantasie weiterspinnt. »Und ich will etwas mit dir machen, deshalb gehe ich auf die Knie.«

O fuck! Alles Blut in meinem Körper strömt geradewegs in meinen Schwanz. Ich atme lauter, als sie mir erzählt, wie sie die Hand in meine Boxershorts stecken, sie nach unten ziehen und mich berühren, streicheln und kosten will. Ihre Stimme und die Bilder, die sie skizziert, versetzen mich in einen Rausch, und ich kann nicht genug bekommen. Dann ergänzt sie: »Ich lecke und küsse dich, bevor ich dich in den Mund nehme.«

Ich bin schon verdammt kurz davor zu kommen. Meine Stimme wird heiser, belegt von Lust, während meine Faust noch schneller wird. »Das möchte ich sehen, Abby. Ich möchte meine Finger in deinem Haar vergraben und beobachten, wie du das mit mir machst.«

»Ich nehme dich ganz tief in den Mund.«

»Fuck, ich halte es nicht mehr lange aus!«

Sie keucht. »Ich auch nicht.«

Dann sind Worte zwecklos, unsere Laute werden zum einzigen Soundtrack. Abby schreit auf, und ich erkenne, dass es bedeutet, sie ist unmittelbar vor dem Höhepunkt. Meine Lust steigert sich ins Unermessliche. Ich stelle mir vor, wie Abby sich auf der anderen Seite des Parks mit ihren Fingern zum Orgasmus bringt. Dieses Bild füllt meinen Kopf aus, und die Spannung in mir schwillt an, ehe sie schließlich zerreißt. Mein Höhepunkt ist gewaltig, aber viel zu schnell vorbei, und als ich ihren Namen ins Telefon stöhne, tut sie dasselbe mit meinem.

Eine Minute später, nachdem ich mich sauber gemacht habe, zittere ich immer noch. »Tja, wenn Telefonsex zu widerstehen eine der Kraftproben war, sind wir eben krachend gescheitert.«

»Allerdings.«

»Und ich bereue es kein bisschen.«

»Ich auch nicht«, sagt sie. Danach reden wir noch eine Stunde, aber nicht mehr über Sex, sondern zum Beispiel über die übrigen Gemüsesorten, die wir außer Zucchini und Knoblauch am wenigsten mögen, und über unser Lieblingsobst. Wir einigen uns darauf, dass Hüttenkäse eklig ist, und wundern uns, wie irgendwer alle Welt davon überzeugen konnte, dass Rosenkohl ein cooles Gemüse ist.

Abby erzählt mir, dass sie irgendwann mal Trapezturnen lernen will, ich ihr aber immer noch Poolspielen beibringen muss, und ich sage, dass ich es sehr gern tun werde, besonders da sie mir schon so mit Französisch geholfen hat. Ich erfahre, dass sie ehrenamtlich bei einem Alphabetisierungsprogramm arbeitet, und da erzähle ich von meinem Plan, im Spätsommer bei einem 10-km-Spendenlauf für ein Kinderkrankenhaus mitzumachen.

»Ich hasse Laufen abgrundtief, aber ich werde dich anfeuern«, verspricht sie.

»Das ist schön.«

Als wir uns verabschieden, fühlt es sich an, als könnte es tatsächlich passieren, dass sie dort an der Ziellinie auf mich wartet.

KAPITEL ACHTZEHN

Abby

Am nächsten Tag beschließt Hayden, dass sie auch Französisch lernen will, genau wie ihr Vater. Auf unserem Weg durch die Stadt bringe ich ihr die Wörter für Schaukel, Laden und Schokokeks bei.

Am späten Nachmittag fahren wir mit der U-Bahn ins Village und gehen zu einem Restaurant in der Christopher Street, wo Simon sich mit Nicks Tischler-Zwillingsbruder wegen eines Kostenvoranschlags trifft. Simon hatte mich gebeten, ihm Hayden hierherzubringen, weil er vorhat, heute Abend mit ihr in Chelsea einen Film zu sehen.

Das Seltsame ist, dass ich beinahe gefragt hätte, ob ich mitkommen darf. Ich ertappe mich dabei, dass ich mit den beiden ins Kino gehen will, Popcorn kaufen und zufällig Simons Finger streifen, wenn wir gleichzeitig eine Handvoll nehmen.

Bei der Vorstellung werden meine Wangen ganz rot. Ich halte Haydens kleine Hand fester und konzentriere mich auf sie statt auf ihren Vater.

Was nicht leicht ist.

Es ist sogar richtig schwierig.

Doch ich darf mir wieder eine Goldmedaille verleihen, weil ich es einen Block weit schaffe, ohne an Simon zu denken.

Bei dem Restaurant angekommen öffne ich die Tür, und Hayden stürmt sofort auf ihren Vater zu.

»Daddy! Meine Stunde war so toll! Abby bringt mir auch Französisch bei! *Bonjour!*«

»Bon soir, ma chérie«, antwortet er und zieht sie in seine Arme. Mir geht das Herz über, weil er mit ihr Französisch spricht. »Das finde ich super, Spatz. Erzählst du mir alles, wenn ich hier fertig bin?«

Hayden nickt, gibt ihm einen Schmatzer auf die Wange und setzt sich dicht neben ihn. *Abheben* wäre jetzt das angemessene Verb, denn mein verdammtes Herz schießt in die Stratosphäre, sobald Simon sich umdreht und mich ansieht.

Ich bekomme keine Luft mehr.

Seine Augen blitzen, als hätte er ein Geheimnis. Als hätten *wir* ein Geheimnis. Was wir ja auch haben. Unser Geheimnis ist, wie wir füreinander empfinden. Sogar hier, in Gegenwart all dieser Leute, schwöre ich, dass er nur mich sieht.

»Hey, Abby«, sagt er. Etwas Neues ist in seiner Stimme zu hören, stärker und sanfter zugleich. Als sei ich der einzige Mensch – neben seiner kleinen Prinzessin –, den er am Ende seines Tages sehen will.

»Hi«, sage ich, und an dem Klang dieser einen Silbe muss er erkennen, wie ich empfinde.

Als ich mich zum Gehen wende, spüre ich, dass er mich beobachtet. Und ja, ich möchte, dass sein Blick auf mich gerichtet ist. Er soll mir nachsehen, sich nach mir sehnen, sich in mich verlieben.

Weil ich so wahnsinnig in ihn verliebt bin.

Simon

An dem Abend findet unsere Französischstunde am Telefon statt. Abby hilft mir, mich für das Dinner am Wochenende fit zu machen, und bringt mir wichtige Fragen über Weine bei. Ich frage sie, ob sie von Wein ausgelassen wird.

»Weißt du das nicht schon? Ich hatte einige Gläser getrunken, bevor ich dich bei dem Zebrafilm angefallen habe.«

»Ah, ich war mir nicht sicher, ob das an mir, den Gestreiften oder dem Wein lag.«

»An allen dreien«, gesteht sie und erklärt mir dann, wie ich dem Koch ein Kompliment für sein Essen mache.

Ich wiederhole ihre Wörter und mache ihr ein Kompliment: dass sie besser schmeckt als ein Dessert.

»Ach, hör auf«, sagt sie schüchtern, und ich höre förmlich, wie sie rot wird. »Und nächstes Mal bin ich übrigens dran.«

Dem widerspreche ich nicht. Schon gar nicht, da sie ein nächstes Mal will.

Trotzdem haben wir es zwei Tage ohne Körperkontakt geschafft. Und damit etwas Entscheidendes bewiesen – wie viel mehr zwischen uns ist als körperliche Anziehung.

Gegen Ende unseres Gesprächs wechsle ich noch mal das Thema.

»Hayden ist morgen Nachmittag für zwei Stunden bei einem Kindergeburtstag. Darf ich dich dann vielleicht in eine Poolbar entführen und dir das Spiel beibringen?«

»Sehr gern, wenn du dich dabei ganz dicht hinter mich stellst und mir zeigst, wie man stößt.«

Und exakt das tue ich am nächsten Nachmittag. Sie beugt sich zum Tisch, bringt ihren Queue in Position und beäugt die orangefarbene Kugel.

»So?«, fragt sie über ihre Schulter.

»Ja, genau so.«

Ich stelle mich hinter sie, presse meinen Körper an ihren und korrigiere die Position des Queues zwischen ihren Fingern. Sie murmelt etwas, und ich knabbere an ihrem Schulterblatt. Dank dieser Stellung rauschen mir lauter schmutzige Bilder durch den Kopf, und, lieber Himmel, wie gern würde ich sie so nehmen, nach vorn gebeugt und die Arme auf den grünen Filz gestützt. Mein Schwanz pocht in meiner Jeans, und ich weiß, dass sie meine Erektion an ihrem Hintern fühlt. Ihrem wundervollen, runden Hintern. Ich drücke mich noch etwas fester gegen sie, und ihr Atem wird zittriger.

»Und dann ziehst du den Queue so zurück«, sage ich und demonstriere es ihr.

Sie lehnt den Kopf nach hinten zu mir, und ich inhaliere den berauschenden Geruch ihres Haars. Der Kokosnussduft flutet meine Sinne und bringt meine Erektion auf Hochtouren.

Da legt sie den Queue ab und dreht sich um. Sie ist zwischen dem Pooltisch und mir eingeklemmt. Ringsum sind alle anderen Tische besetzt. Im Augenblick aber interessiert mich null, wer noch hier ist, denn Abby legt die Arme um meinen Hals.

»Ich möchte dir die Sachen vom Leib reißen«, flüstert sie und streicht mit einer Hand über die Knopfleiste meines weißen Hemds. Sie spielt mit dem obersten Knopf und öffnet ihn.

»Willst du mich ernsthaft hier in einer Poolbar ausziehen?«, frage ich skeptisch.

Doch sie ignoriert die Frage und schnappt nach Luft. »Ich wusste gar nicht, dass du ein Tattoo hast!«

»Nur weil du mich noch nie ausgezogen hast.«

Sie öffnet noch einen Knopf und reibt mit den Fingern über die Stelle – ein großes keltisches Symbol über meinem Brustmuskel. »Was bedeutet es?«

»Vertraue. Vertraue auf dich.«

Sie sieht mich an. »Wann hast du das machen lassen?«

»Nach meinem College-Abschluss. Es sollte mich daran erinnern, bei der Arbeit auf mein Gefühl zu vertrauen. Danach dehnte sich die Bedeutung auch auf andere Bereiche aus.«

»Zum Beispiel, deinem Gefühl bezüglich Miriam zu vertrauen?«

Ihren Namen zu hören, ist nicht mehr als ein leichter Fausthieb in die Nieren. Es tut nicht weh. Jener Schmerz ist längst verschwunden.

»Ich musste mich auf mein Gefühl verlassen. Und das sagte mir, dass es Zeit war, die Ehe zu beenden.«

»Bereust du, dass sie nicht gehalten hat?«

Ich schüttle den Kopf. »Nein. Wir waren nicht die Richtigen füreinander. Und ich bin nicht der Meinung, dass man wegen eines Kindes zusammenbleiben muss. Meiner Tochter geht es besser damit, dass wir getrennt sind. Auch in dem Punkt musste ich mir vertrauen.«

Abby nickt verständnisvoll, ehe sie den Kopf zur Seite neigt. »Und vertraust du dir, was mich betrifft?«

Ich lache leise auf. »Manchmal ja, manchmal nein.«

»Wann nicht?«

»Jetzt gerade.« Ich beuge mich zu ihrem Ohr. »Wenn ich dringend hier raus will und die halbe Stunde nutzen, die uns noch bleibt, obwohl wir versprochen haben, unsere Hände bei uns zu behalten.«

»Und was ist, wenn ich meine Hände gar nicht einsetze?«, fragt sie eindeutig flirtend.

Ich hebe den Kopf und sehe sie an. »Was meinst du?«

Sie fährt mit einem Finger über ihre Unterlippe. »Was ist, wenn ich nur meinen Mund gebrauche? Würdest du darauf vertrauen, dass du es genießt? Dass ich es nett für dich mache? Würdest du darauf vertrauen, dass wir beide es wollen?«

Mir schwirrt der Kopf, wird schwindlig vor Lust. Ich kann nur noch nicken.

Abby

Seine nächste Reaktion lässt nicht lange auf sich warten. Der Mann weiß, wie man Dinge regelt. Er ist ein Macher, ein Problemlöser, und er ruft einen Fahrservice an, den er angeblich aus seiner Wall-Street-Zeit kennt, um einen Wagen zu bestellen. Ich frage nicht, warum er kein Uber ordert, und zehn Minuten später ist es sowieso offensichtlich. Wir steigen in eine Luxuslimousine.

Mit Trennscheibe.

»Fahren Sie einfach«, weist Simon den Chauffeur mit der schwarzen Mütze an.

Hinten drückt Simon den Knopf für die Trennscheibe, und innerhalb weniger Sekunden sind wir allein auf der Lederrückbank. Hastig öffne ich Simons Hose und nehme seinen erigierten Schwanz in die Hand.

»Du hast gesagt, ohne Hände«, stöhnt er.

»Das war gelogen. Ist es schlimm?«

Er grinst. »Nein.«

»Na, siehst du.«

Er lacht, was jedoch schnell in ein Ächzen übergeht, als ich meinen Kopf zu seinem Schoß senke. Ich umkreise die Spitze seines Schwanzes mit meiner Zunge, und er stöhnt bei dem Kontakt erneut auf. Auch mir entfährt ein erstickter Laut. Ihn zu schmecken ist schwindelerregend – maskulin und sexy, ein wenig salzig und mit Suchtpotenzial. Ich lasse meine Zunge mit ihm spielen, dann lecke ich an seinem Schaft nach unten, und er hebt sich mir entgegen.

Simon stöhnt meinen Namen, und ich beschließe, ihn endgültig um den Verstand zu bringen. Ich lege meine Lippen um ihn und nehme ihn tief in meinen Mund auf. Er ist hart, dick und verdammt erregt. Ich schwöre, dass er in meinem Mund pulsiert. Simon packt meinen Kopf, zieht mich näher zu sich.

Manchmal hat er etwas Grobes. Aber er tut mir nie weh, und er weiß, dass es okay ist, wenn er fest in mein Haar greift, und er weiß hoffentlich auch, dass er nicht zurückhaltend sein muss, wenn wir uns richtig lieben, nur weil er so viel größer ist.

Wenn, nicht *falls*.

Denn mir ist klar, dass es geschehen wird. Wir sind ein *fait accompli*, und das sage ich nicht, weil ich ihn gerade wie den köstlichsten aller Lollys behandle. Ich sage es, weil keiner von uns vom anderen genug bekommen kann.

Diese Woche drehte sich alles um den Beweis, dass wir es schaffen können: zusammen zu arbeiten, ohne uns gegenseitig anzufallen. Es ist uns erfolgreich gelungen, zu Hause sehr anständig zu sein.

Aber jetzt sind wir nicht zu Hause. Wir sind allein, und deshalb sauge ich ihn tief in mich ein. Es törnt mich total an, ihn so zu verwöhnen; ich liebe es, wie er schmeckt, wie er sich anfühlt und wie sehr er mich will.

»Abby«, stöhnt er wieder. Seine Stimme ist gefärbt von Hitze und Verlangen. »Ich möchte in deinem Mund kommen.«

Vorsichtig löse ich mich von ihm und sehe fragend zu ihm auf. »Gibt es denn noch einen anderen Ort dafür?«

Ich tauche wieder ab, und schon bald ist er dem Höhepunkt nahe, stößt fester in mich. Das Atmen ist schwierig, aber ich bin der Aufgabe gewachsen, nehme ihn wieder und wieder tief in mich auf, sauge und lecke. Während er sich in meinem Mund bewegt, gibt er eine kehlige Warnung von sich: »Ich komme. Jetzt!«

Die hätte ich nicht gebraucht, und es ist wunderbar, wie er wegen mir die Kontrolle verliert. Genüsslich koste ich es aus, als er sich in meine Kehle ergießt.

Schließlich setze ich mich wieder auf und stelle fest, dass uns die Zeit davongelaufen ist. Simon muss nach Hause.

Ich sage es ihm und auch, dass ich wünschte, der Abend wäre noch nicht vorbei, weil es so schön war.

Simon lächelt wie ein glücklicher, benommener Mann, zieht mich in seine Arme und küsst mich auf den Kopf. »Meine süße, sexy Abby. Du weißt, dass ich dir nicht widerstehen kann.«

Mein Lächeln wird strahlender. »Ja, das weiß ich. Und du schmeckst so viel besser als Zucchini.«

KAPITEL NEUNZEHN

Simon

In einer weißen Kniebundhose und der Fechtjacke, die eine Nummer zu groß ist, nimmt Hayden die *En garde*-Stellung ein und wackelt mit ihrem Florett.

Ich beuge mich vor, die Hände auf die Knie gestützt, und beobachte alles aufmerksam. Abby hatte Hayden zum Fechtclub gebracht, und ich kam von der Arbeit aus her, um sie zu treffen. Hayden ist kein Fecht-Wunderkind, aber sie gibt ihr Bestes, um bei der ersten Stunde mitzukommen.

Nachdem Hayden ihrem Fechtlehrer gegen die Brust gepiekt hat, spornt er sie noch weiter an. Sie dreht sich zu mir um. Ihre Augen leuchten, und sie wartet auf Zustimmung.

»Klasse gemacht!«, ruft Abby und winkt meiner Tochter zu.

»Weiter so!«, stimme ich ein, und Hayden konzentriert sich wieder auf den Unterricht.

»Es macht ihr richtig Spaß«, sagt Abby und stupst meine Schulter an.

»Ja, den Eindruck habe ich auch. Denkst du, sie will mehr Stunden?«

»Wer weiß?«, antwortet sie achselzuckend. »Sie probiert gern neue Sachen aus, und das ist gut.«

»Ich kann mir vorstellen, dass sie jede Sportart einmal

austestet, womöglich auch jedes Instrument. Sie wird Klettern wollen, dann Klavierspielen und danach Eislaufen.«

Abby hält ihren Zeigefinger in die Höhe. »Als Nächstes Karate, dann Ballett und danach Saxofon. Singen muss sie auch ausprobieren.«

»Und vergessen wir Gymnastik und Origami nicht. Sie wird voraussichtlich noch im Kindergarten einen Origami-Club gründen.«

»Klingt sehr nach ihr.«

Ich wende mich Abby zu, und mein Herz gerät ins Stolpern. Sie lächelt strahlend. Wir sitzen hier zusammen, reden über *mein* Kind und haben beide total auf dem Schirm, wie Hayden tickt. Mir fällt kein Ort ein, an dem ich lieber wäre, keine Unterhaltung, die ich lieber führen würde. Diese Frau hat sich ihren Weg in mein Herz gebahnt, indem sie einfach sie selbst ist. Ich weiß ehrlich nicht, ob ich sie jemals wieder loslassen kann.

»Sie sollte ruhig alles ausprobieren«, sagt Abby nun etwas leiser.

»Um zu sehen, was ihr gefällt«, ergänze ich.

Abby nickt. »Um zu sehen, in was sie sich verliebt«, fügt sie sanft hinzu, und ihre goldenen Augen weichen keine Sekunde von mir.

»Garantiert wird sie sich in irgendetwas verlieben«, sage ich genauso sanft. Mein Herz rast.

»Zum Beispiel in Sprachen.«

»Oder Restaurants.«

»Oder in etwas vollkommen anderes.«

»Oder in jemanden, eines Tages.« Nun sind meine Worte kaum noch geflüstert.

Während uns das leise Klingen von Metall auf Metall umgibt, neige ich mich dichter zu Abby und wispere ihr ins Ohr: »Ich kann nicht aufhören, mich immer wieder in dich zu verlieben.«

Sie erschauert und schließt für einen Moment die Augen. Als sie die Lider wieder aufschlägt, sieht sie mich erneut direkt an. »So geht es mir auch, Simon.«

Süß und verzweifelt spricht sie meinen Namen aus; ich bin schon wieder hin und weg.

Nein, ich küsse sie nicht in dem Fechtclub, wo meine Tochter gerade Unterricht hat. Stattdessen stelle ich ihr eine Frage: »Hayden ist am Wochenende wieder bei ihrer Mutter, und ich habe das Dinner mit Gabriel und seinen Leuten. Möchtest du mich begleiten?«

»Weil du nicht schnell genug Französisch lernst?«, fragt Abby im Scherz.

»Oui«, antworte ich grinsend. »Aber ich möchte dich auch gern bei mir haben.«

»Holst du mich vorher ab?«

Ich nicke.

KAPITEL ZWANZIG

Abby

»Die Paella in Spanien war sensationell«, erzähle ich Gabriel. Wir sind in seiner fantastischen Wohnung, in der er uns ein Festmahl gekocht hat, und ich sitze neben ihm.

Er verdreht begeistert die Augen. »Die ist zum Niederknien! Nirgends ist sie so gut wie in Barcelona.«

»Aber ich wette, du kannst sie noch schmackhafter machen«, erwidere ich schmunzelnd.

Er lacht, und dieses laute, lebhafte, übersprudelnde Lachen passt zu seiner Persönlichkeit. Ich verstehe, warum Simon mit ihm zusammenarbeiten will. Er ist charmant, unglaublich talentiert und hat uns ein göttliches Dinner serviert: leckeren Red Snapper mit Risotto und gerösteten, leicht gewürzten Artischocken.

Seine Partner sind sehr unkompliziert, allerdings hatte Simon recht mit der Annahme, dass sie es vorziehen, die Verhandlungen auf Französisch zu führen. Und das tun wir, obwohl Gabriel auch Spanisch spricht und wir beide untereinander von einer Sprache zur anderen wechseln.

»Dann hast du dein Spanisch im Ausland gelernt?«, fragt er jetzt.

Ich schüttle den Kopf, während ich noch ein Stück von meinem Fisch abschneide, durch den das Messer gleitet wie durch Butter. »Meine Mutter ist Spanierin, deshalb konnte ich vorher schon einiges. Aber in dem Jahr dort wurde mein Spanisch so gut, dass ich die Sprache jetzt unterrichten kann. Und wie hast du es gelernt?«, frage ich, ehe ich mir den Bissen in den Mund stecke.

Gabriel erzählt mir, dass er zweisprachig aufgewachsen ist, mit Französisch und Portugiesisch, dann Englisch in der Schule hatte und Spanisch auf seinen Reisen lernte.

»In der Kochbranche ist es eine praktische Sprache«, sagt er und nimmt sein Weinglas auf.

»Ja, das kann ich mir denken.« Ich sehe kurz zu Simon, der an meiner anderen Seite sitzt und mit Gabriels Kollegen plaudert. Wir sind zu acht am Tisch, und die meiste Zeit schlägt Simon sich gut allein, sodass ich nur wenige Male als Dolmetscherin einspringen muss. Und jedes Mal dankt er es mir mit einem hinreißenden Lächeln, bei dem ich glatt vergehe.

Im Grunde scheint alles, was er tut, diese Wirkung auf mich zu haben.

Heute Abend vielleicht noch mehr als sonst, denn zwei Gläser Wein machen meine Welt ganz besonders warm und rosig.

Als Eduardo eine Frage zu den Vertragsbedingungen stellt, erkenne ich an Simons Stirnrunzeln, dass er nicht alles versteht, und übersetze für ihn.

»Danke«, sagt er anschließend leise und antwortet dem Mann mit dem Kinnbart.

Während er redet, wende ich mich wieder dem Koch zu.

Gabriels Blick wandert zu Simon und zurück zu mir. »Du bist gut für ihn«, flüstert er.

»Meinst du?«

»Ja, ihr zwei seid ein perfektes Team.«

Ich fühle, wie sich meine Wangen röten. »Danke.«

»Wie lange arbeitet ihr schon zusammen? Noch vor wenigen Wochen konnte er nicht so sprechen. Hast du ihm geholfen?«

Strahlend nicke ich.

»Er hat Glück, so eine gute Lehrerin zu haben. Und so eine entzückende«, fügt er mit einem charmanten Lächeln hinzu.

Wir unterhalten uns über Reisen und Essen, dann über die besten Weine der Welt. Wenige Minuten später halte ich den Atem an, weil eine Hand meinen Schenkel drückt. Simons Hand. Er streichelt mich nicht, sondern lässt die Hand einfach dort liegen, während er redet. Ich weiß nicht, ob es eine dieser unbewussten Gesten ist oder ob er es mit Absicht tut. Eines jedoch weiß ich sehr wohl: Ich liebe es, dass er mich berührt.

Gabriel erhebt sein Weinglas. »Auf gutes Essen!«

Eduardo nickt. »Auf gute Abschlüsse!« Dann sieht er zu mir und wartet.

»Auf gute Partnerschaften!« Ich wende mich zu Simon.

»Auf euch alle«, sagt er, und als die übrigen Gäste ihre Trinksprüche formulieren, gleitet Simons Hand einige Zentimeter höher, sodass ich beinahe nach Luft schnappe.

Mich bezaubert, wie sehr er mich braucht und mich will. Ich liebe die Art, wie er mit mir spricht, und ich finde es toll, wie er heute Abend aussieht – graue Stoffhose, hellblaues Hemd, keine Krawatte.

Genau genommen finde ich alles an diesem Abend großartig, einschließlich des Weins, der Gesellschaft und der kribbelnden Vorfreude auf das, was auch immer nach diesem Dinner passieren mag.

* * *

Die Fahrstuhltür in Gabriels Haus gleitet mit einem sanften Rauschen zu. Wir sind allein, haben uns eben von den anderen verabschiedet. Simon drückt den Knopf für das Erdgeschoss, bevor er mich ansieht.

»Das Dinner war super.« Ich spüre, dass ich von dem guten Essen und der netten Gesellschaft förmlich glühe.

»Stimmt, und ich bin so froh, dass du mit mir hier warst. Danke.«

»Es war mir ein Vergnügen.« Ich streiche über den Rockteil meines schwarzen Kleids – knielang, mit Spaghettiträgern und Volants unten.

Simon kommt näher, als sich die Kabine in Bewegung setzt. Dann noch näher, um mit den Fingern über meinen Arm nach unten zu streichen. Seine Hand hinterlässt eine Gänsehaut.

Ohne den Blick von seinen Augen abzuwenden, schlucke ich und frage: »Was denkst du, wie wir uns bei der Kraftprobe halten?« Gegen das Verlangen, das in meinem Tonfall mitschwingt und mit jeder Sekunde, die er mich so ansieht, größer wird, bin ich machtlos. Simon betrachtet mich, als sei ich die Erfüllung all seiner Wünsche.

»Tja, ich habe dir bisher nicht die Kleider vom Leib gerissen«, antwortet er mit einem frechen Grinsen. Seine blauen Augen funkeln, und seine Finger wechseln die Richtung und streichen jetzt meinen Arm hinauf.

»Ein Jammer.«

Er hebt seine Hand an mein Gesicht und fährt mit den Fingerspitzen über meine Wange. Mit einem zufriedenen Seufzen lehne ich mich an ihn. Mir ist, als würde ich aufs Neue zu glühen anfangen, als sei meine ganze Welt hell und wunderschön.

»Abby«, sagt er sehr zärtlich.

»Ja?«

Mit seiner freien Hand zeigt er von mir zu sich. »Was geschieht hier?«

Mein Herz verkrampft sich, und meine Haut erwärmt sich auf Supernova-Niveau. Mir ist klar, worauf er hinauswill. Aber ich möchte, dass er es als Erster sagt.

»Ich denke, das weißt du«, flüstere ich.

Er nickt und haucht mir den zartesten Kuss aller Zeiten auf die Lippen. Mein Körper kribbelt vom Kopf bis zu den Zehen. Simon weicht zurück und sieht mich an. Könnte er doch einfach sagen, was ich glaube, dass er sagen will …

Er legt einen Finger unter mein Kinn, während die Kabine schon langsamer wird und sich der Eingangshalle nähert. »Ja, ich weiß es.«

Mein Körper vibriert vor Hoffnung. »Dann verrate es mir«, sage ich mit unverhohlenem Verlangen.

»Ich werde dir verraten, was hier los ist, und das ist Folgendes.« Er holt tief Luft und hält meinen Blick. »Ich liebe dich.«

Und ich löse mich auf, scheine fast zu platzen. Wie gut ich jemals darin war, diesem Mann zu widerstehen, weiß ich nicht, aber mir ist sonnenklar, dass ich es nicht mehr will. Ich bin verrückt nach ihm. Also greife ich mit einer Hand in seinen Nacken und ziehe ihn dichter zu mir. »Ich liebe dich auch. So sehr!«

»Es war schon um mich geschehen, als wir uns das erste Mal begegnet sind«, sagt er, und mein Herz hebt ab.

»So war es bei mir auch!«

Er seufzt an meinen Lippen, und es ist der glücklichste Laut aller Zeiten. Ich habe das ausgelöst. Ich habe diesen

Mann glücklich gemacht. Nun recke ich mich auf die Zehenspitzen, bis mein Mund nahe an seinem Ohr ist. »Nimmst du mich mit nach Hause und machst Liebe mit mir?«

Ein Beben geht durch seinen Körper, und er antwortet sehr sexy und sehr gierig mit Ja.

KAPITEL EINUNDZWANZIG

Simon

Sie betritt mein Schlafzimmer, als würde sie hierher gehören.

Es haut mich um.

Zu sehen, wie sie mit den Fingern über den Bettüberwurf streicht, verschlägt mir den Atem. Sie ist hier, in meinem Schlafzimmer! Sie dreht sich um, lässt ihre Tasche auf mein Bett fallen, hebt eine Hand an den Träger ihres Kleids und wirft mir einen sehr einladenden Blick zu.

Er ist eine wortlose Aufforderung: Komm her und nimm mich.

Und das werde ich tun. O ja!

»Lass mich das machen«, sage ich, gehe auf sie zu und schiebe den schmalen schwarzen Träger von ihrer Schulter. »Lass mich dich ausziehen.«

Ich beuge mich zu ihr und presse meine Lippen auf ihre weiche, nach Vanille duftende Haut. Ich lasse sie über ihr Schlüsselbein wandern, knabbere leicht daran und küsse ihren zarten Hals. Sie lehnt den Kopf nach hinten, um sich mir noch mehr darzubieten. Ich küsse mich weiter hinauf, beiße in ihr Ohrläppchen und flüstere: »Das fühlt sich wie ein Traum an.«

Sie legt ihre Hand sanft an meinen Kopf. »Es ist alles real. Das versichere ich dir.«

»Wirklich real«, wiederhole ich, während ich ihren Mund mit meinem streife. »Seit der Minute, in der du zum ersten Mal durch meine Tür kamst, war es für mich ein innerer Kampf.«

Ich schiebe den anderen Träger von ihrer Schulter und greife in ihren Rücken nach dem Reißverschluss. »Nach diesem Moment hier habe ich mich die ganze Zeit so gesehnt …« Behutsam öffne ich den Verschluss ihres Kleids.

Sie zittert, und wie sie immer wieder bebend Luft holt, ist der schönste Klang von allen. Ich brauche keine Musik, kein anderes Geräusch. Nur sie will ich hören – ihr Atmen, ihre Stimme, ihr Seufzen, vermengt mit dem fernen Soundtrack des nächtlichen New Yorks.

»Ich auch«, haucht sie. »Du weißt gar nicht, wie sehr.«

Ich neige meinen Mund zu ihrem und nehme ihn in einem stürmischen Kuss in Besitz. Mein Gehirn erleidet einen Kurzschluss, und pure Lust jagt durch meine Adern, befeuert von der Art, wie wir aufeinander reagieren. Während ich Abby wild küsse, ziehe ich ihr Kleid nach unten, über ihre Hüften, dann ihre Beine. Den Kuss unterbreche ich nur flüchtig, als sie aus dem Kleid steigt.

Dann wandern ihre Finger an meinem Hemd hinauf, um es hastig aufzuknöpfen. Es dauert nicht lange, bis ihre Hände über meine Brust gleiten, wo sie das Tattoo nachmalt. Für einen Moment halte ich inne, weil mir die gewaltige Bedeutung dieser Nacht bewusst wird.

Abbys Hände sind auf meiner nackten Haut. Sie berührt mich. Sie will, dass ich sie liebe. Ich werde ihr auch die restlichen Sachen ausziehen, sie nackt auf mein Bett legen und in sie hineingleiten …

Fuck.

Der Himmel stürzt ein, und mein Traum von dieser Nacht fällt in sich zusammen.

»Ich habe keine Kondome«, platze ich heraus.

Sie lässt ihre Augenbrauen tanzen. »Aber ich.«

»Echt?«

Sie zuckt sehr sexy mit einer Schulter. »Irgendwie hatte ich gehofft, dass es zu dem hier kommt. Und ich wollte nicht unterstellen, dass du üppig bevorratet bist, also habe ich welche besorgt.«

»Ich habe gar keinen Vorrat!«, sage ich, wobei es überflüssig ist zu ergänzen, *den brauche ich nicht*. Offensichtlich habe ich keinen, und das aus genau diesem Grund.

Sie greift nach ihrer Tasche, öffnet sie und wirft eine kleine Packung aufs Bett.

»Nur eins?«, scherze ich, während ich meine Hose aufknöpfe.

»Ich habe noch eins. Falls wir es brauchen«, erwidert sie, als ich meine Schuhe abstreife und meine Socken ausziehe.

»Oh, wir brauchen bestimmt mehr als eins«, sage ich gespielt ernst. »Einmal mit dir wird mir nicht genügen.«

Ich öffne meine Hose, ziehe sie aus und lasse sie auf den Boden fallen.

Abby atmet laut aus, als sie auf meine Boxershorts starrt, wo sich die Wölbung meiner Erektion sehr deutlich abzeichnet. Ihre Augen werden größer, glänzen vor Lust. Das ist gut. Ich mag es, wie sie hinsieht, wie sie sich die Lippen leckt. Das macht mich umso härter.

Sie drückt eine Hand auf meinen Schwanz, was mir ein Knurren entlockt.

»Fuck, Abby«, murmle ich, als sie mich reibt. Einige Sekunden lang genieße ich diese Berührung. Dann trete ich zurück, um zu sehen, wie absolut atemberaubend sie nur in einem dunklen BH und passendem Spitzenhöschen aussieht, die gleich verschwunden sein werden. »In diesen Dessous bist du umwerfend, aber ich kann es kaum erwarten, dich ganz nackt zu haben.«

Sie streicht mit den Händen über meine Brust und flüstert: »Zieh mich aus.«

Ich lasse mich nicht zweimal bitten, sondern hake ihren BH auf, streife ihr das Höschen ab und bewundere ihre nackte Schönheit. Diese cremeweiße Haut, diese wunderschönen Brüste, der weiche Bauch, die Hüfte und dann, als sie nach hinten auf mein Bett sinkt, die Stelle zwischen ihren Beinen, wo ich den Rest der Nacht verbringen will.

Ich ziehe meine Boxershorts aus und steige über sie, sodass Haut auf Haut liegt. Stöhnend biegt sie sich mir entgegen, und ich könnte sofort in sie eindringen. Aber ich möchte, dass sie wild ist, ungestüm. Sie soll außer sich sein vor Erregung. Also bewege ich mich auf ihrem schönen Körper abwärts, küsse ihre Brüste, ihren Bauch, ihre Hüften. Sie winkelt die Beine an und öffnet sie.

Eine von Lust befeuerte Ehrfurcht erfüllt mich, als ich die Hände unter ihre Schenkel schiebe, sie weiter spreize und mein Gesicht zwischen ihren Beinen vergrabe.

In der Sekunde, in der meine Zunge über ihre süße Mitte gleitet, wimmert Abby auf. Ich genieße es in vollen Zügen, denn in diesem Moment ist sie mein. Ganz mein. Während ich sie küsse und lecke, bewegt sich Abby mit mir, hebt die Hüften, biegt ihren Rücken durch.

Ein stockendes Keuchen dringt aus ihrem Mund, gefolgt von einem Flehen.

Mehr, bitte, o ja, mehr.

Das ist so gut.

O Gott, ist das gut.

Ihre Worte entflammen mich. Bald wird sie wilder, gerät außer sich und packt meinen Kopf fester, während sie sich an meiner Zunge reibt. Ihre flüssige Hitze ist auf meinem Kinn, meinen Lippen, meinen Wangen, und ich liebe es, von ihr benetzt zu sein.

Beinahe so sehr, wie ich es liebe, wenn sie die Hände in mein Haar krallt, aufschreit, sich mir stöhnend und atemlos entgegenhebt und schließlich meinen Namen ruft, als sie an meinen Lippen kommt und dann befriedigt zusammensackt.

Ich krieche wieder an ihr hinauf, bedecke ihre Haut mit Küssen. Schließlich umfange ich mit den Händen ihre Wangen und presse meine Lippen auf ihre. Ohne den Kuss zu unterbrechen, greife ich nach dem Kondom, öffne die Folie und löse mich kurz von Abby, um es mir überzustreifen. Diesen Teil darf ich nicht vermasseln. Ich muss es richtig machen.

Dann sehe ich sie an, wie sie warm und glühend in meinem Bett liegt, ihr wirres blondes Haar auf dem Kissen aufgefächert, die Augen glänzend, und ich bin geliefert. Hier bin ich in meinem Zuhause mit dieser wunderbaren Frau, die meine Gefühle erwidert.

Was habe ich für ein Glück!

Sie schlingt die Arme um mich. »Jetzt«, bettelt sie.

»So fordernd?«, scherze ich und fahre mit der Spitze meines Schwanzes über ihre feuchte Öffnung.

O verdammt. Sie fühlt sich fantastisch an, nein, ich korrigiere: *göttlich*. So muss es heißen, beschließe ich, als ich in sie eindringe. Sie öffnet den Mund und stöhnt leise, während ich sie ausfülle. Als ich vollständig in ihr bin, greift sie nach meinen Schultern und zieht meinen Oberkörper dicht zu sich.

»Hi«, flüstert sie.

»Hey, du«, sage ich und beginne, mich zu bewegen, sie von innen zu streicheln, ehe ich mich ein wenig zurückziehe, damit sie die Reibung zwischen uns spürt.

»Du fühlst dich unglaublich an«, sagt sie, und ihr Blick hält meinen fest.

Ein Schauer läuft mir über den Rücken, als ich mir all dies hier vergegenwärtige. Unsere intensive Verbundenheit.

»Habe ich dir schon mal gesagt, wie gern ich dich zum Kommen bringe?«, frage ich leise, während ich wieder tief in sie stoße.

Sie lächelt kurz. »Nein«, murmelt sie.

Ich senke mich auf die Ellbogen, und sie streicht mit ihren Fingernägeln an meinen Armen hinauf.

Ich versenke mich noch tiefer in ihr, koste ihre feuchte Hitze aus, genieße es, vollständig von ihr umschlossen zu sein, die stramme Umklammerung ihrer Muskeln.

»Das ist mein neues Lieblingshobby – dir Orgasmen zu schenken«, erkläre ich stöhnend.

Sie bohrt die Fingernägel in meine Arme und biegt sich mir entgegen. Ihre Lider flattern. »Und du bist so gut darin.«

»Weil ich es wunderbar finde. Ich finde es wunderbar, dich zu schmecken«, raune ich ihr ins Ohr und bewege die Hüften. Ihre Tonlage wird höher.

»Ich finde es wunderbar, dir ein gutes Gefühl zu geben«, ergänze ich, während ich sie ficke. Sie wird schneller, kommt mir bei jedem Stoß entgegen, bei jedem Eindringen.

Ich passe mich ihrem Rhythmus an, steigere ihn, stoße härter zu. Ihr Atem wird lauter, und sie umklammert mich mit ihren Beinen.

»O Simon«, haucht sie.

Ich presse meine Lippen an ihren Hals, tauche meine Hände in ihr Haar und liege so auf ihr, dass sich unsere nackte Haut überall berührt.

»Weil ich dich so sehr liebe«, sage ich, und sie hebt die Hüften, um mich noch tiefer zu spüren. Ungeduldig.

Für ein paar Sekunden kommt kein Laut über ihre Lippen, obwohl sie den Mund leicht öffnet. Dann aber wird sie laut, erbebt unter mir, windet sich stöhnend und lässt sich schließlich fallen.

Bis zu meinem Höhepunkt dauert es nicht mehr lange. Er ist zum Greifen nahe, als ich sie in ihrem Orgasmus beobachte. Sie verzieht das Gesicht, und ihr Keuchen wandelt sich in ekstatische Schreie.

Mehr brauche ich nicht. Ich folge ihr in meine eigene Ekstase, und die war noch nie besser als mit ihr.

KAPITEL ZWEIUNDZWANZIG

Abby

Sicher hat irgendwer irgendwo schon mal geschrieben, dass um drei Uhr nachts keine klugen Entscheidungen gefällt werden. Aber dem muss ich widersprechen.

Als Simon seinen Arm um mich legt, frage ich: »Also lassen wir uns auf das hier ein?«

Mein Herz pocht schnell, ist bereit für diesen waghalsigen Sprung. Nach all den Monaten, die wir gegen unsere Gefühle gekämpft haben, möchte ich sie nicht mehr verbergen. Ich bin nicht blind. Und dumm bin ich auch nicht. Die Risiken sind mir bewusst. Aber dieses unbändige Glück in meinem Herzen, wenn ich bei ihm bin, ist stärker als sämtliche Warnzeichen.

»Tja, ich weiß nicht, wie ich dir das beibringen soll, Abby«, antwortet er, »aber wir haben uns schon drauf eingelassen. Zweimal, genau genommen.«

»Du weißt, was ich meine!« Ich gebe ihm einen Klaps auf die Brust.

Er streicht mit der Nase über mein Haar und inhaliert tief meinen Duft.

»Lenk mich nicht vom Reden ab.«

»Du lenkst mich ab«, erwidert er.

Mondlicht fällt durch die Jalousien in sein Schlafzimmer und wirft silbriges Licht auf die Bettdecke.

»Ich meine es ernst. Wie geht es jetzt weiter mit uns?«

Sanft fährt er mit einer Hand durch mein Haar. »Wie möchtest du, dass es weitergeht?«

»Weiß ich nicht. Ich habe keine Antwort auf die Frage, wie das alles funktionieren soll, aber ich liebe dich nach wie vor.« Es macht mir Angst, meine Gefühle auszusprechen, aber sie sind real und da. Mein Job ist wichtig, mein Herz allerdings auch. Und bei ihm ist es zum Überquellen voll.

Dieser Mann macht mich glücklich, und das nicht, weil er eine Leere in meinem Leben ausfüllt oder so. Es ist nicht so, dass ich eine beschissene Kindheit oder einen fiesen Vater gehabt hätte; ich hatte eine schöne Kindheit und einen großartigen Dad. Und es liegt auch nicht daran, dass ich lauter Ex-Freunde habe, die mich wie Dreck behandelt hätten. Nichts davon kommt in meiner Lebensgeschichte vor. Ich habe keinen Knacks davongetragen, sondern bin eine junge Frau, die ihre Familie und ihr Leben liebt.

Simon füllt keine Lücke aus.

Er bereichert mein Leben.

Nun schmiegt er das Gesicht an meinen Hals. »Gut. Ich hatte schon schreckliche Angst, dass du mich nach dem Sex nicht mehr lieben würdest.«

Unwillkürlich muss ich grinsen. »Tja, das ist nicht passiert. Vielleicht bin ich sogar *noch* ein bisschen verliebter.«

Er streicht mit der Hand über meine Rippen. »Ich auch«, flüstert er. Seine Stimme klingt rauchig und sexy. Dann räuspert er sich. Für einen Moment verkrampfe ich mich, aber es besteht kein Grund zur Sorge, denn er sagt: »Ich möchte das hinbekommen. Ich will mit dir zusammen sein, und ich will, dass du weiter bei mir arbeitest. Ich will dich, Abby. Vielleicht bin ich ein gieriger Mistkerl, aber darf ich dich auf jede Weise mein nennen?« Er grinst mich frech an.

Ich lege einen Finger an meine Lippen und gebe mich nachdenklich. »Hm. Also darf ich den Job und den Kerl haben? Klingt zu schön, um wahr zu sein.«

»Vielleicht ist unsere Zeit jetzt einfach gekommen.«

»Und heißt das, das nächste Mal, wenn ich dich zum Poolbillard oder zum Bowlen mit meinen Freunden bitte, kommst du mit?«

Er küsst mich auf den Mund. »Na klar. Doch mit ein Grund, weshalb ich nach unserem ersten Kuss weggefahren bin, war der, dass ich dich nicht lächerlich machen wollte. Macht es dir echt nichts aus, dass ich der Typ mit dem Kind bin?«

Ich verdrehe die Augen. »Hör auf. Sag das nicht immer. Deine Tochter ist kein Hindernis, sondern einer der Gründe, weshalb ich dich liebe. Und du könntest mich nie lächerlich machen.«

»Dann ziehen wir das hier durch«, sagt er und stockt nur kurz. »Was bedeutet, dass ich es Hayden erzählen muss …« Es ist einer der größten Schritte, und mein Puls beschleunigt sich, während ich darauf warte, dass er dem noch etwas hinzufügt.

»Ich denke natürlich nicht, dass sie alles wissen muss. Sie ist erst fünf. Aber ich will dich in meinem Leben haben, nicht nur als ihre Nanny, und das heißt, dass ich nicht verbergen möchte, wie ich für dich empfinde.«

»Ich glaube, ich *könnte* meine Gefühle für dich gar nicht mehr verbergen.« Ich küsse ihn zärtlich.

Jetzt ist er mein.

* * *

Die Morgensonne fällt durchs Fenster herein, als seine Lippen meine Stirn berühren. Mit leiser Stimme sagt er: »Ich gehe laufen. Bin bald wieder da. Schlaf weiter, Liebes.«

»Laufen«, murmle ich und zucke zusammen. »Ich entscheide mich für Schlafen.« Und dann tauche ich zurück in einen seligen Schlummer.

Als ich aufwache, bin ich noch allein. Ich strecke die Arme über den Kopf, freue mich auf den neuen Tag und die Gelegenheit, mit Simon zusammen zu sein – einfach den ganzen Tag ein Paar zu sein. Dann spähe ich zur Uhr. Es ist fast neun. Ich steige aus dem Bett und gehe in Simons Bad. Es ist ganz in Weiß gehalten, und es gibt blaue Handtücher. Klassisch und maskulin zugleich. Für Manhattan-Verhältnisse ist die Dusche riesig, und ich drehe sie auf, lasse das Wasser warm werden und trete unter den Strahl. Ich benutze Simons Waschlotion und Shampoo, wasche mich und drehe das Wasser ab, bevor ich mich in ein flauschiges Badelaken und mein nasses Haar in ein Handtuch wickle.

Auf dem Waschtisch entdecke ich eine Zahnbürste mit einem Post-it dran. *Für dich.* Es zaubert mir ein breites Lächeln aufs Gesicht, und nachdem ich mir die Zähne geputzt habe, rubble ich mein Haar trocken, hänge das Handtuch auf und hole ein Haargummi aus meiner Tasche. Als ich auf mein Handy sehe, finde ich eine Textnachricht von ihm.

Habe den Park verlassen. Bin in fünf Minuten zurück. Und bringe tolle Neuigkeiten mit!

Kann es kaum erwarten!

Dann lasse ich das Handy wieder in meine Tasche fallen und wünsche, ich hätte Kleidung zum Wechseln dabei, aber *c'est la vie*.

Wenn Simon wieder hier ist, werde ich kurz in dem Kleid von gestern nach Hause fahren, mich umziehen und danach den Tag mit ihm verbringen.

Oder ich fahre nicht nach Hause.

Vielleicht verbringen wir den Tag einfach nackt im Bett.

Bei diesem Gedanken muss ich schmunzeln.

Und mein Grinsen wird noch breiter, als es an der Tür klopft. Auf dem Weg durchs Wohnzimmer richte ich das Badelaken über meinem Busen und sehe Simons Schlüssel auf dem Couchtisch. Er muss sie hiergelassen haben, weil er wusste, dass ich ihn nach dem Laufen reinlasse. Ohne Ballast zu laufen ist vermutlich leichter.

Ich habe noch nie gesehen, wie er vom morgendlichen Laufen zurückkehrt, und die Vorstellung, dass er ganz heiß und verschwitzt sein wird, lässt mich ebenfalls ins Schwitzen geraten – im besten Sinne. Andererseits törnt mich ja eigentlich alles an ihm an. An der Tür beschließe ich, ihn wissen zu lassen, wie sehr. Ich reiße das Handtuch herunter – und öffne die Tür.

Im nächsten Augenblick sackt mir das Herz in die nicht vorhandene Hose.

Mir wird eiskalt, und meine Kinnlade fällt herunter, während Miriam fragend eine Augenbraue hochzieht. Erschrocken knalle ich die Tür wieder zu, und Verlegenheit füllt jeden Winkel meines Körpers aus.

Ich renne. Ja, ich sprinte buchstäblich ins Schlafzimmer, reiße eine Kommodenschublade auf und werfe mir ein T-Shirt von Simon über.

Aber das macht es um nichts besser. Ich habe nichts, was ich untenherum tragen kann. Fuck!

Mein Herz hämmert wie verrückt. Das Problem ist nicht nur Miriam. Es ist die Person bei ihr. Die kleine Person. Die, auf die es ankommt. *Die Tochter meines Lovers.*

Hastig ziehe ich das T-Shirt wieder aus, rupfe mein Kleid vom Fußboden auf, streife es über und schließe den Reißverschluss, ehe ich zurück zur Tür laufe.

Dann hole ich tief Luft, recke mein Kinn und öffne abermals.

»Abby!«, ruft Hayden, wirft sich jedoch nicht wie sonst in meine Arme. Stattdessen blickt sie verwundert zu mir auf und fragt: »Warum bist du denn hier? Und wieso bist du nackt gewesen, als du aufgemacht hast?«

Ich werde feuerrot im Gesicht und stammle: »Ich musste duschen.« Wenigstens ist das wahr. »Und ich hatte nicht mit euch gerechnet.«

Miriam funkelt mich wütend an. »Ja, das war ziemlich offensichtlich«, sagt sie und schreitet an mir vorbei in die Wohnung, wobei sie meine Schulter anrempelt.

»Wo ist Simon?«

»Er ist zum Joggen«, antworte ich.

»Ich hatte ihm geschrieben, dass ich Hayden heute schon zurückbringe.«

Hayden stemmt die Hände in die Hüften. »Machst du oft nackt die Tür auf?«

Unglücklich schüttle ich den Kopf. »Das war ein Fehler. Tut mir sehr leid.«

»Es war komisch«, sagt Hayden. »Aber ich freu mich trotzdem, dass du hier bist. Ich finde es nur besser, dass du jetzt was anhast.«

Miriam streicht Hayden übers Haar. »Gewöhn dich nicht dran, sie zu sehen, Schätzchen. Gabby wird wohl nicht mehr lange hier sein.«

»Ich heiße Abby«, korrigiere ich.

Miriam rümpft die Nase. »Abby, Gabby, egal. Ich werde alle meine Freundinnen wissen lassen, wie sehr man Ihnen trauen kann, was die Väter angeht«, faucht sie.

Meine Verlegenheit verwandelt sich in etwas weitaus Schlimmeres. Etwas, das nach Scham schmeckt. So sollte Hayden nicht von ihrem Vater und mir erfahren – indem ich ihrer Mutter nackt die Tür aufmache.

Fünf Sekunden später klopft es wieder, und Hayden flitzt zur Tür, um aufzumachen.

»Ich habe den Deal!«, verkündet Simon im selben Moment, in dem seine kleine Tochter »Daddy!« ruft.

Seine Miene verändert sich binnen einer Sekunde. Dann blickt er von seiner Tochter zu seiner Ex und schließlich zu mir.

Dieser Moment. Wie peinlich. Genau das ist es, was ich befürchtet hatte, und zwar nicht wegen seiner Ex. Ich will einfach keine Frau sein, die mit ihrem Boss schläft.

Miriam bricht schließlich das verlegene Schweigen und bringt es auf den Punkt.

»Tja, was sagt man dazu?«, fragt sie ihn. »Ist das nicht irgendwie ein bisschen Klischee?«

KAPITEL DREIUNDZWANZIG

Simon

Ich werde nicht laut, obwohl ich mich sehr beherrschen muss. Aber Miriam anzuschreien bringt nichts. Nicht mal, als sie wieder losgiftet, nachdem Abby gegangen ist und Hayden sich in ihr Zimmer zurückgezogen hat, um zu spielen.

Miriam zieht in der Küche einen Hocker hervor, setzt sich und schüttelt den Kopf wie eine ach-so-enttäuschte Richterin. »Im Ernst, Simon? Die Nanny vögeln?«

Innerlich koche ich, balle die Fäuste, zwinge mich aber, ruhig zu bleiben. »Reden wir nicht darüber, du weißt schon, wer im Glashaus sitzt …«

Sie lacht verächtlich. »Ich habe nicht mit dem Babysitter geschlafen!«

»Nein, mit deinem Kollegen«, sage ich, drehe mich zur Kühlschranktür um, reiße sie auf und nehme den Wasserkrug heraus. Ich schenke mir ein Glas ein und ermahne mich, mich nicht auf solch ein Gespräch einzulassen. Das haben wir früher zu gern getan: uns gegenseitig bekriegt. Ich trinke das halbe Glas leer, stelle es ab und wende mich wieder Miriam zu, ruhiger als noch wenige Sekunden zuvor.

»Aber das ist die Vergangenheit und spielt keine Rolle mehr«, füge ich kühl hinzu, weil ich nicht alles wieder durchkauen will, was wir schon weidlich durchgekaut hatten und was letztlich zur Scheidung führte, als Hayden zwei Jahre alt war. Stattdessen will ich wissen, warum sie einen Tag früher als verabredet hier ist.

»Ist dein Handy kaputt? Wieso hast du mir nicht geschrieben, dass du Hayden einen Tag früher bringst?«

»Willst du deine Tochter denn nicht so viel wie möglich bei dir haben? Darum hattest du doch, weiß Gott, erbittert gekämpft.«

Ich verziehe das Gesicht. »Du wolltest diese Regelung auch, weil sie dir besser passt. Tu nicht so, als wäre es anders.«

Sie schnaubt. »Ich muss heute Abend nach Kalifornien. Und ich habe dir heute früh geschrieben, dass ich sie heute bringe.«

»Ich habe keine Nachricht von dir gesehen.«

»Na, ich bin sicher, dass du eine hast. Sieh nach.«

Ich schüttle den Kopf. »Ist nicht mehr wichtig.«

»Warum nicht? Du scheinst mir nicht zu glauben. Oder willst du jetzt nicht nachschauen, weil auf deinem Handy *Nacktfotos* von der Babysitterin auftauchen könnten?«

Meine Brust brennt. Ich hasse es, dass ich jetzt Abby verteidigen muss. Sie hat nichts falsch gemacht.

»Nach diesem Köder schnappe ich nicht, Miriam. Ich weiß nicht mal, warum du noch hier bist. Du hast Hayden gebracht, also kannst du gehen.«

Miriam verschränkt die Arme und starrt mich herablassend an. »Ich bin hier, weil ich anfange zu bezweifeln, ob dieses Arrangement wirklich so gut ist – nun, da ich weiß, dass in deiner Wohnung nackte Flittchen herumlaufen und sich unserer kleinen Tochter zeigen.«

Ich atme durch die Nase ein, bändige meine Wut. »Erstens ist sie kein Flittchen. Zweitens ist sie Haydens Nanny.

Drittens darf ich ein Privatleben haben, mit wem ich will. Wir beide wissen, dass es keine Klausel gibt, die etwas anderes besagt.«

»Könnte es aber«, erwidert sie mit einem leisen Fauchen. Die Lobbyisten-Schlange kommt zum Vorschein. Sie weiß, wie man kämpft, und das tut sie gerade. Anders lässt sich ihre überzogene Reaktion nicht erklären. Obwohl es mich ebenso stören würde, wenn ich Hayden zu ihr bringe und von ihrem nackten Liebhaber begrüßt würde. Dennoch werde ich sie hieraus nicht mehr machen lassen, als es ist.

Ich blicke direkt in ihre kalten Augen. »Willst du mir so kommen? Wir hatten uns bei der Trennung geeinigt, uns um unserer Tochter willen möglichst anständig zu benehmen.«

Miriam sagt nichts, sieht mich nur weiter frostig an. Ich werde sie nicht gewinnen lassen. Ich werde diese Andeutung, ich würde mich nicht zum Vater eignen, an mir abprallen lassen.

Sie irrt sich.

Sehr sogar.

Ich mag mich in die eine Person verliebt haben, in die ich mich nicht hätte verlieben dürfen, wenn Abby und ich damit nicht umgehen könnten. Wir brauchen uns nicht einzureden, dass es falsch ist. Oder gegen irgendwelche gesellschaftlichen Normen verstoßen.

Verdammt, es ist vielleicht ein Klischee, dass sich ein Single-Vater in die Nanny verliebt. Aber es ist verflucht noch mal kein Verbrechen! Und es ist ganz sicher nicht falsch.

Sollte es ein Klischee sein, diese fantastische, lebendige, begabte, brillante Frau zu lieben, werde ich mir gern ein Schild um die Brust hängen: *Ich bin ein Klischee, und das ist okay für mich.*

In dem Moment treffe ich eine Entscheidung. Endgültig nach vorn zu sehen, die Bedenken abzuschütteln, die mich zurückgehalten haben – wegen Grenzen und roter Linien, wen ich lieben darf und wen nicht. Abby zu lieben ist das Gegenteil von einem Fehler. Es ist *nur* richtig. Denn sie macht mich verdammt glücklich.

»Worüber grinst du?«, fragt Miriam.

»Ich bin einfach glücklich«, antworte ich achselzuckend. Es ist die reine Wahrheit. Auch wenn ich nicht weiß, wo Abby ist oder wie es ihr geht oder was Hayden denkt, weiß ich, dass ich alles klären kann. Und Miriams verschleierte Drohungen sind nichts als heiße Luft.

Abby macht mich zu einem besseren Menschen und erfüllt mich auf eine Weise, wie es nur die richtige Frau tun kann. Ich muss sie lediglich wissen lassen, dass wir eine Lösung für uns finden werden und das alles hinbekommen.

Miriam seufzt. »Kannst du deiner Babysitterin dann wenigstens sagen, sie soll sich etwas anziehen, bevor sie die Tür öffnet? Andernfalls werde ich nächstes Mal nicht so nachsichtig sein, was die Abläufe hier in Gegenwart meiner Tochter betrifft.«

Ich straffe die Schultern und nicke. Nicht, weil ich ihr zustimme, sondern weil es um ein Vielfaches leichter ist, Dinge auf sich beruhen zu lassen, solange man platzt vor schierer Freude.

»Ja«, sage ich und bringe sie zur Tür. »Auf Wiedersehen, Miriam.«

Dann drehe ich mich um. Jetzt wird es Zeit, dass ich mir überlege, was ich den beiden wichtigsten Menschen in meinem Leben sagen soll.

Angefangen mit dem jüngeren.

KAPITEL VIERUNDZWANZIG

Abby

Harpers Verlobter reibt sich das Kinn und sieht mich fragend an.

»Was ist los, Nick?«, fragt Harper und schlägt mit der flachen Hand auf den Tisch. »Rede schon! Offensichtlich willst du etwas sagen.«

Kopfschüttelnd winkt er ab und trinkt noch einen Schluck von seiner Eisschokolade. Wir sitzen im Peace of Cake, wo Harper und ich nach der Geburt getrennt wurden. Der Kuchen, durch den ich mich schaufle, ist so groß wie mein Kopf. Und jetzt bitte keine vorschnellen Urteile! Welche Frau würde keinen Trost bei Kuchen suchen, nachdem die Ex des Mannes, den sie liebt, sie splitterfasernackt gesehen hat? Und das Kind auch. Vergessen wir bitte nicht, wie unglaublich peinlich meine Nudistenparade war.

Ich krümme mich innerlich, während ich noch einen Bissen von dem Schokoladenkuchen nehme.

»Dir geht doch etwas durch den Kopf«, sagt Harper zu Nick. »Und da du der einzige Kerl am Tisch bist, musst du damit rausrücken und uns ein wenig Einblick in männliches Denken bieten.«

Ich hatte Harper in dem Moment angerufen, als ich das Apartment verließ, und um dieses Notfalltreffen gebeten. In den letzten zehn Minuten habe ich ihnen alles erzählt, denn der Vorfall ist viel zu erniedrigend, als dass man ihn allein bewältigen kann.

»Na los, sag schon«, dränge ich Nick.

»Ehrlich«, antwortet er und fährt sich mit der Hand durchs Haar, »ich begreife einfach nicht, warum du nicht durch den Spion gesehen hast.«

Ich kneife die Augen zu, doch mir entgeht nicht, dass Harper ihn zischend zurechtweist.

»Was denn? Das ist doch eine berechtigte Frage«, entgegnet er.

Ich öffne die Augen wieder und antworte: »Simon hatte mir gerade geschrieben, dass er in fünf Minuten wieder da ist. Außerdem hatte er seine Schlüssel nicht mitgenommen. Ganz abgesehen davon sollte Miriam Hayden erst morgen zurückbringen. Ich bin logischerweise überhaupt nicht auf die Idee gekommen, dass sie es sein könnte!« Ich seufze. »Aber ich war auch aufgeregt und wollte etwas …«

»… Unanständiges tun?«, hilft Harper mir aus.

»Ja. Unanständig. Nicht unfassbar blöd, was es offenbar war, und es hätte wirklich vermieden werden können, hätte ich vorher durch den Spion gesehen.« Ich mache eine hilflose Handbewegung. »Aber … an so was habe ich verdammt noch mal überhaupt nicht gedacht!«

Nun hebt Nick beide Hände. »Ich ziehe die Frage zurück.«

Entschuldigend sehe ich ihn an. »Tut mir leid. Du kannst ja nichts dafür. Ich wollte nicht laut werden, nur komme ich mir so bescheuert vor. Echt, man könnte eine Webcam auf mich richten und die Aufzeichnung betiteln mit ›Moderne Frau in der Großstadt tut völlig idiotische Dinge, weil sie so verknallt ist‹.«

Harper tätschelt meine Hand und lacht leise. »Jeder macht Dummheiten, wenn er verliebt ist.« Sie lehnt sich an Nick. »Nicht wahr, Babe?«

Er nickt. »Außer mir. Ich habe noch nie irgendwas Dämliches getan. Ich bin immer total cool und selbstsicher.«

»Genau«, bejaht Harper übertrieben. »Wie bei der Eifersuchtsattacke auf Spencers Kater, als er meine Möpse berührt hat?«

Ich gebe mich entsetzt. »Harper, du lässt dich von einer Miezekatze begrapschen?«

Sie hebt die Augenbrauen. »O ja!« Dann legt sie einen Arm um mich. »Jedenfalls solltest du dir keine allzu großen Sorgen wegen der Sache machen. Überlegen wir, was als Nächstes zu tun ist.«

»Richtig, aber es war nun mal furchtbar. Wie Miriam mich angesehen und behandelt hat ...« Mich schaudert's bei der Erinnerung an ihr grausames, eisiges Auftreten. »Ich fasse es nicht, dass die Frau Haydens Mutter ist. Hayden ist buchstäblich das liebste Kind aller Zeiten. Ich bin ganz vernarrt in sie. Und ihre Mutter ist eine Hexe.«

Harper grinst, als hätte sie ein Ass im Ärmel.

»Was?«

Sie sieht erst Nick, dann mich an. »Du liebst sein Kind.«

»Ja und? Ich bin ihre Nanny.«

»Du liebst sein *Kind*. Du liebst *ihn«*, sagt Harper. »Was auch los sein mag, egal wie sich die Ex benimmt oder wie mies du dich fühlst, du kriegst das hin, weil du die beiden liebst. Ihn gibt es nur im Zweierpack, und du willst das Zweierpack.«

Nick sieht seine Verlobte bestätigend an und schiebt seine Brille höher. »Im Ernst, Abby, du magst den Typen. Du magst sein Kind. Wen schert es, ob seine Ex deine Titten gesehen hat? Das Kind wird es vergessen. Geh einfach wieder hin und nimm dir, was dir gehört.«

»Mir nehmen, was mir gehört«, plappere ich nach und lasse mich von seinen Worten aufbauen. Ich strecke den Rücken und hole tief Luft. Ja, ich bin eine Kämpferin, die zurück in den Ring steigt.

Mir nehmen, was mir gehört.

Nachdem sie mich erfolgreich aufgemuntert haben, reden wir über Nicks neue Fernsehshow und darüber, wie das Zusammenleben der beiden läuft und ob Nick jemals Harper im Bowling schlagen wird.

Doch nachdem ich mich von meinen Freunden verabschiedet habe und mich durch das Sonntagsgewühl von New Yorkern drängle, die sich Kaffee holen, Zeitung lesen, Selfies machen oder joggen, bröckelt meine Gewissheit.

Mir zu nehmen, was mein ist, sagt sich leicht. Aber hier steht mehr auf dem Spiel als Stolz.

Mit verletztem Stolz werde ich fertig. Auch über Peinlichkeiten komme ich meistens gut hinweg. Der Vorfall heute Morgen wird im Rückblick auf unsere Beziehung zusammenschrumpfen, während wir uns immer weiter vorwärtsbewegen. Doch etwas Größeres und Gewichtigeres lässt sich nicht einfach wegreden.

Wie komme ich damit klar, bei dem Mann angestellt zu sein, den ich liebe? Geld von ihm zu nehmen?

Um drei Uhr morgens schien es machbar, Haydens Nanny zu bleiben, aber da war ich von Sexhormonen gesteuert, die mir weismachten, ich könnte alles auf einmal haben.

Jetzt, da der helle Sonnenschein sämtliche Kratzer und Risse des wahren Lebens offenbart, halte ich es nicht mehr für sagenhaft einfach.

Die simple Wahrheit ist, dass ich nicht weiß, wie es gehen soll, für ihn zu arbeiten und ihn gleichzeitig zu lieben.

Die Situation von heute Morgen macht das Problem nur umso deutlicher, mit dem wir von nun an zu tun haben.

Ich soll mein Gehalt von dem Mann bekommen, der mich regelmäßig nackt sieht.

KAPITEL FÜNFUNDZWANZIG

Simon

Ich setze mich zu Hayden auf den Fußboden in ihrem Zimmer, wo sie gerade spielt, dass ihr Stoffelefant fliegen kann. Sie stellt den Elefanten hin und sieht mich fragend an.

»Warum war Abby nackt?«

Ich formuliere die Antwort so einfach wie möglich. Es ist unnötig, ausschweifend zu werden. »Sie wollte sich gerade anziehen, als ihr geklopft habt, Süße. Sie wollte eigentlich gar nicht ohne Sachen an die Tür gehen. Und ich weiß, dass es ihr leidtut.«

Hayden zuckt mit den Schultern. »Ist nicht schlimm. Es war bloß komisch«, ergänzt sie mit gerunzelter Stirn.

Ich streiche eine Haarsträhne aus ihrem Gesicht und vergewissere mich, dass sie mich ansieht. »Ist alles okay?«

Sie lacht. »Klar, Daddy. Spielst du mit mir?«

Und damit ist die Sache für sie abgehakt. Das ist das Schöne daran, wenn dein Gegenüber erst fünf Jahre alt ist. Hayden ist nicht mehr befremdet. Aber ich bin mir bewusst, dass das Gespräch noch nicht vorbei ist. Der wesentliche Teil hat noch nicht mal angefangen.

»Hey, Süße«, sage ich, während ich mir eine Stoffgiraffe greife, um bei ihrem Spiel mitzumachen.

Sie blickt mit ihren großen braunen Augen zu mir auf und wartet.

»Was würdest du sagen, wenn ich dir erzähle, dass ich Abby mag?«

Ein strahlendes Lächeln bringt ihr Gesicht zum Leuchten. »Ich mag sie auch!«

»Und wenn es mehr als mögen ist? Was ist, wenn ich sie liebe? Ich meine, so wie sich ein Mann und eine Frau lieben?«

Ihr steht der Mund offen, und ihre Augen glänzen. »Ich liebe Abby! Und du liebst Abby!«

Sie lässt den Elefanten in ihre Spielzeugkiste hineinfliegen und holt ihr Holzschwert heraus. »Dann könntet ihr wieder beide mit mir zum Fechten gehen? Ich finde es nämlich gut und will das weitermachen.«

Lächelnd schnappe ich sie mir und drücke sie mitsamt dem Holzschwert an mich. Dieser Teil fällt mir überhaupt nicht schwer: mein Mädchen zu lieben. »Das hoffe ich, Spatz. Es würde mir wirklich gefallen.«

»Heute Abend vielleicht?«

»Ich glaube nicht, dass heute Abend Fechtkurse sind.«

»Aber morgen?«

»Das kann ich nachsehen.«

»Darf Abby dann mit, wenn du sie magst?«

»Ich hoffe, dass sie kann.«

Ich küsse Hayden auf die Stirn, bevor ich die Giraffe gegen den Elefanten kämpfen lasse, bis wir beide lachend auf den lilafarbenen Teppich kippen.

Manche Dinge im Leben sind einfach.

* * *

Um kurz nach neun klopft es leise an der Tür. Da ich Abby erwarte, springe ich von der Couch auf und laufe mit wildem Herzklopfen hin, um zu öffnen. Der heutige Tag ist kein bisschen wie geplant verlaufen, aber ich kann es nicht erwarten, Abby zu erzählen, wie unkompliziert das Gespräch mit Hayden war.

Als ich öffne, raubt mir ihr Anblick den Atem. Sie trägt eine weiße Jeans, die nur bis zur Mitte der Waden geht, und ein hübsches pinkfarbenes Trägertop mit einem glitzernden Muster am Ausschnitt. Und sie hat eine Kette mit einem silbernen Medaillon angelegt.

»Hayden schläft«, sage ich rasch.

Sie nickt, kommt herein und küsst mich auf die Wange. »Erzähl mir von dem Deal. Ich brenne vor Neugier.«

Ich freue mich sehr, dass sie fragt und diese Geschäftschance spannend findet.

Während ich die Tür hinter ihr zufallen lasse, nehme ich ihre Hand und führe sie zur Couch. Dort setze ich mich so nahe neben sie, dass sich unsere Knie berühren. »Er will das mit mir zusammen machen, was bedeutet, dass ich der glückliche Mistkerl bin, der ihm Geld geben darf«, erkläre ich und lache. »Natürlich hat Gabriel das Steuer in der Hand.«

»Er ist wahnsinnig talentiert. Das ist eine gute Wahl, Simon, für euch beide. Ihr zwei *versteht* euch einfach. Du bist der kluge Geschäftsmann, den er als Gegengewicht zu seiner Künstlerseele braucht.«

Ihr Kompliment bringt mich zum Lächeln. »Danke. Trotzdem – ich bin ziemlich aus dem Häuschen. Es ist genau die Art von Deal, die ich wollte. Er hat so viele Pläne für die Ausweitung seines Geschäfts, hat Visionen, und ich glaube, er kann ein wahrer Koch-Rockstar werden.«

»Und du bist Teil von allem«, sagt Abby voller Stolz und Bewunderung. Ihre Unterstützung wärmt mir das Herz. Ich habe solch ein verfluchtes Glück, bei einer Frau wie ihr eine Chance zu bekommen.

»Du hattest es prophezeit«, erinnere ich sie an ihre Worte nach dem Dinner gestern.

Sie tut es mit einem Schulterzucken ab. »Ich hatte ein gutes Gefühl, und ich habe an dich geglaubt.«

»Allerdings wäre es ohne dich nichts geworden, Abby.« Ich blicke ihr in die Augen und drücke ihre Hand. »Du hast einen Riesenanteil daran, hast mir die richtigen Sätze beigebracht, mir geholfen, mit ihnen zu reden.«

Ich streife ihre Schläfe, ihre Wange und ihren Mund mit meinen Lippen. Sie öffnet den Mund ein wenig, und mein Herz wummert hart gegen meine Rippen. Dann küsse ich Abby, langsam und zärtlich, koste jede Sekunde ihrer Berührung aus. Ihr Kuss ist alles, was in dieser Welt gut ist.

»Tut mir leid wegen des Ärgers heute Morgen«, sagt sie, als wir uns schließlich voneinander lösen.

Kopfschüttelnd lege ich einen Finger auf ihre Lippen. »Entschuldige dich nicht, meine Schöne. Es gibt nichts, was dir leidtun muss.«

Sanft schiebt sie meine Hand fort. »Eines möchte ich noch sagen.« Ihre feste Stimme erinnert mich daran, dass sie alles andere als schwach ist. »Du sollst wissen, warum ich das getan habe. Ich wollte dich nackt überraschen. Ich habe mir vorgestellt, wie du mich an der Tür siehst, ohne irgendetwas an, und mich wie ein Geschenk wahrnimmst.«

Meine Haut erhitzt sich aufs Neue, und eine Million verwegene Gedanken kämpfen sich in meinem Gehirn nach vorn. »Du *bist* ein Geschenk«, sage ich leise und streiche mit der Hand durch ihre Locken. Bei meiner Berührung seufzt sie sexy auf, und dieser kleine Laut ist eine echte Erleichterung. Ein Teil von mir war doch in Sorge, dass sie verschreckt worden ist. Aber so ist Abby nicht. Sie ist taff. Sie ist stark. Und sie ist bereit, mich mit allem, was dazugehört, in ihr Herz aufzunehmen.

Sie presst die flachen Hände gegen meine Brust und schubst mich leicht. Ihr Blick ist intensiv. »Das will ich für dich sein: ein Geschenk.«

»Das bist du doch längst.« Ich neige den Kopf zur Seite, betrachte sie und rücke ein wenig von ihr ab. »Wieso habe ich das Gefühl, dass da noch ein ›Aber‹ kommt?«

Sie atmet tief durch. »Weil es so ist.«

Mein Herz verkrampft sich.

»Was ist?«, frage ich, wobei mir meine Angst garantiert anzuhören ist.

Abbys Hände wandern von meiner Brust zu meinen Schultern und dann in mein Haar. Ah, das ist besser. Zur Hölle mit der Angst. Was auch kommt, wir können damit umgehen, solange Abby mich berührt.

»Die Sache ist die … Ich liebe dich, und ich liebe deine Tochter, aber ich denke nicht, dass ich weiterhin für dich arbeiten kann.«

Ich runzle die Stirn, da ich nicht recht begreife. »Warum nicht? Hatten wir nicht letzte Nacht besprochen, dass wir es sicher irgendwie hinbekommen?«

Sie reckt ihr Kinn. »Hatten wir. Nachts. Nach fantastischem Sex«, antwortet sie und spielt mit meinen Haarspitzen. »Als wir noch ganz benommen und glücklich waren.«

»Unser Sex wird immer fantastisch sein, und ich sage dir, wir werden nie genug bekommen.«

Sie gleitet mit den Fingern in meinen Nacken hinunter, sodass ich erschauere.

»Himmel, du machst mich mit jeder kleinen Berührung verrückt.« Meine Stimme ist fast ein Knurren.

»Darum geht es ja«, sagt sie. »Ich möchte dich berühren, Simon. Aber es fühlt sich nicht richtig an, deine Geliebte und gleichzeitig deine Angestellte zu sein.«

»Aber …«, beginne ich stammelnd. Meine Muskeln spannen sich an, und die Angst scheint mich nun doch zu überwältigen, obwohl Abby ihre Finger über meine Arme fahren lässt. »Was willst du denn tun?«

Sie sieht mich wie eine neugierige Katze an. »Weißt du es nicht?«

»Nein. Erklär es mir.«

»Ich will mit dir zusammen sein, Dummkopf. Ich liebe dich, und ich möchte mir dir zum Essen ausgehen, ins Kino, dir anzügliche Textnachrichten schreiben, mit dir gemeinsam duschen und herausfinden, was dabei wohl passiert.«

Ihre Worte lösen ein erregendes Kribbeln in mir aus.

Doch dann sagt sie: »Und ich liebe deine Tochter.« Sie stockt nur kurz, bevor sie hinzufügt: »Aber ich will nicht deine Angestellte sein, und du sollst mich nicht bezahlen, wenn du mit mir schlafen willst. Wenn du mich also in deinem Leben haben willst – von Herzen gern. Ich werde dein sein, werde mit dir als deine Freundin und mit Hayden als Freundin ihres Vaters zusammen sein.«

Verdammt, ich schwöre, dass ich mich in dieser Sekunde noch mehr in sie verliebe! Mein Herz scheint aus meiner Brust geradewegs in ihre Hände zu springen. Sie ist so großzügig, so liebevoll.

Ich küsse sie auf die Stirn. »Du bist die unglaublichste Frau, die ich kenne, doch das kann ich nicht zulassen.«

»Du kannst meine Einstellung aber auch nicht ändern.«

»Weiß ich. Das ist ja das Problem. Ich kann nicht verhindern, dass du kündigst, trotzdem fühlt es sich unfair dir gegenüber an.« Was mich enorm belastet. Sie verliert ihre Arbeit. *Für mich.* »Das ist Irrsinn. Ich habe genug Geld, schon reichlich verdient. Du darfst nicht diejenige sein, die ihren Job verliert.«

»Es ist okay. Ich finde bald wieder einen, und ich bleibe, bis du jemanden Neues gefunden hast. Nur kann ich nicht der Mensch sein, der ich sein möchte, wenn ich für dich arbeite und auch meine Nächte mit dir verbringe. Ich möchte mit dir und deiner Tochter weiterhin schöne Dinge unternehmen, aber als Paar.«

Ich lege meine Hände an ihre Wangen und verliere mich in ihren wunderschönen Augen. »Ich möchte für dich sorgen.«

Lächelnd schüttelt sie den Kopf. »Ich kann für mich selbst sorgen.«

»Das weiß ich. Gerade diese Entschlossenheit und deine Unabhängigkeit liebe ich an dir. Versteh aber, dass ich dir helfen möchte.«

Ich kann Abby nicht die ganze Last schultern lassen. Sekundenlang gehe ich im Geiste Alternativen durch, bis mir die Antwort auf einmal sonnenklar wird. Ich weiß, was ich tun muss.

»Ich werde die Frau, die ich liebe, den Sprung ins Ungewisse nicht allein machen lassen.«

»Okay«, sagt sie langsam. »Und das heißt was?«

»Vertraust du mir?«

Sie nickt.

»Ich weiß, wie man Deals macht, und mir schwebt da einer vor. Gib mir ein wenig Zeit, um ihn richtig auszuarbeiten.«

Sie spielt mit den Bündchen meiner Hemdsärmel. »Ich bin gespannt, was du aus dem Hut zauberst.« Dann zupft sie am Kragen meines Hemds. »Aber es wird seltsam für dich sein, eine andere Nanny zu haben.«

Ich lache.

In dem Punkt hat sie recht. Es sei denn, ich stelle den richtigen Ersatz ein.

KAPITEL SECHSUNDZWANZIG

Abby

Am nächsten Morgen erscheint ein neuer Schüler in meinem Spanischkurs.

Ich mache beinahe einen Satz rückwärts, ehe ich ihn mit einem stummen Nicken begrüße. Sein Gesicht ist mir genauso vertraut wie sein Lächeln. Er beantwortet die Fragen, die ich im Unterricht stelle, ausnahmslos fehlerfrei.

Weil er fließend Spanisch spricht.

Am Ende der Stunde, als die anderen Schüler gehen, kommt Gabriel auf mich zu und reicht mir die Hand. »Freut mich sehr, dich wiederzusehen, Abby.«

»Mich auch, Gabriel«, sage ich, während ich meine Notizen und Unterrichtsmaterialien zusammenpacke. »Aber ich hätte nicht gedacht, dass du einen Sprachkurs brauchst.«

Verlegen zuckt er mit den Schultern. »Tu ich auch nicht.«

»Eben«, sage ich grinsend. »Was führt dich dann her?«

Er reibt sich das Kinn. »Mein neuer Investor hatte eine Idee, die ich ziemlich brillant finde.«

Ich sehe ihn fragend an und hänge meine Tasche über die Schulter. »Dein neuer Investor ist ziemlich klug.«

»Genau. Und er wies mich darauf hin, dass all diese Expansionspläne ja gut und schön sind – aber dass ich jemanden gebrauchen könnte, der meine Mitarbeiter schult.«

»Und was für Schulungen wären das?«

»Ich brauche jemanden, der gut unterrichten kann«, sagt er und macht eine Handbewegung zum mittlerweile leeren Klassenzimmer. »Jemanden, der all meinen jetzigen und künftigen Mitarbeitern hilft, fließend in den Sprachen zu sprechen, die für Geschäfte in einer international tätigen Firma und meinen Restaurants überall auf der Welt nötig sind.«

Mein Lächeln wird breiter. Ich hatte eine Ahnung, dass es das ist, was Simon vorhatte – sein Verhandlungsgeschick nutzen, um für mich etwas Magisches geschehen zu lassen. Etwas zu meinen Bedingungen.

»Deshalb bin ich heute hergekommen, um zu sehen, ob du im Unterrichten so gut bist, wie ich vermutete.«

»Und zu welchem Schluss bist du gekommen?«

»Du bist sogar besser«, antwortet er. »Ich weiß, dass du Kurse und Privatunterricht gibst, aber ich würde dir gern einen Vertrag als Sprachenlehrerin in meiner Firma anbieten, falls du es zeitmäßig unterbringst.«

Seine Begeisterung ist ansteckend und sein Angebot verlockend. Es ist genau die Art Arbeit, die ich liebe.

»Wie es scheint, habe ich demnächst mehr Zeit, also erzähl mir gern genauer, was dir vorschwebt.«

Ich gehe mit Gabriel einen Kaffee trinken, um mit ihm über seine Pläne zu reden. Sicher wird es mir fehlen, die Tage mit Hayden zu verbringen, aber sie geht in wenigen Monaten sowieso in die Vorschule, und Gabriels Angebot scheint der ideale Job für mich zu sein. Simon mag bei der Vermittlung geholfen haben, doch ich hege keinerlei Zweifel, dass es mein Können und mein Talent sind, die den Deal besiegeln.

Außerdem werde ich Hayden und Simon weiterhin sehen, auf eine ganz neue Art.

Simon

Wenige Tage später schafft Harper einen Spare, reckt die Arme in die Luft und klatscht dann mit Abby ab.

Nick senkt die Stirn auf seine aufgestützte Hand und schüttelt den Kopf. »Verdammt, ich werde sie nie schlagen.«

Er sieht wieder auf und zuckt mit den Schultern, als ein Typ neben uns eine smaragdgrüne Kugel wirft, die zielstrebig die Bahn herunterrollt.

»Sie ist einfach zu gut«, sage ich. Wir sind auf der Bowlingbahn, die Harper und Nick so gern besuchen, und Abby hat mich am frühen Abend für ein »Jungs gegen Mädchen«-Spiel von der Arbeit hergelockt. Hayden ist mit Madison in einer dieser Töpferwerkstätten für Kinder.

»Ich könnte schwören, dass Harper in einem früheren Leben Profi-Bowlerin war.«

»Und ich bin überzeugt, dass ich in einem Vorleben im Mittelfeld bei den Yankees gespielt habe«, sage ich, und Nick lacht.

Verstohlen sehe ich auf meine Uhr.

Nicht verstohlen genug, denn Nick tippt auf den Monitor, auf dem er den Punktestand überwacht. »Musst du los? Oder denkst du, du bekommst noch einen guten Wurf hin, um für uns zu gewinnen?«

Grinsend erwidere ich: »Ich werde mein Bestes tun.«

Dann ergreife ich die Bowlingkugel, schicke sie schnurgerade die Bahn hinunter, und sie erwischt alle zehn Pins.

Nick stößt die Faust in die Luft. »Alter, ich brauche dich in meinem Team, und zwar für immer!«

Ich puste mir auf die Finger, als sei mir das zu heiß. »Tja, mal sehen. Ich muss jetzt Hayden abholen.«

Abby tritt näher und umfängt meinen Arm. »Danke, dass du gekommen bist.«

Nick kratzt sich am Kinn und scheint für einen Moment tief in Gedanken. »Hey, Mann, falls du mal jemanden für dein Kind brauchst, damit ihr ausgehen könnt, springen Harper und ich gern ein.«

Harper nickt begeistert, und Abby lächelt so strahlend wie noch nie. Und ich? Tja, das Angebot traf aus heiterem Himmel direkt in mein Herz. Es gab mal eine Zeit, in der ich dachte, ich würde nicht zu ihren Freunden passen und wäre gewiss immer das fünfte Rad am Wagen.

Stattdessen ist das Gegenteil passiert. Also nehme ich sein Angebot für Freitagabend an. Bis dahin sollte ich alles bereithaben, um Abby von meinem Plan zu erzählen.

* * *

Tyler erhebt sein Bierglas. »Du willst das echt machen?«

Ich nicke und wiederhole: »Ich will es wirklich machen.«

Er stößt mit mir an. Wir sind im Speakeasy, einer todschicken Bar in Midtown, die von der Frau seines Cousins betrieben wird. »Ich bin stolz auf dich.«

»Danke. Ein Mann muss tun, was ein Mann tun muss.«

Tyler trinkt einen Schluck von seinem hellen Ale, während über uns Musik aus den Lautsprechern tönt. »Verdammt richtig. Und dies könnte der mutigste, coolste Schritt sein, den du je gemacht hast, Travers.«

Ich platze fast vor Stolz. »Glaube ich auch.« Dann nehme ich einen großen Schluck von meinem Bier und stelle das Glas wieder hin. »Und übrigens ist dein Plan, Delaney zurückzugewinnen, hundertprozentig schwachsinnig.«

Er lacht und weist mit dem Kopf zu zwei Frauen in Schlabbertops und engen Jeans, die gerade an uns vorbeigehen. Die eine sieht zu meinem Freund.

Er runzelt die Stirn. »Ja, es ist irrsinnig. Vor allem, da ich, na ja, mit einer Neuen ganz von vorn anfangen könnte.«

»Könntest du, willst du aber nicht.«

Er verneint seufzend. »Überhaupt nicht. Ich hole sie zurück.«

»Hundert Dollar, dass du es nicht mal durch ihre Haustür schaffst.«

Er streckt mir seine Hand hin. »Oh, du Kleingläubiger. Du wirst schon sehen!«

Nachdem wir die Wette besiegelt haben, zeige ich auf unsere Getränke. »Nur falls du dich wunderst, einen Großteil des Hunderters, den ich neulich beim Basketball von dir gewonnen habe, habe ich für diese Gezapften ausgegeben.«

Er rümpft die Nase. »Alter, die Bar hier gehört der Frau meines Cousins. Ich muss gleich kotzen, schließlich weiß ich, wo du den Schein hingesteckt hattest!«

»Den habe ich eingezahlt, du Blödmann. Die hier habe ich mit Karte bezahlt.«

»Also hast du irgendeinen armen Bankangestellten infiziert«, sagt er und schüttelt tief enttäuscht den Kopf.

»Oje, du hast recht. Ich bin wirklich unmöglich.«

»Allerdings«, stimmt er mir zu, holt tief Luft und nickt einige Male grüblerisch. »Aber dein Plan ist immer noch sagenhaft, Mann.«

Und in wenigen Stunden, wenn Harper und Nick zum Babysitten bei Hayden zu mir kommen, führe ich Abby aus und verrate ihn ihr.

»Danke. Und deiner könnte sich auch als sagenhaft erweisen.«

Wieder erhebt er sein Glas. »Auf uns sagenhafte Kerle.«

»Und auf die Frauen, die uns haben werden.«

»Ja, auf unsere Engel«, ergänzt Tyler.

Engel, ja. Das ist die perfekte Beschreibung für meine Abby.

KAPITEL SIEBENUNDZWANZIG

Abby

An dem Abend tut Harper so, als würde sie einen Buntstift in ihre Nase schieben, der ihr zum Ohr wieder rauskommt. Hayden reißt staunend die Augen auf und klatscht.

»Noch mal! Mach das noch mal, und zeig mir, wie das geht, bitte!«

Nick, der auf der Couch sitzt, lacht. »Sie verrät ihre Tricks nie.«

Harper macht eine Huch-wo-ist-er-hin?-Geste. »Nick hat recht. Aber ich mache es gern noch mal.«

Während meine Zauber-Freundin ihre Tricks vorführt, nehme ich meine Tasche vom Couchtisch. Unterdessen fertigt Nick auf Harpers Bitte hin eine Comiczeichnung von einem Piraten an. Die Zauberin und der Comiczeichner: Bessere Babysitter-Freunde kann ich mir nicht vorstellen.

»Aber lasst euch nicht von ihr einreden, dass sie lange aufbleiben darf«, sagt Simon, während er einen Arm um seine kleine Tochter legt. »Diese kleine Dame geht um acht Uhr schlafen.«

Harper zwinkert Hayden zu, ehe sie Simon ansieht und sehr ernst nickt. »Wir passen auf, dass sie zeitig im Bett liegt, und erst recht, dass sie nicht von dem Schoko-Minz-Eis isst, das wir gar nicht mitgebracht haben.«

»Eis? Das hast du mir gar nicht verraten«, spielt Nick mit.

»Und Skittles?«, fragt Hayden. »Ich mag Skittles so gern!«

Harper wischt mit einer Hand hinter Haydens Ohr entlang und zaubert eine winzige Tüte der süßen Kaudragees hervor. Hayden jubelt, und Simon zuckt amüsiert mit den Schultern.

»Iss ruhig so viel Süßes, wie du willst«, sagt er zu seiner Tochter, ehe er sich an Harper und Nick wendet. »Und euch wünsche ich viel Spaß, wenn sie hier wie ein Flummi herumspringt.«

»Den werden wir haben«, antwortet Harper.

Ich war sprachlos, als Nick auf der Bowlingbahn das Babysitten anbot. Harper hatte ihm sofort beigepflichtet und mir hinterher erzählt: »Ich will nicht, dass deine Beziehung mit Mr Supersexy davon abhängt, wann seine Ex das Kind hat. Wenn ihr mal unter der Woche weggehen wollt, könnt ihr auf uns zählen, was Hayden angeht.«

Das Angebot konnten wir einfach nicht ablehnen. Auch Simons Schwester Kristy hat angeboten, zu babysitten, und sicher werden wir bald mal darauf zurückkommen.

Simon bedankt sich bei Harper und Nick, und ich finde es wunderbar, dass er meine Freunde immer besser kennenlernt. Ich möchte, dass er Teil meiner »Familie« hier in New York wird.

Wir verabschieden uns und schlendern an diesem warmen Sommerabend zu einem neuen Restaurant nahe der Park Avenue, dessen Karte eine Vielfalt von Esskulturen bietet und miteinander kombiniert und von dem Eduardo geschwärmt hat.

Nach dem Essen erhebt Simon sein Glas und bringt einen Toast auf uns aus.

Anschließend räuspert er sich. »Ich möchte dir etwas erzählen. Nichts Schlimmes, versprochen«, ergänzt er mit diesem Lächeln, das ich so liebe.

Unterm Tisch streiche ich mit der Spitze meines schwarzen Stöckelschuhs über sein Bein. »Das sollte es auch besser nicht sein.«

»Also«, sagt er, stellt sein Glas ab und faltet die Hände. »Ich habe eine neue Nanny gefunden.«

Ich mache große Augen. »Schon? Du hast ja wirklich keine Zeit verschwendet.«

»Na, hör mal! Du verlässt mich.«

»Wen denn? Und wie in aller Welt ging das so fix? Wir sind hier in New York City, da ist es nie leicht, eine gute Nanny zu finden, erst recht nicht, wenn sie die beste Nanny aller Zeiten ersetzen soll«, sage ich und zeige auf mich.

»Das stimmt. Deine Nachfolge anzutreten ist ein harter Brocken.«

»Und wer ist sie?«

Er trinkt noch einen Schluck Wein.

Ich stütze mein Kinn in die Hand und starre ihn an. »Ich warte.«

Simon weist mit dem Daumen auf sich.

Nun runzle ich verwirrt die Stirn.

»Sitzt vor dir«, sagt er.

Mir steht der Mund offen. »Was?«

Er greift über den Tisch nach meiner Hand und fährt fort: »Erinnerst du dich, dass ich mal gesagt habe, ich hätte früher zu viel gearbeitet?«

Mir fällt unser Gespräch in dem französischen Café am Tag unseres ersten Kusses ein. »Ja, ich erinnere mich.«

Seine Stimme wird sanft und verletzlich, als er seine Finger mit meinen verwebt. »Ich will nicht wieder zu diesem Mann werden. Und ich habe das Gefühl, dass ich mit dir eine Chance bekomme, Dinge anders zu machen, Abby. Ein besserer Mensch zu sein.«

Auf einmal habe ich einen Kloß im Hals. »Du bist bereits ein fantastischer Mensch. Meinetwegen musst du dich nicht verändern.«

Er drückt meine Hand fester. »Danke, aber ich möchte einfach einige Dinge neu regeln. Ich will sicherstellen, dass ich ein guter Mann für dich und meine Tochter sein kann. Wenn ich mich zu sehr überarbeite, ist es für niemanden gut. Ich möchte für euch beide da sein.«

»Also stellst du niemanden ein? Du willst alles selbst machen?« Ich neige den Kopf zur Seite. »Das verstehe ich nicht. Es ist doch kaum zu leisten, wenn du jetzt mit Gabriel zusammenarbeitest. Mir kam es vor, als hättest du eher mehr zu tun als vorher.«

»Hätte ich auch … wenn ich ein *aktiver* Investor wäre«, sagt er. »Aber ich habe vor einigen Tagen mit Gabriel gesprochen und ihm gesagt, dass ich lieber nur das Geld gebe und mich ansonsten im Hintergrund halte. Dass ich es vorziehe, nichts mit dem Tagesgeschäft zu tun zu haben, und er meinte, es sei für ihn in Ordnung. Ich werde dafür sorgen, dass er die richtigen Leute hat, um seine Pläne zu verwirklichen, dann kann ich mich zurückziehen. Außerdem hat er schon sehr begabte Mitarbeiter. Anwesende eingeschlossen.« Simon weist auf mich.

»Und war er einverstanden?«

Lächelnd nickt Simon. »Absolut. Und Hayden wird ab Herbst in die Vorschule gehen, dann habe ich jeden Tag einige Stunden Zeit, um für Gabriels Unternehmen oder was sich sonst noch an neuen Gelegenheiten ergibt zu arbeiten. Ich werde von dem Erfolg profitieren, den ich für ihn voraussehe, so wie er von meiner Investition. Und im Gegenzug bekomme ich etwas Unschätzbares«, sagt er und sieht mich mit seinen blauen Augen an. »*Zeit.*«

Mir läuft eine Träne über die Wange. Ich freue mich über die Entscheidungen, die er für sein Leben trifft, und dass er seine Tochter selbst großziehen will. »Das gefällt mir sehr«, sage ich leise.

»Zeit ist das Kostbarste überhaupt und am leichtesten vergeudet, wenn wir nicht aufpassen. Ich habe Glück, weil ich bereits jetzt mehr als genug Geld zum Leben habe. Und durch diese Regelung kann ich Zeit mit den mir liebsten Menschen auf der Welt verbringen – dir und Hayden.«

Wie sollte ich verhindern, mich noch mehr in ihn zu verlieben, wenn er eine solche Wahl trifft? Die Tatsache, dass er ein großartiger Vater ist, hat mich schon immer bezaubert.

Manche Frauen stehen auf Männerarme, andere auf Humor, wieder andere mögen Bad Boys. Und ich? Mich zieht es zu diesem fantastischen, umwerfenden, gut aussehenden Single-Vater. Ich möchte ihn mit Küssen überschütten und dann über ihn herfallen. »Du weißt, dass es unglaublich attraktiv ist, wie sehr du dein Kind liebst, oder?«

Er grinst breit. »*Du* bist einfach unglaublich attraktiv.«

»Ich meine es ernst«, erwidere ich. »Es ist nämlich einer der Gründe, weshalb ich mich in dich verguckt habe.« Ich lege eine Hand auf mein Herz und fühle, wie es flattert. »Wenn ich dich mit Hayden sehe, schmelze ich dahin.«

Langsam wandert ein Lächeln über sein Gesicht, und er flüstert: »Danke.«

»Und ich wüsste niemanden, der perfekter für den Job ist«, ergänze ich.

»In deine Fußstapfen zu treten ist allerdings eine Herausforderung.«

Ich drohe warnend mit dem Finger. »Hey, Hübscher, in die Fußstapfen zu treten ist okay, aber denk ja nicht, dass du jemals meine Schuhe leihen darfst.«

Lachend hebt er beide Hände. »Will ich auch gar nicht. Aber ich hätte nichts dagegen, sie dir auszuziehen, wie alles andere auch.«

Ich blicke mich im Restaurant um. »In diesem vornehmen Lokal?«, frage ich betont entsetzt.

Er schüttelt den Kopf. »Verschwinden wir von hier, meine Schöne.«

Er bezahlt und nimmt meine Hand. Seine Berührung ist besitzergreifend, und sein fester Händedruck erinnert mich daran, wie stark er ist und wie sehr mich das antörnt.

Draußen ruft er schnell ein Taxi, und auf der Fahrt zu meiner winzigen Wohnung küssen wir uns gierig. Seine Hände sind in meinem Haar, und seine Lippen nehmen meine ein. Dann wandern sie weiter zu meinem Hals, und mein Körper bebt vor Verlangen nach ihm.

Endlich hält das Taxi vor meinem Gebäude. Sobald ich die Wohnungstür hinter uns geschlossen habe, sind Simons Hände überall auf mir. Hektisch zerren wir an Knöpfen und Reißverschlüssen, streifen die Schuhe ab und stolpern dabei zu meiner Couch. Alles landet auf dem Boden: Simons Hose, mein Rock, mein Top und sein Hemd. Meine Hände erkunden seine Brust, seine strammen Muskeln, seinen Hintern …

»Wir haben nur eine halbe Stunde. Die Babysitter müssen nach Hause«, sage ich atemlos.

Er zieht seine Augenbrauen hoch. »Es gibt vieles, was ich in einer halben Stunde mit dir anstellen kann«, entgegnet er, während er mir meinen BH und den Slip auszieht. Wir sinken auf die Couch, beide nackt, und dann küsst er mich, und ich habe das Gefühl, es ist überall gleichzeitig. Im nächsten Moment gleiten seine Finger zwischen meine Beine. Ich stöhne lustvoll auf.

Bei ihm bin ich im Himmel. Seine Berührung ist alles, was ich mir je erträumt habe. Ich möchte ihm meinen Körper schenken, von ihm besessen und genommen werden, weil er genau weiß, was ich mag. Ich hebe meine Hüften, als er mich streichelt. Sein Mund ist an meinem Hals, meiner Schulter, meinen Brüsten.

Als mein Atem schneller geht und ich spitze kleine Laute ausstoße, presst er hungrig stöhnend seinen festen Körper auf meinen, sodass ich seine heiße, große Erektion an meiner Haut spüre. Seine Erregung macht mich nur noch mehr an, und es dauert nicht lange, bis ich in seiner Hand erbebe und meine Lust hinausschreie.

Als mein Orgasmus verebbt, packe ich seine Schultern, ziehe ihn auf mich und spreize meine Beine für ihn.

»Ich will dich. Ich brauche dich! Du hast mir so gefehlt«, sage ich, denn es ist einige Nächte her, seit wir zusammen im Bett waren. Ich habe schnell begriffen, dass in einer Beziehung mit einem alleinerziehenden Vater private Momente recht selten sind. Deshalb will ich ihn jetzt umso mehr.

»Du mir auch«, entgegnet er, umfängt meine Handgelenke und hält sie über meinem Kopf fest. Dann reibt er mit seiner Erektion an meinem Kitzler. Ich biege mich ihm laut stöhnend entgegen.

»Kondom«, murmelt er. »Lass mich eins holen.«

Doch ich umklammere ihn fester mit meinen Beinen und schüttle den Kopf. »Ich nehme die Pille. Und aus anderen Gründen müssen wir doch nicht …?« Ich lasse die Frage verklingen, doch Simon weiß genau, was ich meine.

Er schüttelt heftig den Kopf. Mehr muss ich nicht wissen.

Dann versinkt er in mir, und ich gelange mit ihm in eine andere Welt. Unglaubliche Lust breitet sich in meinem Körper aus, als er mich vögelt. Die ganze Zeit lässt er meine Arme über meinem Kopf nicht los, und ich genieße es, wie viel stärker er ist, wie er sich in mir bewegt und mir sexy Worte zuflüstert.

Schon bald verändert sich das Tempo, und damit verändern sich auch seine Worte.

Fuck. So heiß. So eng! Ich will, dass du an mir kommst.

Er stößt schneller, fester, tiefer, und nun ist es Ficken, wildes, primitives Ficken, weil der von mir so geliebte Mann wegen mir jegliche Kontrolle verliert, genau wie ich es mir wünsche. Er bringt mich an den Punkt, an dem sich die Ekstase in meinem Körper bündelt, um in tausend strahlenden Funken zu explodieren.

Innerhalb von Sekunden folgt er mir und stöhnt meinen Namen, als er in mir kommt.

Er atmet langsam aus, und ich bin so verdammt glücklich, schlinge die Arme fester um ihn und koste das Nachbeben des Höhepunkts aus.

Unsere Oberkörper sind schweißbedeckt, doch ich will mich nicht von Simon lösen. Stattdessen vergrabe ich meine Finger in seinem Haar. Ich küsse seine Wange, seine Augenlider, seine Lippen. »Hast du gewusst, dass ich etwas mit der heißesten männlichen Nanny in New York habe?«

Er prustet, und ich muss auch lachen. Simon ist so viel mehr als eine männliche Nanny. So viel mehr als der heiße Single-Vater.

Er ist der tollste Mann, den ich kenne.

EPILOG

Simon

Drei Monate später

Hayden schwenkt ihre und meine ineinander verschlungenen Hände, als wir auf dem Weg zu ihrem ersten Tag in der Vorschule die baumgesäumte Achtzigste Straße Ost entlanggehen. Sie hüpft, und zu behaupten, dass sie es nicht erwarten kann, in die Schule zu gehen, wäre glatt untertrieben. Mein Mädchen ist furchtlos, und das ist eine der Eigenschaften, die ich am meisten an ihr bewundere.

»Und wenn die Lehrerin fragt, was ihr im Sommer gemacht habt, was sagst du?«, frage ich.

»So viel! Ich habe Fechten gelernt und bin jetzt richtig gut«, erklärt sie, was in gewisser Weise stimmt. Zu meinem Erstaunen ist sie bei dem Sport geblieben und geht mehrmals die Woche zum Training. Sie zum Club zu bringen, ist eines meiner Highlights, teils, weil es Hayden solchen Spaß macht, teils, weil Abby fast immer auch hinkommt, sodass wir gemeinsam sehen können, welche Fortschritte Hayden macht.

»Das ist wahr«, sage ich. »Du bist eine richtige Piraten-Musketier-Fechterin. Was noch?«

»Wir waren in London und haben die großen Juwelen gesehen«, fährt sie fort.

Die Reise war fantastisch. Zu dritt sind wir mit dem London Eye gefahren, haben Big Ben besucht und uns die Kronjuwelen angeschaut.

»Und wir alle haben die Sprache fließend gesprochen«, scherze ich.

»Außer dass sie dort komisch reden. Aber gut komisch«, sagt Hayden.

Wir nähern uns dem Schuleingang. »O warte! Noch was ist diesen Sommer passiert. Die Adlerbabys haben ihr Nest verlassen. Wir haben zugeguckt, wie die Adlerjungen richtige Adler geworden sind.«

»Stimmt«, bestätige ich. Es war eine weitere Sache, die wir zu dritt gemacht haben. Seltsam, wie die Adlerjungen in der Pappel Abby und mich verkuppelt haben. Täglich »Adler-TV« zu sehen und Textnachrichten darüber auszutauschen – den Anblick dieser Küken zu genießen, die zu großen Raubvögeln heranwuchsen –, trug wesentlich dazu bei, dass wir uns immer stärker ineinander verliebten.

Adler und Zebras, französische Zöpfe und Restaurants, Biskuitkuchen und Sprachunterricht und so viele gestohlene Augenblicke, die real wurden.

Vor der Schule umarme ich meine Tochter zum Abschied und winke ihr nach, als sie hineingeht. Dann wende ich mich um und blicke auf die Uhr.

Abby ist bei der Arbeit und hat erst mittags frei, deshalb gehe ich in ein Café und erledige per Handy einige geschäftliche Angelegenheiten. Während ich einen Kaffee trinke, beantworte ich noch eine E-Mail zu einem neuen Projekt, mit dem ich mich nebenher befasse. Und »nebenher« beschreibt recht gut, wie ich mittlerweile arbeite. Die wenigen Stunden, die Hayden in der Vorschule ist, reichen vollauf, um meine Lust aufs Geschäftemachen zu befriedigen.

Nach der E-Mail mache ich Feierabend. Eine Stunde lang wandere ich die Lexington Avenue hinauf, dann wieder hinunter, um den Septembervormittag auszukosten, bis es Mittag wird und ich die Frau meiner Träume zum Essen in einem Straßencafé in der Siebenundachtzigsten treffe. Draußen steht eine Tafel, auf die die Speisen mit Kreide geschrieben sind.

Abby begrüßt mich mit einem sanften, köstlichen Kuss, der mein Verlangen nach mehr weckt. Doch irgendwie gelingt es mir, zahm zu bleiben.

»Du siehst umwerfend aus«, sage ich.

»Danke! Also erzähl«, fordert sie mich auf, während sie sich setzt. »Wie war es heute Morgen? War sie nervös oder ganz ruhig?«

»Rate mal.«

»Ganz ruhig natürlich«, antwortet Abby strahlend.

Ich erzähle ihr alles, und dann reden wir über den Unterricht, den sie am Morgen gegeben hat, und ihre Pläne für den Rest der Woche. Nach dem Essen begleite ich sie zurück zur Arbeit und gebe ihr einen Kuss, von dem ich hoffe, dass er ihre Sehnsucht nach mehr Küssen später am Abend entfacht.

»Ich kann es gar nicht erwarten, schlafen zu gehen«, flüstere ich.

»Ich freu mich auch schon darauf!«

Denn inzwischen leben wir zusammen.

Wir sind keine Heile-Welt-Familie. Manchmal streiten wir. Manchmal sind wir müde. Aber wisst ihr was? Irgendwie funktioniert es alles, und mit den beiden Frauen in meinem Leben – dem Mädchen, das ich sehr liebe, und der Frau, die ich unendlich anbete – bin ich der glücklichste Kerl aller Zeiten.

Sie sind mein Ein und Alles.

NOCH EIN EPILOG

Simon

Bald darauf …

Lichtpunkte sprenkeln die Tanzfläche, als ich die Frau in Schwarz in meine Arme nehme.

»Das Kleid ist sagenhaft«, sage ich und bewundere Abbys schlichtes Etuikleid. Sie trägt Absätze, die mindestens zwölf Zentimeter hoch sein müssen, trotzdem ist sie noch klein – genau wie sie es einmal gesagt hatte. Aber wir passen perfekt zusammen, so wie sie sich auf Harpers und Nicks Hochzeit in meine Arme schmiegt und mit mir zur Musik wiegt.

»Deine Freunde wirken sehr glücklich.« Ich weise in Richtung des Brautpaars, das den langsamen Tanz genießt.

»Sie sind jetzt auch deine Freunde«, entgegnet Abby.

Ich nicke. »Du hast recht, das sind sie.«

Mir gefällt, wie sich unsere Leben miteinander verbunden haben. Wir waren schon mit Kristy und Tyler zum Essen oder abends feiern und haben mit Abbys Clique Pool gespielt.

Abby ist bis heute kein Poolgenie. Sie trifft kaum die Kugel, und irgendwie schweifen wir jedes Mal ab, wenn ich versuche, es ihr beizubringen.

Worüber ich mich nicht beschwere.

Ganz und gar nicht.

In Wahrheit kann ich, als mein Blick durch den Ballsaal wandert, nur an eins denken, was mein Leben noch besser machen würde. *So etwas hier.*

Vielleicht ist es zu früh. Auf jeden Fall ist es noch nicht geplant. Aber in dem Augenblick, in dem mir die Idee kommt, schlägt sie Wurzeln. Und für mich steht zweifelsfrei fest, dass es unser nächster Schritt sein muss.

Ich lege eine Hand an Abbys Wange. »Heirate mich.«

Erschrocken lehnt sie sich etwas zurück. »Wie bitte?«

»Ich liebe dich so sehr, und ich will immer mit dir zusammen sein. Wir sollten heiraten.«

Sie blinzelt, öffnet den Mund und spricht sehr langsam, als bräuchte jedes Wort seine Zeit. »Machst du mir gerade einen Antrag?«

Ich lache, hauptsächlich über mich. »Ja, so sieht es aus.« Dann küsse ich zart ihre Lippen. »Ich hatte das nicht geplant und habe keinen Ring. Aber morgen suchen wir einen aus, wenn du möchtest. Ich weiß nur, dass ich den Rest meines Lebens mit dir verbringen will. Ich will dies hier«, sage ich und blicke mich im Raum um, »für uns. Für immer.«

Ich halte ihr Gesicht umfangen und sehe ihr in die Augen. Sie glänzen, und Abby benetzt sich die Lippen.

Und dann mache ich den Antrag noch einmal ganz förmlich.

»Ich liebe dich. Der Himmel weiß, wie sehr ich dich liebe! Ich möchte dich heiraten. Willst du mich auch heiraten, Abby?«

Abby

Ich bin keine Frau, die immer davon geträumt hat, dass ein Mann in einer Pferdekutsche vorfährt und dann vor ihr auf die Knie geht. Ich habe nie erwartet, dass mir ein glitzernder Ring in einem Champagnerglas präsentiert wird.

Alles, worauf ich je gehofft habe, ist diese Art von Liebe.

Und nun habe ich sie – und so vieles mehr.

Deshalb ist Simons unerwarteter und ungeplanter Antrag perfekt. Er kommt von Herzen, und folglich antworte ich ihm – von Herzen.

Es gibt nur eine Antwort.

»Ja.«

Danksagung

Wie immer gilt meinen wunderbaren Lesern ein riesiges Dankeschön! Außerdem meinem Mann, meinen Kindern, meiner Familie und meinen Hunden – ich liebe euch alle.

Ich bin sehr dankbar für den Rat und die Hilfe von Michelle Wolfson und KP Simmon und ebenfalls für die Einblicke in die Geschichte von Jen McCoy, Kim Bias und Dena Marie.

Lauren McKellar ist eine Redakteurin, die Wunder vollbringen kann, und Karen Lawson eine Göttin, wenn es um Präzision geht. Danke an Kelley, Candi und Keyanna. Und danke allen meinen Freunden, die mich vor dem Verrücktwerden bewahren – obwohl man darüber – zugegebenermaßen – jeden Tag erneut streiten kann.

LAUREN BLAKELY

one Love

ROMAN

Aus dem Amerikanischen
von Kristina Frey

LESEPROBE

**Die Print-Ausgabe ist ab dem 03.09.2018 erhältlich,
die eBook-Ausgabe ab dem 01.08.2018.**

KNAUR

Die amerikanische Originalausgabe erschien 2016
unter dem Titel »The Only One«.

Deutsche Erstausgabe September 2018
Knaur Taschenbuch

Dieses Buch ist für Dena,
die mir geholfen hat,
das Herz der Geschichte zu finden.

PROLOG

Penny

Vor zehn Jahren

Meine Uhr verhöhnt mich.

Je weiter der Minutenzeiger sich auf die volle Stunde zubewegt, desto mehr zermartere ich mir das Hirn, ob ich mich in der Zeit geirrt habe. Es ist gleich schon acht. Haben wir vielleicht aneinander vorbeigeredet? Vielleicht hat er acht Uhr gesagt und nicht sechs? Oder vielleicht sind wir auch erst morgen Abend verabredet? Ich fingere am Armband meiner Uhr herum, während Enttäuschung mir die Kehle zuschnürt.

Doch spätestens als die Wasserfontänen des Springbrunnens am Lincoln Center im schwindenden Licht immer höher und höher steigen, muss ich einsehen, dass ich mich nicht einfach nur in der Zeit geirrt habe.

Hier gab es einen ganz anderen Irrtum.

Nämlich den, dass ich überhaupt angenommen hatte, er würde kommen.

Ich hole tief Luft und schaue entmutigt noch einmal auf das Ziffernblatt, dann hebe ich den Kopf und lasse suchend den Blick über die Menschenmenge schweifen, die am kreisrunden Wasserspiel vor Manhattans Kulturzentrum vorbeiflaniert. Ich seufze. Dieser Brunnen ist wirklich ein romantischer Ort. Genau deshalb hatten wir ihn uns ja auch ausgesucht.

»In einer Woche« – so lautete unsere Verabredung – wollten wir uns hier treffen.

Doch wo ist er jetzt?

Gegen alle Vernunft sucht mein Blick noch immer nach den bernsteinfarbenen Augen und den dunklen Locken, nach dem schlanken, großen Körper und dem schelmischen Grinsen, das mein Herz zum Schmelzen bringt. Noch immer versuche ich, aus der Vielzahl an Stimmen um mich herum die seine herauszuhören. Wünsche mir, dass sie sich über die anderen erhebt, meinen Namen ruft, sich mit diesem sexy Akzent für seine Verspätung entschuldigt.

Ahh, sein Akzent. Ein Akzent, der die Knie sämtlicher junger Frauen weich werden lässt. Genau wie meine bei unserem ersten Treffen. Als ich ihm letzten Monat am Ende meiner Europa-Rundreise in Barcelona begegnet bin, hat Gabriel mich regelrecht umgehauen.

Kurz schließe ich die Augen, fliege durch die Zeit zurück und höre seine göttliche Stimme, in der dieses gewisse Extra, dieser Hauch von Rauheit liegt. Die Erinnerung lässt einen ganzen Schwarm von Schmetterlingen in meinem Bauch aufstieben.

Schnell schlage ich die Augen wieder auf und versuche, die Bilder zu vertreiben. Ich sollte gehen. Es ist offensichtlich, dass er heute Abend nicht mehr kommt.

Aber nur für den Fall, dass ich mich doch in der Zeit vertan habe, gebe ich ihm noch eine weitere Minute. Überfliege noch einmal die Menschenmenge.

Lasse acht Uhr verstreichen.

Doch ich sehe ihn noch immer nicht.

Ich bin jetzt schon seit über zwei Stunden hier. In diesen zwei Stunden habe ich nichts anderes gemacht, als auf dem schwarzen Marmor des Brunnenrands zu sitzen und erst nach links, dann nach rechts zu spähen. Und im Kreis herumzulaufen wie ein Tier im Zoo, ganz nach dem Motto: Armseliges Weibchen in Wartestellung. Männchen vermisst.

Klar, hundertzwanzig und ein paar zerquetschte Minuten sind in Anbetracht eines ganzen Menschenlebens nicht viel Zeit, aber wenn die Person, auf die man wartet, nicht auftaucht, ziehen sie sich zu einer schmerzhaften Ewigkeit.

Wie ich wünschte, dass wir das Treffen für Mitternacht vereinbart hätten! Denn dann könnte ich mir eine Entschuldigung für ihn ausdenken, sein Fernbleiben rechtfertigen. Ich würde mich fragen, ob die gestrige Mitternacht gemeint war, nicht erst die heutige. Aber seine Worte waren leider vollkommen eindeutig: »Sechs Uhr abends, am ersten des Monats, wenn die Abenddämmerung ihren romantischen Glanz über Manhattan legt.«

Er wollte wegen seiner neuen Stelle nach New York kommen. Ich hatte meinen Traumjob in dieser Stadt schon ergattert, bevor ich meine Europareise antrat. Es sah so aus, als hätte das Schicksal nur auf uns gewartet, als wir uns in Barcelona über den Weg liefen. Deswegen schmiedeten wir eifrig Pläne. Noch vor einer Woche tranken wir Sangria und tanzten auf den Pflastersteinen Barcelonas, direkt vor den Straßenmusikern, deren Stücke in einem die Sehnsucht wecken, jemandem nahe zu sein. Und er legte seine Hand auf meine Wange und flüsterte: »Ich werde die Tage zählen, jede Stunde, jede Minute, bis die Uhr am Abend des ersten September sechs schlägt.«

Am Ende nahm er mich mit in sein Zimmer. In seinen braunen Augen lag so ein dunkler und verruchter Glanz. Ein Glanz, der mir verriet, wie sehr er mich wollte. Er überschüttete mich mit liebevollen Worten, während er mich in dieser letzten Nacht in Spanien auszog, jeden Zentimeter meiner Haut mit Küssen bedeckte und mich schwerelos machte.

Meine Penelope, schenk mir deinen Körper. Ich will dir eine Lust bereiten, wie du sie nur aus deinen Träumen kennst.

Eingebildeter Mistkerl.

Aber er hatte recht. Er hat all meine Träume wahr werden lassen.

Er liebte mich mit einer solchen Leidenschaft und Sinnlichkeit, dass mein verräterischer Körper sich noch immer an das Gefühl seiner Hände auf meiner Haut erinnert, an die Liebkosung seiner köstlichen Lippen, die brennend heiße Spuren hinterließen, wo immer sie mich berührten.

Ich streiche mit einer Hand über mein hübsches rotes Sommerkleid mit dem runden Ausschnitt und den kleinen weißen Punkten. Er liebte es, wenn ich etwas Rotes trug. In einer Nacht liefen wir an einer Boutique vorbei, in der es Kleider wie dieses gab. Er schloss mich von hinten in die Arme und hauchte einen sanften, sinnlichen Kuss auf meinen Nacken. Dabei wisperte er: »Du würdest unglaublich darin aussehen, meine Penelope. Und noch unglaublicher, wenn ich es dir ausziehe. Denn du brauchst kein Kleid, wenn du bei mir bist.«

Damals lief mir ein wohliger Schauer über den Rücken.

Heute durchzuckt mich nur noch Schmerz, als die Erinnerung vor meinen Augen in tausend Stücke zerspringt.

Ich wende mich endgültig vom Brunnen ab und fahre mir mit der Hand über die Wange. Die Enttäuschung, die ich im ersten Moment verspürt habe, als er nicht auftauchte, ist über die letzten zwei Stunden zu echter Verzweiflung angewachsen und hat tief in meiner Brust Wurzeln geschlagen.

Es besteht kein Zweifel. Meine dreitägige Liebesaffäre mit dem Mann, der mir unter dem sternbesäten Himmel Spaniens süße Worte ins Ohr flüsterte und die Saiten meines Körpers wie ein Klaviervirtuose spielte, bekommt keinen zweiten Akt.

Gabriel weiß, wie er mich erreichen kann. Er hat meine E-Mail-Adresse.

Aber er hat sich dagegen entschieden.

Que sera, sera.

Ich weigere mich zu weinen.

Stattdessen gehe ich erhobenen Hauptes davon.

Am nächsten Tag weicht das Gefühl der Verzweiflung langsam, aber sicher tiefer Scham. Scham, ihm geglaubt zu haben. Dieses verdammte Kleid gekauft zu haben. Gehofft zu haben.

Als ich meinen Schrank öffne, könnte ich schwören, dass das rote Kleid mich auslacht. Aufgebracht schnaubend zerre ich es vom Haken und stopfe es in eine Einkaufstüte. Dann greife ich nach dem pinkfarbenen, das ich an jenem Tag anhatte, als wir uns kennenlernten. Und nach dem hellgelben Rock, den ich an unserem zweiten gemeinsamen Tag trug und in dem er mich so leicht verführte. Das blaue Seidentop folgt als Nächstes, wobei mich die Erinnerung an seine Reaktion, als er mich darin sah, mit ganzer Härte trifft.

Seine Augen hatten sich geweitet, und er hatte anerkennend aufgestöhnt. »Wunderschön …«

Dann küsste er die kleine Mulde unter meiner Kehle und zog mit brennenden Lippen eine sinnliche Spur den Hals hinauf bis hin zu meinem Ohr, während er im Flüsterton hinzufügte: »So wunderschön in Blau.«

Und ich schmolz dahin.

Ich habe alle seine süßen, schmeichelnden Worte geglaubt. Er hat viele, viele Dinge gesagt, die meine Haut in Brand setzten, mein Herz zum Klopfen brachten und eine feuchte Hitze zwischen meinen Beinen entfachten.

Sogar jetzt, während ich diese Kleider, die ich in seiner Gegenwart getragen habe, umklammere, kriege ich eine Gänsehaut. Ich kneife die Augen zu und sage mir, dass ich das alles vergessen muss. Alles.

Das ist der einzige Weg.

Ich verlasse meine Wohnung, laufe zehn Blocks stadteinwärts und spende die Tüte mit den Kleidern beim nächstgelegenen Secondhandshop.

Als ich wieder nach Hause komme, klappe ich meinen Laptop auf und suche den Ordner mit den Bildern, die ich von uns gemacht habe. Ich bin versucht, mir einen Becher Ben & Jerry's zu holen und auf den Fotos mit den Fingerspitzen über sein Gesicht zu fahren. Dann würde ich am liebsten Skype herunterladen, seine Nummer in Europa wählen und ihn fragen, warum zum Teufel er nicht aufgetaucht ist.

Aber so kann ich nicht reagieren. Ich fange morgen meinen ersten Job an. Ich muss mich verantwortungsvoll benehmen. Erwachsen. Nicht die klammernde Einundzwanzigjährige, die nicht damit klarkommt, versetzt worden zu sein.

Ich bin Penelope Jones, und ich werde mit allem fertig.

Und deswegen verschiebe ich den gesamten Ordner in den Papierkorb. Dann rufe ich seine Kontaktdaten auf: seine E-Mail-Adresse, seine dumme spanische Telefonnummer. Schiebe all das ebenfalls in den Papierkorb. Einige endlose Sekunden lang verharrt mein Finger über dem Papierkorb-leeren-Symbol.

Aber bei der Erinnerung, wie allein ich mich gestern Abend am Lincoln Center gefühlt habe, durchbohre ich das Symbol fast mit dem Finger.

Lasse ihn los.

Ein sauberer Schnitt.

Während der nächsten zehn Jahre gebe ich mir alle Mühe, nie wieder an ihn zu denken.

Bis ich auf einmal wieder vor ihm stehe.

KAPITEL EINS

Penny

Gegenwart

Shortcake springt ohne Leine vor mir die Treppe hinauf. Als ihre weiß besockten Pfötchen den obersten Absatz erreichen, dreht sie sich schwanzwedelnd um. Meine kleine karamellfarbene Chihuahua-Mischlingshündin sieht von oben auf mich herab und zeigt mir beim Hecheln ihre pinke Zunge.

»Angeberin«, sage ich zu ihr.

Daraufhin zuckt ihre weiße Schwanzspitze noch ein bisschen schneller, was ich zum Anlass nehme, die restlichen Stufen hinaufzusprinten, auch wenn mein Herz von unserem morgendlichen Lauf durch den Central Park noch immer heftig schlägt. Letzten Sommer, als ich Shortcake von Little Friends, der Auffangstation für Hunde, die ich leite, mit nach Hause genommen habe – sie hatte darauf bestanden, mir zu gehören und mich von der Sekunde ihrer Ankunft mit feuchten Küssen verfolgt –, hätte ich niemals gedacht, dass sie ebenfalls einfordern würde, mich beim Joggen zu begleiten. Aber sie ist ein flinkes kleines Wesen, sieben Pfund pure Energie. Wir trainieren momentan für den Hund-und-Herrchen-Lauf, der beim »Picknick im Park« stattfinden wird – einem Event, bei dem Spendengelder für eine Vereinigung örtlicher Tierheime für Hunde gesammelt werden.

Als ich im vierten Stock ankomme, wuselt Shortcake voran zur Tür des kleinen Einzimmerapartments westlich des Central Parks, das wir gemeinsam bewohnen. Es gehört uns ganz allein, und es ist nicht weit zur Arbeit, deswegen sind wir wunschlos glücklich.

Mit der Leine in der Hand schließe ich die Tür auf und betrete mein Zuhause. Meine Oase in Manhattan. Die Wände sind lavendelfarben und zartgelb gestrichen, seit meine Freundin Delaney und ich an einem langen Wochenende die ganze Wohnung in ein Paradies in Pastell verwandelt haben. Ich bin normalerweise nicht so der Pastell-Typ, aber hier wirken die Farben entspannend auf mich. Sie machen mich glücklich.

Und ich bin gern glücklich. Verrückt, ich weiß.

Ich fülle Shortcakes Wassernapf auf, und sie schlabbert ihn fast komplett leer, bevor sie sich bäuchlings auf den kühlen Küchenfußboden fallen lässt und alle viere von sich streckt.

»Keine falsche Scheu, häng ruhig den ganzen Tag hier ab«, kommentiere ich ihr Verhalten und sehe sie auffordernd an.

Doch sie rollt sich nur träge auf die Seite.

»Ich bin überhaupt nicht eifersüchtig auf deinen Lebenswandel«, sage ich seufzend, ziehe meine Sportklamotten aus und verschwinde schnell zum Duschen im Bad.

Als ich fertig bin, greife ich nach meinem Handy. Rasch checke ich meine Termine, während ich mein dunkelbraunes Haar föhne. Normalerweise arbeite ich den Tag über im Tierheim mit den Hunden und den Freiwilligen oder bin unterwegs zum Flughafen, um Hunde aus anderen Bundesstaaten in Empfang zu nehmen, die hier ein Zuhause finden wollen. Aber heute muss ich mich schick machen und mein hübschestes Werbegesicht aufsetzen. Meine Assistentin Lacey hat diese Woche nämlich Meetings mit Restaurantbesitzern für mich vereinbart, um eine Lösung für das Catering beim anstehenden »Picknick im Park«-Event zu finden. Wir stecken ziemlich in der Klemme, denn das Restaurant, das ursprünglich für das Catering eingeplant war, hat in letzter Minute abgesagt. Man könnte meinen, in einer Stadt wie New York, wo es an jeder Ecke Restaurants und Imbisse gibt, sei es einfach, einen willigen Gastronomen zu finden. Aber wenn die Veranstaltung schon in zwei Wochen stattfindet, schränkt das die Optionen erstaunlich ein. Während der letzten Tage habe ich mich durch die gesamte Stadt telefoniert, aber einen Caterer, der sowohl an diesem Tag Zeit hat als auch zur Veranstaltung passt, habe ich bisher nicht gefunden.

Und so geht die Suche nach dem Heiligen Gral weiter. Zum Glück hat Lacey noch einmal vier Restaurants aufgetrieben, die am Tag des Events freie Kapazitäten haben. Ich öffne ihre E-Mail und stecke mir währenddessen mit einer Spange die Haare hoch.

Als Erstes steht Dominic Ravini auf der Kandidatenliste, Inhaber eines italienischen Ladens, der für seine »himmlischen« Spaghetti bekannt ist. Laceys Bemühungen in allen Ehren, aber ich glaube leider nicht, dass Spaghetti das Richtige für ein »Picknick im Park« sind, es sei denn, wir ändern das Motto zu Susi und Strolch.

Ich werfe Shortcake einen Blick zu. »Mit dir würde ich mir natürlich jederzeit einen Teller Spaghetti teilen«, versichere ich ihr, während ich einen Hauch Rouge auftrage. Sie klopft mit dem Schwanz auf den Boden. Heißt wohl übersetzt so viel wie Ja, bring mir doch Pasta zum Abendessen mit. Mit Fleischbällchen natürlich.

Der nächste Kandidat ist einer, der Burritos verkauft. Ich starre fragend auf Laceys E-Mail. Auch wenn sie mir versichert, er habe einen wirklich erstklassigen Laden – Burritos scheinen mir auch nicht unbedingt die beste Wahl zu sein. Ich muss ein Restaurant finden, das nicht nur zum Thema »Picknick im Park« passt, sondern auch genau den Grad zwischen Klasse und Ungezwungenheit trifft, der die Gäste in Spendenlaune versetzt.

Aus ebendiesem Grund mache ich mir auch keine großen Hoffnungen hinsichtlich des indischen Restaurants, das Lacey als drittes auf die Liste gesetzt hat. Ich persönlich liebe ja Chana Masala, bin aber der Meinung, es schreit nicht gerade danach, auf Papptellern in einem Park serviert zu werden.

Mit einer Hand in dem Make-up-Täschchen kramend, scrolle ich bis zum Ende von Laceys E-Mail.

Das letzte Restaurant, das noch freie Kapazitäten für uns hätte, heißt Gabriel's.

Ich zucke zusammen, als ich den Namen lese, und schnappe unwillkürlich nach Luft.

Dieser Name.

Ich erstarre, die Mascarabürste in der einen Hand, das Handy in der anderen. Sogar jetzt noch, Jahre nach meinem radikalen Versuch, diesen Mann aus meiner Erinnerung zu verbannen.

Ich bin natürlich mit anderen Männern ausgegangen, nachdem das mit uns nichts wurde. Hatte sogar ein paar ernsthafte Beziehungen. Aber irgendetwas an diesem Mann hat mich nie losgelassen. Vielleicht ist es der Fluch, den besten Sex meines Lebens schon mit einundzwanzig erlebt zu haben. Damals dachte ich, mit Gabriel sei es so großartig gewesen, weil ich eben noch nichts anderes kannte. Heute weiß ich, dass mit ihm zu schlafen so überwältigend war, weil … es einfach überwältigend war, mit ihm zu schlafen.

Jene drei Nächte in Spanien waren so voller Magie, so leidenschaftlich und voller Lust … Ich habe mich ja wirklich bemüht, ihn zu vergessen, aber er geistert noch immer in den Ecken meiner Erinnerung herum.

Ich lege die Mascara zur Seite, hole tief Luft und sage mir, dass es nur ein Name ist. Es ist reiner Zufall, dass das Restaurant auf meiner Liste diesen Namen trägt.

Aber … Gabriel war Koch. Er arbeitete in jenem Sommer als Aushilfskoch in einem kleinen Bistro in Barcelona und hatte vor, nach Manhattan zu ziehen, um dort einen neuen Job anzunehmen.

Ich lege eine Hand an die Stirn, während mich eine Welle der Panik überkommt. Was, wenn er die ganze Zeit über hier war? Was, wenn er nach New York gekommen ist und mich einfach nicht sehen wollte? Was, wenn er verheiratet war, als wir uns getroffen haben? Was, wenn er nach Hause zu seiner Frau gefahren ist oder seiner Freundin?

Vor zehn Jahren habe ich mich dazu gezwungen, dieses Was-wenn-Spiel sein zu lassen. Ich habe ihn aus meinem Gedächtnis verbannt und mich geweigert, noch länger über ihn oder all die möglichen Gründe, aus denen er mich verlassen haben könnte, nachzudenken.

Aber jetzt muss ich wissen, ob dieser Gabriel mein Gabriel ist.

Als ich den Restaurantnamen bei Google eingebe und den Treffer anklicke, stöhne ich auf.

In dem Versuch, meine zitternden Finger zu beruhigen, schließe ich kurz die Augen.

Er ist hier. Er ist in Manhattan. Nach einem Jahrzehnt werde ich dem Mann gegenüberstehen, dem ich damals mein Herz und meine Jungfräulichkeit geschenkt habe.

Wie betäubt lege ich das Handy zur Seite, hebe Shortcake hoch und drücke sie fest an mich. »Kann ich nicht einfach Lacey zu dem Termin schicken?«

Als Antwort leckt Shortcake mir einmal quer über die Wange.

»Heißt das ja, meine Liebe? Du hast recht. Wir machen uns heute lieber einen schönen Tag und schieben die Arbeit auf Lacey ab, oder?«

Diesmal fällt der Kuss noch feuchter aus.

»Meistens bin ich ja vollkommen zufrieden mit der Tatsache, dass du nicht reden kannst«, seufze ich. »Aber heute wünschte ich, es wäre anders.«

Die bloße Möglichkeit, Gabriel wiederzusehen, löst einen wahren Sturm verwirrender Emotionen in mir aus. Wie soll ich mit diesem Treffen umgehen? Was soll ich ihm denn sagen? Ich weiß es einfach nicht. Das Einzige, was ich mit Sicherheit weiß, ist, dass ich *jetzt* mit jemandem reden muss, der auch antwortet. Also wähle ich die Nummer meiner Freundin Delaney und laufe nervös in meinem kleinen Wohnzimmer auf und ab.

»Hi!«, ruft sie über den Lärm einer Baustelle im Hintergrund hinweg. »Falls du mich nicht hören kannst, liegt das an dem verdammten Presslufthammer, mit dem sie sich hier einen Block von meinem Spa entfernt vergnügen. Ist einem Tag der Ruhe und Entspannung absolut zuträglich.«

Ich lache. »Lass mich raten: Du bist gerade auf dem Weg zur Arbeit.«

»Richtig«, antwortet sie, und ihre sonst so angenehme Stimme dröhnt dermaßen aus dem Lautsprecher, dass ich das Handy ein paar Zentimeter vom Ohr weghalten muss.

»Wo wir gerade beim Rätselraten sind, willst du wissen, wessen Name ich gerade eben in meinem Terminkalender entdeckt habe – für ein Treffen, das heute noch stattfinden soll?«

»Tom Hardy? Robert Pattinson? Jamie Dornan?«

»Nein, Henry Cavill«, sage ich, weil es ihr Lieblingsschauspieler ist. »Aber im Ernst, ich habe heute ein Meeting mit …« Ich halte inne, weil ich noch immer kaum glauben kann, was ich gleich sagen werde. »Mit meinem *sexy Geheimagenten.«* Das war der Spitzname, den wir Gabriel vor Jahren mal bei einer Flasche Cabernet verliehen hatten.

Sie keucht so laut auf, dass ich es trotz des Krachs höre. »Was? Echt jetzt?«

Ich nicke, obwohl sie das nicht sehen kann. »Allerdings.«

»Okay, warte«, sagt sie, und zehn Sekunden später verstummt der Hintergrundlärm und es wird herrlich still. »Ich stehe beim Geldautomat in der Bank auf dem Weg zur Arbeit. Meine erste Massage ist in zehn Minuten, also schieß los.«

Nach nur zehn Sekunden habe ich ihr alles erzählt, was ich weiß. »Was mache ich denn jetzt? Gehe ich hin? Soll ich Lacey schicken? Lasse ich ihn einfach … *sitzen?«*

Aber schon während ich das letzte Wort ausspreche, weiß ich, dass ich das nicht tun werde. Ich bin schließlich selbst schon sitzen gelassen worden! Ich werde diesen Termin nicht platzen lassen.

»Keine Frage«, antwortet sie bestimmt. »Du gehst hin.«

Es aus Delaneys Mund zu hören, ist noch mal was anderes, als es nur zu denken …

Mein Magen zieht sich zusammen, und ich muss mich mit einer Hand an der Wand abstützen. »Bist du dir sicher, dass du nicht sagen wolltest, ich soll lieber im Tierheim bleiben, damit Lacey endlich mehr Verantwortung übernehmen und sich um unser Charity-Event kümmern kann?«

Delaney lacht auf. »Ich bin mir ganz sicher, dass ich das nicht sagen wollte. Schließlich ist es doch wirklich deine Aufgabe, oder etwa nicht?«

Laut seufzend bestätige ich es. Zu kneifen ist eigentlich ohnehin nicht meine Art. Das hier ist *mein* Event und *meine* Verantwortung. Das kann ich nicht einfach auf meine Assistentin abwälzen, die zudem noch mitten in der Einarbeitung steckt. Und nachdem der ursprüngliche Caterer abgesagt hat, muss ich jetzt erst mal dafür sorgen, dass unser »Picknick im Park« überhaupt stattfindet. Da kann ich den schwarzen Peter nicht einfach weitergeben.

»Okay, du hast recht«, gebe ich resigniert zu. »Also, wie soll ich das anstellen? Ich habe keine Ahnung, wie ich dieses Restaurant betreten und so wirken soll, als hätte es mich nicht völlig vernichtet, dass er damals nicht am Lincoln Center aufgetaucht ist.«

»Das ist ganz einfach«, sagt Delaney in selbstsicherem Tonfall.

»Inwiefern ist das bitte einfach?«

»Weil du nicht mehr dieselbe Person bist. Du bist nicht mehr die liebeskranke Einundzwanzigjährige, die gerade ihren Eltern zuliebe einen Job angenommen hat, der ihr eigentlich gar nicht gefällt.«

»Du hast recht«, erwidere ich, und ein Teil ihrer Selbstsicherheit färbt auf mich ab.

Ich habe mich wirklich verändert. Auf meiner Spanienreise nach dem College war ich mir *fast* sicher, dass ich als Wall-Street-Analystin arbeiten wollte. Aber ein kleiner Teil von mir fand diesen Job schon schrecklich, noch bevor ich ihn überhaupt angetreten hatte. Deshalb habe ich dann auch nach sechs Monaten gekündigt. Lustigerweise war ich nicht die Einzige, die Smith & Holloway zu dieser Zeit verlassen hat. Über das Jahr hinweg wurden Kündigungen bei der Bank schon fast zum Running Gag. Erst die Rezeptionistin, dann der Personalleiter und dann ich.

»Und meinen jetzigen Job liebe ich«, stelle ich entschlossen fest. »Und deshalb muss ich mich auch mit ihm treffen. Ich meine, wen interessiert schon dieser Typ? Das Event ist wichtiger als seine dumme Entscheidung, mich zu versetzen.«

»Ganz genau. Außerdem bist du eine Frau, die kein Mann mit halbwegs akzeptablem Geisteszustand jemals sitzen lassen sollte. Also bring ihn dazu, seine Entscheidung zu bereuen, und zwar so richtig.«

»Deine Sichtweise gefällt mir«, sage ich und spüre, wie meine Stärke wächst.

»Lass deine Haare offen, zeig ihm dein neues sexy Tattoo und zieh irgendwas Umwerfendes an. Blau steht dir super.«

Ich lache. »Das hat er auch immer gesagt.«

»Na also. Nimm dieses blaue schulterfreie Top. Das saphirfarbene. Am besten zu Jeans. Frauen denken ja immer, sie müssten ihre nackten Beine zeigen, um attraktiv zu sein, aber ein gut sitzendes Paar skinny Jeans mit High Heels sind heißer als ein Rock. Und dann gehst du hoch erhobenen Hauptes da rein, als sei es dir vollkommen egal, dass er dir mal das Herz gebrochen hat.«

Ein Grinsen breitet sich auf meinem Gesicht aus. »Perfekt. Das genaue Gegenteil zu meinem Stil von damals.« Mit Anfang zwanzig hatte ich nur kurze Sommerkleidchen und süße Röcke im Kleiderschrank – jung und unschuldig eben.

Heute ist es an der Zeit, die Frau zu zeigen, die ich bin.

Ich beende das Gespräch mit Delaney, öffne meinen Schrank und überlege. Schließlich will ich so verdammt umwerfend aussehen, dass ihm der Mund offen stehen bleibt, er auf die Knie fällt und mich anfleht, ihm seinen Fehler von damals zu verzeihen. Ich will, dass er mir gesteht, es sei kein einziger Tag vergangen, an dem er nicht an mich gedacht hat.

Oder um es noch klarer zu sagen: Ich wünsche Gabriel, dass er mit jeder Faser seines Wesens bereut, mich an jenem Tag, an dem unsere Urlaubsliebe die romantischste Fortsetzung aller Zeiten hätte erfahren sollen, alleingelassen zu haben.

Nachdem ich meine Lieblingsjeans angezogen habe, zupfe ich mein Top so zurecht, dass man das Lilientattoo auf meinem Schulterblatt sehen kann. Dann schlüpfe ich in ein Paar Ballerinas, greife nach meinen besten schwarzen High Heels und werfe sie in meine Tasche. Kein Grund, sich mit Zehn-Zentimeter-Absätzen zu quälen, bis ich am Ort des Geschehens angekommen bin.

Auf dem Weg zu meinem ersten Termin ziehe ich das Handy aus der Tasche und lese nach, was ich zum Thema

Gabriel Mathias in den letzten Jahren alles verpasst habe. Da ich die Restaurantszene nicht verfolge, hatte ich keine Ahnung, dass er hier einen Laden eröffnet hat. Wie sich herausstellt, ist er mittlerweile zu einer Art Küchen-Rockstar aufgestiegen, der vor Kurzem eine beliebte Reality-TV-Kochshow gewonnen und den Moment des Ruhms genutzt hat, um sein erstes Restaurant in Manhattan zu eröffnen. Es ist das Aushängeschild eines größeren Unternehmens unter seiner Leitung, das Küchenutensilien und Kochbücher und so weiter verkauft.

Schau einer an. Der Aushilfskoch mit der Eins-a-Paella ist vom Tellerwäscher zum Millionär aufgestiegen.

Entschlossen beiße ich die Zähne zusammen, als ich das erste Foto von ihm anklicke.

Er sieht immer noch atemberaubend aus. Nein, ich korrigiere. Er sieht noch atemberaubender aus.

Dieser Scheißkerl.

Aber ich werde mich nicht von seinem Aussehen beeindrucken lassen. Sein hübsches Gesicht kriegt mich nicht rum. Ich bin stark, ich bin zäh, und ich bin clever. Und das heißt, ich werde mich auf das Treffen mit ihm verdammt gut vorbereiten.

Auf dem Weg die Eighth Avenue hinunter stoße ich auf einen Ausschnitt seiner Show auf YouTube. Ich stöpsele mir die Kopfhörer in die Ohren, drücke auf Play und wappne mich.

Hör einfach nicht auf seinen sexy Akzent. Und guck bloß nicht auf seine heißen Lippen.

Angestrengt gebe ich mein Bestes, ihn so unbeteiligt zu betrachten wie eine Testperson im Versuchslabor. Irgendein Moderator oder Produzent stellt ihm aus dem Off eine

Frage: »Du hast heute Abend den Appetizer-Battle verloren. Glaubst du, das wirkt sich auf deine Chance auf den Gesamtsieg aus?«

»Es macht es auf jeden Fall schwieriger«, antwortet er mit dieser warmen, attraktiven Stimme, die ich so geliebt habe. »Aber ich bin bereit für die Challenge. Ich muss einfach im Hauptgangs-Match härter kämpfen.«

Verächtlich schnaubend laufe ich den Gehweg entlang. Was lassen sich diese Reality-Genies als Nächstes einfallen? Das Dessert-Derby? Den Salat-Showdown?

»Wie war es für dich, gegen Angelique zu verlieren, obwohl du doch als Meister der Appetizer bekannt bist?«

Gabriel holt tief Luft, seine Brust hebt und senkt sich. Dann verzieht sich sein Mund zu einem Lächeln. »Ich war ziemlich sauer auf mich selbst, aber doch nicht so frustriert, dass ich am liebsten mein Telefon an die Wand geworfen hätte.«

Hinter der Kamera ertönt ein Lachen, und ich stelle mir vor, wie sich die Produzenten hektisch zueinander beugen und überlegen, wie sie ihn dazu bringen, wegen eines zusammengefallenen Flans oder missratenen Risottos sein Handy in die Ecke zu pfeffern.

Der Bildschirm wird kurz schwarz, und der Videoausschnitt springt zum Ende der Staffel, als der Moderator Gabriels Faust hoch in die Luft reckte. Offenbar hat er die Challenge am Ende gewonnen – und sein Telefon hat überlebt.

An einem Zebrastreifen bleibe ich stehen und kehre zu meiner ursprünglichen Suche zurück. Meine Augen weiten sich, als ich weiterklicke und die Artikel über seinen offiziellen Sieg der Kochshow sehe. All die Namen, die die Presse ihm verliehen hat!

Sexiest Chef alive.

Der Schöne mit den scharfen Messern.

Herzensbrecher in der Küche.

Fast jeder Artikel enthält gleich mehrere Fotos von ihm, und ich betrachte die ersten paar. Dann klicke ich das nächste Set an. Und noch ein weiteres. Und dann steigt Wut in mir auf. Ich könnte kotzen.

Auf jedem einzelnen Bild hat der *Chef du Jour* eine andere Frau im Arm!

Das ist also die Antwort auf die Frage, warum er damals nicht aufgetaucht ist: Gabriel ist ein Bad Boy. Ein Frauenheld. Ein Kerl, der jeden Abend ein neues Häschen braucht.

Auf dem Weg zu meinem Termin mit dem italienischen Koch hoffe ich mit aller Macht, dass dieser Mann etwas noch nie Dagewesenes mit Spaghetti anstellen kann, damit mir die weiteren Termine erspart bleiben.

Er kann es nicht.

Beim zweiten Termin stellt sich heraus, dass der Typ mit den Burritos mittlerweile für ein anderes Event gebucht wurde.

Und der Manager des indischen Restaurants erzählt mir wiederum eine Stunde später, es sei das erste Mal, dass er für ein Event angefragt wird, und seine Obergrenze läge bei fünfzig Personen. Wir erwarten aber mehr als dreihundert! Lächelnd bedanke ich mich bei ihm und seufze schwer, als ich nach Greenwich Village aufbreche, um dort den Mann zu treffen, der einst mein Herz im Sturm erobert hat.

Kurz bevor ich aus der Bahn steige, wechsle ich die Schuhe und ziehe mein Top noch ein Stück herunter, um ein bisschen mehr Schulter zu zeigen als gewöhnlich. Gabriel hat es *geliebt*, mich dort zu küssen. Vor zehn Jahren hatte ich noch kein Tattoo – im Gegensatz zu ihm. Mittlerweile habe ich drei, einschließlich der Lilie auf meiner Schulter. Und ich will, dass er sie sieht und ihm die Kinnlade runterfällt.

Auf dem Weg aus der U-Bahn-Station poliere ich meinen Lipgloss auf, überprüfe mein Spiegelbild in einem Schaufenster und mache mich dann auf den Weg zum Gabriel's in der Christopher Street. Mein Herz schlägt doppelt so schnell wie sonst.

Auf den ersten Blick gefällt mir das an einer Kreuzung gelegene Restaurant mit der Backstein-Fassade besser, als mir lieb ist. Der Laden wirkt cool, hip und sexy, und das Holzschild über der Tür verströmt genau den richtigen Hauch von altmodischem Charme.

Trotzdem kneife ich missmutig die Augen zusammen und würde im Eingangsbereich am liebsten Feuer speien. Wahrscheinlich verzaubert er da drinnen jeden einzelnen weiblichen Gast mit seinem Witz, einem sexy Lachen und seinem verdammten Nachtisch.

Und dann nimmt er sie mit ins Bett und verwöhnt sie mit der Zunge …

Stopp. Hör sofort damit auf.

Die Hände zu Fäusten geballt, hole ich tief Luft und halte einen Moment lang inne, um mir in Erinnerung zu rufen, dass ich geschäftlich hier bin. Für unsere Hunde. Das hier ist meine Chance, eine Menge Geld für einen Zweck zu sammeln, der mir wirklich sehr am Herzen liegt.

Die Empfangsdame begrüßt mich, und ich informiere sie, dass ich einen Termin mit Gabriel habe. Im selben Moment hofft ein Teil von mir, dass er einen Schmerbauch bekommen, bei einer Kneipenschlägerei einen Zahn verloren hat oder ihm wenigstens die Haare ausgehen …

Aber als er kurz darauf mit großen Schritten auf die Tür zukommt, an der ich warte, verstehe ich zum ersten Mal, was das Wort *atemberaubend* wirklich bedeutet.

Ich bekomme schlagartig keine Luft mehr.

Denn der gut aussehende Mittzwanziger, dem ich vor einem Jahrzehnt meine Jungfräulichkeit geschenkt habe, ist nichts gegen den Mann, der jetzt vor mir steht.

Er ist so schön, dass es wehtut. Seine bernsteinfarbenen Augen leuchten, und obwohl es kaum möglich scheint, ist er mit dem mittlerweile schulterlangen Haar, das seine markanten Wangenknochen betont, sogar noch attraktiver als früher. Meine Finger sehnen sich danach, diese dunklen Strähnen zu berühren, und mir wird ganz heiß, als ich mir unweigerlich vorstelle, wie er sich über mir bewegt.

Mit aller Mühe versuche ich, mich auf das Hier und Jetzt zu konzentrieren, aber das Hier und Jetzt lässt mein Herz vor Verlangen schneller schlagen. Alles an ihm strahlt Selbstvertrauen aus, Charme und Sex-Appeal, sogar seine lässige Art, sich zu kleiden. Er trägt schwarze Jeans, Schnürstiefel und ein verwaschenes T-Shirt, das seine schlanken, durchtrainierten und tätowierten Arme betont. Ein paar Tattoos hatte er schon vor zehn Jahren – jetzt sind beide Arme beinahe vollständig bedeckt, und es ist wahrlich ein einzigartiges Kunstwerk. Und unglaublich verführerisch.

Er streckt eine Hand aus und schenkt mir ein Lächeln, das sofort den Wunsch in mir weckt, den Kragen seines T-Shirts zu packen, ihn an mich zu ziehen und zu hauchen: *Küss mich, wie du es vor so vielen Nächten getan hast.*

Stattdessen lasse ich stumm zu, dass er meine Hand ergreift und mit den Lippen sanft meinen Handrücken berührt. Mir wird ein wenig schwindlig, doch als er anfängt zu sprechen, macht seine Stimme alles nur *noch* schlimmer. Er ist halb Franzose, halb Brasilianer, und ich weiß nicht, welcher Seite er seinen Akzent verdankt. Im Prinzip ist es mir auch egal, denn die Mischung ist auf jeden Fall hinreißend. »Ich habe mich schon darauf gefreut, dich zu treffen, Penny.«

O Gott. Er freut sich, mich zu sehen.

Mein verräterisches Herz führt bei diesen Worten einen Tanz auf.

In dem hilflosen Versuch, die Regionen meines Gehirns einzuschalten, die für das Sprechen zuständig sind, öffne ich die Lippen. Mühsam schlucke ich, denn mein Mund ist plötzlich so trocken wie die Sahara.

Es kostet mich übermenschliche Anstrengung, ein heiseres »Hallo« herauszupressen.

So viel also dazu, cool zu bleiben.

»Sollen wir uns setzen?«, fragt er, und seine Stimme ist genauso sinnlich wie in jenem Sommer.

Ja, das sollen wir. Und dann sag mir, dass es dir leidtut. Sag, dass du in einer eingestürzten Höhle festgesessen hast, dass Spione dein Telefon geklaut haben, dass man dir den Job des Jahrhunderts in Nepal angeboten hat und du es nicht ertragen hättest, mich wiederzusehen, weil du ihn dann nie hättest annehmen können. Du hattest einfach keine Wahl. Mich wiederzusehen hätte es schließlich unmöglich gemacht, mir zu widerstehen.

Denn so ähnlich würde es wohl klingen, wenn er die Entscheidung, mich zu verlassen, tatsächlich bereuen würde.

Stattdessen schenkt er mir ein weiteres bezauberndes Lächeln und fährt fort: »Schön, dass du vorbeigekommen bist. Ich möchte gern alles über deine Charity-Arbeit erfahren, und dann schauen wir mal, was wir für deinen Event auf die Beine stellen können. Mein Business-Manager glaubt, die Partnerschaft könnte für uns beide von Vorteil sein.«

Da das Mittagsgeschäft noch nicht begonnen hat, ist im Restaurant momentan noch nicht viel los, und er zeigt mit einer Handbewegung auf eine Sitznische. Ich nehme Platz, und geschmeidig lässt er sich auf den Stuhl mir gegenüber gleiten.

Little Friends und die Hunde sind zum Glück ein Thema, über das ich immer reden kann. Aber die Art und Weise, wie er mit mir spricht, kommt mir irgendwie seltsam vor. So distanziert. Und mitten in meiner Erzählung fällt es mir plötzlich wie Schuppen von den Augen.

Gabriel weiß überhaupt nicht, wer ich bin. Und ganz ehrlich, so sehr habe ich mich in zehn Jahren nun auch nicht verändert.

Das kann nur eines bedeuten … er erinnert sich nicht mehr an mich.

Frech, prickelnd, romantisch!

Band 3: One Passion

Um die Richtige lohnt es sich zu kämpfen: Die Geschichte von Delaney und Tyler, die während des Studiums ein Paar waren. Tyler weiß, dass er damals einen großen Fehler beging, und möchte alles tun, um Delaney für sich zurückzugewinnen …

Erhältlich ab dem Frühjahr / Sommer 2019.

Band 4: One Kiss

Ein Arrangement der etwas anderen Art: Nicole will ein Baby! Zum Glück gibt's ihren Kollegen Ryder, der ein echtes Commitment-Problem hat …

Erhältlich ab dem Frühjahr / Sommer 2019.

Lust auf noch mehr verführerische Geschichten?

Young Romance

bei Knaur

Kati Wilde

Lost in a Kiss

Ein Versprechen. Zwei Herzen. Drei Regeln. Vier Wochen, um sie alle zu brechen: Atemberaubende Lovestory auf einem Roadtrip durch Kalifornien und Oregon.

Erscheinungstermin Print-Ausgabe: 01.10.2018
Erscheinungstermin eBook-Ausgabe: 03.09.2018

Liv Keen

Backstage Love – Unendlich nah

Er könnte jede haben, doch er will nur sie: Rockstar Nic sehnt sich nach seiner besten Freundin aus Kindheitstagen, Mia.

Erscheinungstermin Print-Ausgabe: 02.11.2018
Erscheinungstermin eBook-Ausgabe: 01.10.2018

Sasha Wasley

Outback Dreams – So weit die Liebe reicht

Sie waren beste Freunde, die sich nie ineinander verlieben sollten – doch für einen von ihnen war es dafür schon viel zu spät. Willkommen auf der Rinderfarm Paterson Downs in Western Australia.

Erscheinungstermin Print-Ausgabe: 03.12.2018
Erscheinungstermin eBook-Ausgabe: 02.11.2018

Wenn du mehr über die hier angekündigten Liebesgeschichten erfahren möchtest, scanne einfach den QR-Code und sichere dir exklusive Leseproben.

für ePub

für Kindle

KNAUR